竹马钢琴师 2

I Love you

木子喵喵 muzimiaomiao 著

百花洲文艺出版社
BAIHUAZHOU LITERATURE AND ART PRESS

图书在版编目(CIP)数据

竹马钢琴师. 2/木子喵喵著. —南昌:百花洲文艺出版社,2019.12

ISBN 978-7-5500-3017-6

Ⅰ. ①竹… Ⅱ. ①木… Ⅲ. ①长篇小说—中国—当代
Ⅳ. ①I247.5

中国版本图书馆 CIP 数据核字(2019)第 213285 号

书　　名　竹马钢琴师 2

作　　者　木子喵喵
出 版 者　百花洲文艺出版社
社　　址　江西省南昌市红谷滩世贸路 898 号博能中心 I 期 A 座 20 楼
邮　　编　330038
经　　销　全国新华书店
印　　刷　湖南天闻新华印务有限公司
开　　本　880mm×1230mm　1/32
印　　张　9
字　　数　351 千字
版　　次　2019 年 12 月第 1 版
印　　次　2019 年 12 月第 1 次印刷
书　　号　ISBN 978-7-5500-3017-6
定　　价　36.80 元

摘自初末日记

我曾经问过你,如果我真的怀了宝宝怎么办?

你说:“生下来。”

可为什么当我拿着医院的证明单开心地告诉你我真的怀孕了,你却沉默了许久。

然后,冷漠地对我说:“这个孩子,不能要。”

所以,我必须离开你。

目　录

竹马钢琴师.2

楔子

她曾对他说:“生命里最美的年华,我都用来喜欢你。我希望有一天,我能够有一个好听的名字,叫作,慕杨初末。”

离开慕流年的那些年里,初末的生活都很简单,每天除了发呆还是发呆,然后在呆茫中睡去,第二天继续发呆。

直到有一天,师兄罗子嘉拿着一沓证件放在她面前,说:“初末,去环游世界吧,就当是替小希完成心愿。”

罗希,罗子嘉的妹妹,也是她最好的朋友,在离开这个世界之前最大的希望就是环游世界。

于是,初末真的出发了。

每到一个国家,她都会准备三张明信片:一张寄给罗子嘉,报以平安;一张寄往天堂,希望小希能看见;一张,夹在她的日记本里。

在这世界上,总有那么一个人,即便是有他的地址,也不敢将给他准备的礼物寄给他,那个人,是深爱却不能提及的人。

初末翻开记事本,上面写着旅行的最后一站:波兰。

这是初末第二次来到这里,还记得第一次来的时候,她到这里参加钢琴比赛惨败,慕流年安慰她说,别放在心上,总会有来第二次的机会。

这个城市还是那个样子,有熟悉的建筑,也有陌生的人群,来来往往的洋溢着年轻的脸,美好得令人恍惚,以为这个世界太好没人会掉眼泪。

初末突然难过了起来,她想起了她的流年哥哥。

三年前,她下定过决心,会努力弹好钢琴,赢得比赛。

她曾经幻想过,再次站在这里的时候,应该是他们两个人。

竹马钢琴师.2

喧嚣的广场，络绎不绝的游客，欢声笑语一掠而过，可此刻的初末却感受到前所未有的孤单，在人群中显得那样的突兀。

那是因为，那么多张面孔里，没有一个是他。

第一章　与你重逢

她什么都不愿去想，只要慕流年在她身边，要她怎样都没关系。

Part 1

"慕医生，你有病人！"

当慕流年从走廊尽头最里面的病房出来时，一个护士羞涩地喊了一句。

穿着白大褂的英俊男人点头，示意自己知道。

他一边看着手上的病例一边往办公室走。

高大的背影俊秀挺拔，卓尔不凡。

直到流年走进办公室里，护士才依依不舍地收回眼神，对身边的同事道："这已经是整个上午，慕医生的第十五个病人啦，大家听说他明天就要走，都争着嚷着要他看病，其实哪里是看病，只是想借最后的机会跟慕医生亲近亲近！"

慕流年走进办公室，已经有一个身材姣好的名模在等着他了。

名模也是人，也要看病，偶尔一次来这家医院看病时，碰见了眼前的男人。

真是没见过这么年轻就医术精湛的医生，还长得极帅！

要知道，她是混娱乐圈的，什么样的帅哥没见过？

整容的，没整容的，他们穿着奢侈的名牌，高端定制服装，每天在她面前晃悠来晃悠去，却没有任何一个比得过眼前这个只穿着白大褂，就能将她迷得晕头转向的英俊男人。

她手肘撑在桌子上，眼巴巴地凝视着眼前的男人。

这么好的底子,不去当明星真可惜了。

他若往屏幕上一站,那些顶级流量都得靠边站。

不过,唯一可惜的是,每次她来这里,他除了帮她看病之外,就没正眼瞧过她。

想到这里,名模的眼神里便流露出一股浓浓的失望。

"哪里不舒服?"

低沉而礼貌的声音将名模的思绪给打断,抬头,她镇定地将自己早已背好的病例草稿顺畅地给背了出来。

这期间慕流年一直在病例上写什么,等到她说完了之后,将病例单子给她,让她直接去取药就行。

"呃……慕医生,听说你明天就离开这里回国了?"

"嗯。"

"我有时候也会去中国赶通告,不知道慕医生是在哪个城市呢?我们可以交换联系方式吗?"

"B市。"

简略的回答,直接忽略了最后一个问题,显示出对方并不愿意多谈。

名模自然能明白,忽而,她将一张小纸条搁在桌子上,道:"这是我的联系方式,希望在中国能跟你再相见。"说完,就转身离开。

走出办公室的时候,她看了一眼单子上开的药物名称,都是些补品,没病也能吃的。

她的脸不禁红了起来,她想,想必慕医生定是看出她是胡乱扯个病症让他看吧?只是为了她的面子,没有揭穿。

他真的是……长得帅,人又特别好,就是眼光太高了,也不知道什么样的女人才能入他的法眼。

不过没关系,她也不算白来,这张单子上可有慕医生的真迹呢!

瘦劲清峻的字体,入木三分,即使只是一张病历单,也值得收藏!

想到这,她便将单子宝贝地放进包包里,踩着高跟鞋离开。

这时,办公室桌子上的手机振动了一下,流年拿起翻阅,屏幕上显示了一段话:"流年,回国的航班是下午两点,我们该出发了。"

Part 2

大四那年,B 大与世界著名医学研究机构合作交流一个项目,选了 B 市第一医院的几个著名的医生,以及 B 大医学系两个专业方面相当出色的研究生共同合作。

因为涉及医院相关工作人员与国外医生的交流工作,B 大还将专门挑选本校外语系专业比较好的三名学生去当翻译。

所有人都知道,能参与到这个团队做翻译的人,在招聘会填简历的时候,必然都是相关经验极漂亮,并且录取各种大型外企、上市公司的概率极高。

最关键的是,外语系的学生每年度毕业季都想进入的最好归宿 IMB 集团,对他们有优先录取权。

所以,为了这三个名额,外语系的学生们都争先恐后地找关系。

当初末正在寝室里勤勤恳恳地背单词时,夏图背了个巨大的书包风风火火地跑了进来:“初末！快,吃饭啦！再慢点就没饭吃啦!”一边说着,她还一边跑到桌子边拿起饭盒就要往外冲。

这时外面刚好有人进来,一推开门,刚好撞到夏图的脸上——

“我操!”夏图捂着脸,撞得一脸鼻血。

同寝室的木槿推开门,看着夏图痛苦的样子,已经习以为常,非常淡定地说:“夏图,你这又是去抢饭吃呢?”

夏图捂着鼻子横了她一眼,痛苦难言。

木槿说:“不要去抢了,今天王纯请客,去海逸酒店吃饭。”

“海逸酒店!”一听到这四个字,夏图顾不得擦鼻血,口水流了一嘴,“就是那个有全 B 市最好吃的烤鸭的五星级酒店?”

木槿点点头,又摇摇头,叹息:“我说夏图你怎么就整天只知道吃呢？从大一到大四,你抢了四年的食堂饭,你就不腻么?”

“从大一到大四,我们同居了四年,你怎么还不懂我？我是用生命在热爱米饭好吗!”夏图挺起胸脯,猩猩一样拍了拍,又问道,“王大小姐这是公主病又犯了么？没事去海逸酒店吃什么饭?”

“当然不是,我们学校最近不是因为外语系翻译名额的事情闹得沸沸扬扬的么？这次王纯请医学系的几个学长吃饭,了解一下情况,我们只是顺便沾光而已。”

“医学系的学长？那不是一定就有那个俊美非凡、温润成熟、在实验室做实验三天三夜不眠不休也面不改色的，帅得让女人合不拢腿、男人不会走路，人人仰慕的慕大神？”

慕大神……

这三个字滑过耳边，正在背单词的初末一愣，手上的笔哐当一声掉在了地上，吸引了两个人的注意。

夏图走上来，将初末的笔给捡起来，严肃地打量了她一眼，然后眼睛放光地说：“初末，你一定是太饿了吧，连笔都拿不稳，咱们快去海逸酒店吃饭吧！”

初末：“……”

木槿本以为初末又会拒绝，毕竟她性格太淡漠，好像对什么事情都漠不关心的样子，就连学校的活动也懒得参加，更别说这样的饭局了。

却不想，这一次，她答应得干脆极了——“好啊。”

初末休学过一年，重返学校的她从大二开始念，现在念大四。

她住的寝室一共有四个女孩子，除了刚才性格乖张的夏图和温吞的木槿之外，还有一个便是今天要请客的王纯。

王纯是 B 市本地人，家里一日之间暴富，因为有钱，长得又漂亮，性格又活泼，在男生群里非常玩得开，连在一些研究生学长堆里都特别受欢迎。

以前王纯请那些学长吃饭的时候，初末都不乐意参加的。

这一次，只是因为那三个字——“慕大神”。

两年了，他终于回来了，她怎么能不趁机去见见他？

Part 3

海逸酒店是 B 市顶级大酒店之一，从里到外都是金碧辉煌的设计，说起来雍容华贵，可也有些俗不可耐。

用木槿的话来讲就是：“有钱人都喜欢用金色来彰显自己是有钱人，像脖子上戴着巨粗的金项链、手腕戴金表、脚腕戴金脚链的那些人，生怕别人不知道他们有钱。说白了，就是爱炫耀，就像这家酒店，好像不用这么灿烂的装潢，就不能彰显出它的气质一样。”

对于这样的言论，初末跟夏图都保持沉默，两人对有钱没钱、金色还是黄色都不感兴趣,初末是来看男人的,而夏图……是来吃的。

一到海逸酒店,夏图就抓着王纯的手臂热切地问:"纯纯,菜单里加了烤鸭没有?"

"知道你会来,当然加了!"王纯笑着说,她今天依旧穿着满身的奢侈品,一身 Prada 套装配上 Chanel 的经典格纹链条包、Jimmy Choo 的高跟鞋,浑身上下都充满了名媛气质。

相较之下,前来的寝室三人穿着太学生气,与之格格不入。

看见跟在身后的初末,王纯感到很意外:"末末,你也来了啊,真让我有点惊讶,以前你都不参加这样的饭局的。"

初末歉意十足地说:"以前老是婉拒你的邀请。真是不好意思。"

"说什么话呢!我们是好室友,哪有拒绝不拒绝的,就算你是故意拒绝我的,我也不会生气啊!"

王纯的性格就是这样,为人处世有着不符合她这个年龄的圆滑,八面玲珑,容易让人产生很好的第一印象。

四个人很快就坐进订好的包厢里。

初末目测了一下,并没有在包厢里看见那个熟悉的身影,心里不免有些失落。

王纯订的包厢豪华程度自然是不用多说,金碧辉煌配上美酒佳肴,一行人吃得很是欢快。尤其是夏图,平日里属她话最多,此刻抱着烤鸭在那啃,从上桌到现在一句话都没说过。最关键是看见初末吃得不多的时候,还特别仗义地夹了一块鸭腿放在初末的碗里,笑眯眯地说:"末末,吃呀吃呀!很好吃的!"

慕流年就是在这个时候出现的。

镶着金边的包厢大门被服务员推开,明明进来的是三个人,可初末一眼就看见了他……那个所有人口中的慕大神。

其他两个人进来,都面带笑容,只有他,没什么表情,却让人移不开眼。

他穿着浅色毛衣,深色长裤,面容沉着,步伐稳当,两年未见,越发英俊成熟。

初末盯着他的方向,眼睛一眨也不敢眨,生怕眼泪会从眼眶里涌出来,当众丢脸。

就在这时——

"末末,吃鸭腿呀!你怎么都不吃的啊?"

夏图洪亮的声音传来，顿时，所以人都往这边看，其中也包括流年。

初末顿觉尴尬，朝他笑了笑，却不想，他面无表情地转过头，跟着其他人一起入座。

初末一愣，只觉无趣极了，便默默低头啃自己碗里的大鸭腿。

夏图还在那里精力充沛地问初末，鸭腿是不是很好吃呀。

初末已经没心情回答了，心里都是挫败感。

想着今天自己为什么要来啊，不就是为了见他一面吗？可他好像极不想见到她的样子，早知道，她就不来了。

初末的心情很不好，可饭桌上的气氛可不会因为她的心情而变坏。

流年一出现。所有的话题都围绕他——

“流年这次从国外回来，真是给学校立了大功，大家还不知道吧，跟国外那个医学机构合作的那个实验就是他给带回来的。”这是刚才跟流年一起进来的男生之一说的。

接着，另一个一起进来的男生接了话：“对啊，你们这次可算是找对人了，外语系的三个名额都在流年手上。不过最近找他的人多着呢，饭局太普通了，王大小姐要是想要名额，得看看有没有一些新意能俘获我们流年的心。”

王纯微笑得像个淑女：“拿什么能俘获慕师兄的心呢？”说完，又想了想。叫了声，“初末！”

王纯的叫声，吓了初末一大跳，本能地“啊”了一声，却见王纯又叫了一句：“图图，还有木槿，今天我能不能拿到名额就靠你们了！我们四个人先敬慕师兄一杯！”

“……”

Part 4

酒是怎么喝起来的，初末完全没有印象。

一场饭局变成了拼酒，在她的印象里，流年向来是滴酒不沾的，怎么从国外回来，就喜欢上喝酒了呢？

初末装作不经意看去，也没见他脸上露出任何对喝酒的喜好之情，不过他向来都是这样，喜怒不形于色，就算你盯着他看一天，也分不出他到底什么时候是高兴的,什么时候是不高兴的。

秉持着慕流年的爱好是什么,杨初末的爱好就是什么的原则,不喜酒的初末也喝了很多。

于是没过一会儿,初末就抱着酒瓶红着脸唱歌。

夏图也喝得差不多,抱着吃剩的鸭腿骨在那里啃。

王纯跟木槿相视一眼,觉得这样不好整啊,正想抽走两人怀里的酒瓶,却被初末一把抱着不撒手,她说:“唱歌!我想唱歌!”

然后本来乖乖交出酒瓶的夏图也不干了:“我也要唱歌!我要跟初末合唱!”

就在一行人巴巴地望着两个醉酒的女生不知所措的时候,一抹淡寂的声音响起:“那就去唱歌。”

发话的是慕流年,王纯望去,他的表情仍旧是淡淡的,仿佛刚才说话的人不是他一般。

可是那又有什么关系?慕流年回国的初次请客居然在这样的状况下发生了,王纯觉得自己真是幸运极了,趁着今天,她也好多跟慕流年亲近亲近。

慕流年开口,任何人都没反对意见。

于是一行人便浩浩荡荡地去了 KTV。

偌大的包房,一进去,初末就抱着话筒不撒手。

夏图倒是不行了,倒在沙发上就呼呼睡了起来。

初末虽然休学了一年,但因为她上学时年龄本就偏小,就算是休学了一年,在这里也算年龄小的。

那些师兄完全将她当成小妹妹看待,看她抱着话筒不放,就配合她一起唱歌,来了个大合唱。

在这种热闹的情况下,只有慕流年一个人坐在沙发上,王纯找准时机,走上去,找了个话题:“慕师兄,怎么不一起唱歌啊?”顺便在他身边的位置上坐下。

流年没有看她,眼睛一直看着那群人闹,淡淡回了她:“不感兴趣。”

不感兴趣?可是一开始提议来唱歌的不是他么?

王纯很不解,但这个问题很快就被她给忽略了过去,她问:“那慕师兄对什么感兴趣呢?”

他对什么感兴趣?流年唇角微勾。不远处,他感兴趣的人正朝这边摇摇摆摆地走来。

喝醉酒的初末很闹腾,那么多人陪她合唱还不够,她抱着话筒摇摇摆摆地走到这里,口齿不清地说:“你们、你们坐在这里干、干什么!来!跟我合唱!我要跟你合唱!”

然后就硬将话筒塞到慕流年的手里,要他跟自己合唱。

王纯本来还有些担心初末这样会激怒慕流年,要知道平常慕流年就给人一股疏离冷漠之感,单单是跟他说话都需要好大的勇气……从没见过谁像初末这般大胆的。

就在她担忧地想要将初末拉回去的时候,流年居然接过初末手中的话筒,起身,回答了她:“好。”

Part 5

最后,流年并没有唱歌,只是配合初末站在一旁看着她,整个包厢里只有初末的鬼哭狼嚎。

散场的时候,是流年将他们一一送回去的。

这些人里,就他一个人有车。

结果到了校门口,大家都下车了之后,初末紧紧地抓着门上的把手怎么都不松开。

王纯拍拍她的脸,试图让她清醒:“初末,我们到寝室了,该下车了哈!”

初末还是闭着眼睛,没睡醒的样子,可抓着门的手怎么都不松开,王纯试着拽了几回,竟纹丝不动。

没办法,她喊来木槿帮忙,初末的手还是死死地拽着,仿佛在跟她们比较谁的力道更大。

其实王纯跟木槿两个人的力气肯定是胜过初末的,只是初末睡在最里面,她们两个人要缩着身子进去拽,力不好使。

就在这万分尴尬的时候,驾驶座位上一直没吭声的流年道:“你们先回去吧,等她醒了,我送她回寝室。”

王纯万万没想到流年会忽然这么说,木槿也很诧异,本能地脱口就问:“那要是她一直不醒呢?”

流年勾勾唇:“那就让她一直睡在车上。”

直到关上车门,远远地还能听见王纯懊恼遗憾的声音:“早知道能睡在慕师兄车上,我也喝醉算了!"

木槿:"……"

银白色的卡宴继续在公路上开着,睡在后座的人,颤抖的一对睫毛像是蝴蝶的翅膀微微地扑扇着,最后小翅膀小小地张开一条缝隙,胆怯地看着驾驶座位上的男人。

白色的月光透过打开的车窗洒在他身上,光线亲昵地贴在他那张英俊出众的脸上。他沉默的时候,简直比奢侈品橱窗里面无表情的模特还要好看。

这时,大抵是红灯到了,他停了车,似是要转过头,初末吓得立刻闭上了眼睛。

流年并没有转头,只是随手拿过振动的手机看了一眼信息,修长的手指在手机上按了几下。便放下。

红灯还在从50秒倒数,他的视线淡淡地落在后视镜中的初末身上,她其实很瘦,但因为属于圆脸,所以不怎么明显,但只要仔细看她的手腕,就会发现瘦得皮包骨了。

流年盯着后视镜看了一会儿,才缓缓道:"还装睡?"

闭着眼睛的初末一愣,接着一阵灼热之感在脸上泛起。

原来他早就知道她在装睡!

初末觉得好尴尬,好想把车门打开,直接将自己丢出去,被后面的车轧死算了。

她躲在车背后阴暗的角落装死了一会儿,才慢慢爬起来,凑到前面两个座位的中间,看前面陌生的路,问:"我们这是要去哪啊?"

Part 6

流年没回答。

初末看着他沉默的侧颜,扁了扁嘴巴:"我们两年没见了,你都没什么话要跟我说吗?就算是一句'好久不见',也听着亲切一点啊。"

流年依旧沉默地开车,对于她的问题无动于衷。

初末想起很早以前,尽管她也是这样,一逃,逃了五年,再次相遇,他也没像如今这般陌生,至少还是会跟她说话的。

现在算什么?他就那么讨厌她,讨厌到连跟她说话都不愿意了吗?

想到这里,心里委屈。

她还巴巴地装醉想要找一个跟他独处的时间,谁知道人家根本就不屑。

“停车！我要下车!”她忽然叫了一声。

流年从后视镜里瞥了她一眼,当真将车停了下来。

初末顿觉无语,她原本是想闹脾气的,却不想他是来真的。

外面黑漆漆的,她根本就不知道这是在哪里,下车的话,她要怎么回学校啊?

她磨蹭地在车上不动,心里还巴巴地想着流年应该不会那么绝情吧,当真把她一个人孤零零丢下。

“下车。”一抹冷寂的命令声响起。

最后,初末还是被无情地赶下了车。

外面不知道什么时候变得那么冷,风吹着她露在外面的胳膊,初末不自禁地哆嗦了一下,鸡皮疙瘩迅速爬上了胳膊。

她眯眼看去,这里是个公交站台,但空荡荡的,像是被遗弃了一样,半个人影都没有。

初末立马后悔了,她转身就想坐回车内,却不想车门被反锁了,她打不开。

她连忙扒着流年未来得及关上的窗子:“我不要一个人待在这里,你送我回去!”

“放手!”

初末扒着车窗不放:“我不!”

流年转头,就见初末瞪着他,一脸“你不开门我不放手”的架势。他长臂一伸,将她的手硬是掰开,丢了出去,然后发动车。

白色的卡宴扬长而去。

初末看着那抹白色很快便消失在这条路的尽头,她忽然就难过了起来,好像从始至终,他就不想跟她单独待在一块,就连眼神都吝啬给她。

她站在原地,偌大的地方只有她一个人,很孤独。

她不知道的是,这个站台在一个月前已经被废弃,无论哪辆公交车都不会经过这里。

Part 7

流年将车开了没多远便停了下来,这一片的路灯坏了,黑暗笼罩着整个街道,加上快要下雨的缘故,空气沉闷得紧。

流年望着车窗外的阴霾,无法用笔墨来形容这种令人讨厌的天气转变,上一刻还是晴天,下一秒就要下雨,那样沉闷,就如他一直以来的心情一般,被一块沉重的石头压着,快要窒息。

明明已经精疲力竭,可再看见她时,才明白,无论这一年过得有多冷寂,只要她一出现,他就始终都没有办法逃离,心里一个小缝隙因为她早已渗透了一丝细小的阳光。

这世界那么大,到哪里能找到那么对的人,陪得起走那千山万水的旅程……他等了那么久,还是只有她,只能是她。

认命般,他将车子掉了一个头,慢慢开到了废弃的公交站台。

初末在那里等啊等啊等,许久,都没见公交车的影子。

眼看就要下雨了,公交车到底什么时候才会来啊?

这时,一个大婶路过看见她一副等车样,犹豫了一会儿,走向她,好心地说:"姑娘,你这是在等车么?"

"是啊。"

"这个站台一个月前就废啦,不会有公交车经过啦!"

"唔……那大姐,你知不知道最近的公交站台在哪里呀?"

"哦……不远。往这条街一直走,走到尽头,再向右拐直走到一个路口,向左拐走到尽头,再向右拐走到尽头就到啦!"

"呃……"这样还叫不远吗?初末无语凝噎了一下,面上还是小感谢了一番。

等到大婶离开了之后,初末望着一眼看不见尽头的路,认命般地往来时的路回走。

但是天公不作美。她还没走到一半豆大的雨滴就落了下来,先是一颗两颗,然后噼里啪啦地弹珠一样往人的身上砸。

初末只能又返回到刚才的站台,站在废旧的台檐下躲雨。

此时的风呼啦啦地吹,初末抱着胳膊,又冷又饿,只觉万分凄凉,忽然就想念刚才的饭局了,为什么她只顾着喝酒,忘了吃饭呢?

就在这时,裸露在外面的肌肤被披上了一件外套,她抬头,就看见那张熟悉的脸,顷刻间,满腹的委屈就这样迸发了出来。

将流年披在她身上的外套拽掉,她掉头就往雨里走。

流年神色一凛,伸手一抓,就将她狠狠地拽了回来:“你去哪里?”

“我去哪里要你管!”初末瞪着他,“不是你让我走的吗?现在又回来做什么?我才不稀罕你的外套!”

“不稀罕?”流年冷笑,“是啊,你杨初末会稀罕谁?!”

初末语塞,他的话像针一样扎在她心上,委屈感占据了心头,也顾不得思考那些:“放开我!”她用力地甩开他的手,却是徒劳,他的力气太大,她根本无从使力。

一阵冷风吹来,雨点散落在她身上,初末忍不住打了个哆嗦。

流年黑眸微眯,声音里压制着一股怒气:“跟我上车!”说着就拉着他往车边走去。

偏是初末不知好歹,冒着雨淋也死都不跟他进车内,流年将她拽到车边,她就死死地拉着车门不进去。

雨越下越大,两人浑身都湿淋淋,初末不管不顾,一副“就算我淋死也不上车”的架势。

真不知道她哪里学来的无赖劲!

最后,流年烦躁地松开她,冷声问:“你究竟想怎样?”

“我想怎样?我就是想见见你,想跟你说句话!我知道当年我离开是我不对,可是你也不要这样对我啊,好像陌生人一样,爱理不理的!你知道我今天是特意为了你才来这样的饭局的吗?你知道我是为了你才喝那么多酒的吗?我酒量本来就不好,我还要想着怎样才能不完全醉,才能找机会跟你独处,你知道我整个饭局有多小心翼翼地掂量吗?你不知道!你什么都不知道!”

流年不发一语,眸色在她的喋喋不休中愈发深沉了起来,忽然,他猛地将她拽入怀中,在她诧异的目光下,狠狠地吻上了那张小嘴,没有温柔,只有惩罚,那样的吻简直要将她吃掉,吻痛了她的唇,更伤了她的心。

那横在她腰间的手臂越收越紧,仿佛要将她给揉碎掉,这样才能泄他心头的恨。

初末挣扎得厉害,想要甩开他,他像是早有预料,一个反转,将她压在车门上,吻丝毫都没有停止,像是要夺走她所有的呼吸才善罢甘休。

那样的霸道让初末不得不臣服，其实她的倔强都是伪装出来的。

当流年吻上唇的那一刹那，撕心的疼在心间泛起，好想时光就停在这一秒，即使让她永远都淋着雨都没关系。

挣扎到了最后变成了屈服，初末回吻着他，那么熟悉的唇觉，让她鼻子泛酸，好不容易止住的眼泪又不争气地往下掉。

此刻她什么都不愿去想，只要攀附着他，躲在他的怀里，只要慕流年在她身边，要她怎样都没关系。

第二章　我的英雄

大概是太喜欢一个人吧，总幻想着他能在她最脆弱的时候，英雄一样地出现。

Part 1

第二天，流年一进公司，合伙人兼好友余生就用一种暧昧不明的眼光看着他。

一路跟随着流年走进办公室，看着他轻微地咳嗽了一声，眼里的暧昧更加明显了。

流年将抽屉里的感冒药拿出来，吃了一片后，开始翻阅桌上助理放置好的文件，对于跟自己走进来的“尾巴”，头也没抬，道：“有事就说，没事出去工作。”

“啧啧，不知道我们慕少感冒了算不算是大事?”余生走近流年，在办公桌前的椅子上坐下，笑得神秘兮兮，“我还以为昨晚看走了眼呢！现在……”他盯着流年带点小伤的嘴角，笑道，“原来我看见的是真的，你这伤……”余生想了想，还是换了一种说法，“我说，到底是哪家姑娘能让我们慕少如此失控？冒着大雨就强吻人家，结果又是感冒又弄伤了嘴角……我看你平常也挺清心寡欲的啊，怎么着急起来比我还猴急呢?”

对于他的调侃，流年只是给了他一个淡淡的眼神：“说完了?”

“……”

“你可以出去了。”

余生捧着一颗受伤的心：“慕哥哥，你不能这样对我，好歹你也得告诉我那个女孩是谁吧？而且我跟你说了多少遍，像你长得这么帅，就要好好利用起你的资源，每天多笑一笑，那些美女也敢多靠近你一点不是？你总这样瘫着一张脸，真是浪费上天给你的厚赐，难怪当初初末小妹妹也受不了你……"

说到这里，余生立即感受到一束锐利的目光向自己射来，带着一股分分钟将他大卸八块的狠戾。

"好好好！算我说错了话！"余生举手投降，"我现在闭嘴，那你能不能告诉我你昨晚到底跟哪个妞打啵了？"

问完这话，余生带着十二分的专注等待流年的回答，却不想他按通了一个电话……

随后，余生就看见两个穿着制服的保安走进来，流年面无表情地指指他，对他们道："把他带走。"

余生："……"

好歹我也是公司的副总，慕流年你不能这样对我好吗？

余生被自家保安轰出来了之后，回到自己的办公室苦思冥想，昨天的雨实在是太大了，以至于他都没有看清楚那女孩的长相。不过凭借他对流年的了解，自从一年前，小初末离开他之后，他身边的女人就没有断过，对送上门的国色天香来者不拒。

可这些国色天香，流年连她们的手都没有牵过，更别说是吻了。

同是男人的他，很理解他不排斥那些国色天香，就像借酒消愁一样，试图在一堆不重要的女人中忘记心底最重要的那个。

所以，他万分好奇，究竟是哪个国色天香，能打破流年心中的禁忌，让一向抑制力非常的流年如此失控？

初末醒来的时候，是在一家酒店里。

昨天实在是太混乱了，犹记得最后她被拉着去附近的一家酒店，酒店的服务生看见湿淋淋的他们惊讶地以为他们受到了打劫。

开了房之后，是他先让她去洗澡的。

封闭的空间加上之前的亲吻，让她手脚都不知道该怎么放，洗澡无疑是躲避的最佳法宝。

所以她二话没说就进了浴室。

出来的时候，流年进去了，两个人连碰面的机会都没有。

昨晚她也确实累了，在流年洗澡的时候昏昏沉沉地睡了过去，一睁开眼，天就亮了。

身边空空荡荡，连他的气息都找不到。一股自嘲在初末心间扬起:"杨初末,你在失望什么? 你难道还巴望着昨天晚上他会跟你滚床单吗?"

这时,外面响起敲门声,她心中一阵喜悦,赤着脚就去开门了。

拉开门,看见的却是一张陌生的面孔,失落感倍增。

"请问,是杨初末小姐吗?"那人问。

"嗯。"初末点点头。

那人便将一盒药包递了过来:"这是慕先生给你的,让你醒了就赶紧泡了喝。"说完就要走人。

初末连忙叫住她,问:"你说的那个慕先生他在楼下吗?"

"没有。"那人摇摇头,"他是早上来我们药店买药的,让我们这个时间点送到这家酒店这间房。"

见初末没了问题,那人便离开了。

初末拿着手中的感冒冲剂,昨晚的思绪好像回来一点点。

昨晚,有个人在她的梦中轻声细语:"喝完药再睡,不然会感冒,嗯?"

她仿佛又回到了很久很久以前,她在他的怀里撒娇,呢喃出声:"不要,流年哥哥,我想睡觉,我们待会儿再喝。"便翻过身,又沉沉睡了过去。

"唔……"回忆完毕,初末难受地呻吟了一声,她昨晚干吗那么贪睡啊……好不容易有单独跟他相处的机会,她怎么就一点都不珍惜呢?

关上房门,初末拿出手机,已经不知道是多少次摁了那个在心灵深处滚瓜烂熟的号码,手指停在呼叫键上,终是没有勇气拨出去。

Part 2

坐在回学校的公交车上,初末明显地感觉到身体有点不对劲,脑袋昏昏沉沉的,浑身都没有力气。回学校还要一个小时的车程,最后她实在忍不住,沉沉睡了过去。

快要到站的时候莫名地醒了过来,下意识地往口袋里摸了摸,便惊了一身汗—

手机没了!

翻遍了全身,都没有找到!

她焦急万分,跑到公交车最前面问司机车内有没有摄像头,她的手机丢了。

那司机看她一副快哭了的样子,问了大概的状况,便扭头看向车内零零散散坐着的几个人,看来,小偷早就离车而去了。于是安慰她:“车内是没有摄像头的。估计就算是报警也不可能抓到小偷,还好只是一部手机,姑娘下次坐车可要长点心啊!”

可是初末好难过,谁都不知道那部手机对她有多么重要,那里面存着两年前流年跟她发过的所有信息,那是她舍不得删掉的回忆,有时候一个人躲在被窝里的时候,会一遍又一遍地看,仿佛他还在自己身边。

可是现在,它没了,仿佛他们之间的回忆也一并被带走了。

初末好难过,心里责怪自己怎么那么不小心。

回到寝室,很意外其他三个人都在,连一向不见人影的王纯都在。

初末虽然心情很差,但还是装作若无其事地“嗨”了一声。

不过……除了夏图有反应之外,另外两个人都没反应。

特别是王纯,看过来的眼神很奇怪……一张脸阴沉沉的,明眼人都能看出她很生气。

初末耸了耸肩膀,本身脑袋就很疼,加上丢了手机心情郁闷,便也没去猜测,正打算趴在桌子上休息一下,王纯阴恻恻的声音便传来:“哟,大小姐终于回来了,昨天晚上风流得可好?”

初末还以为自己发烧头疼出了幻觉,王纯怎么用这种语气跟自己说话?看过去时,发现他们的眼神都固定在她身上,便更纳闷了,问:“王纯,你是在跟我说话吗?”

“不然我是在跟鬼说话?”

初末眉头微皱,但还是好脾气地说:“昨天不好意思,我喝得太醉了。”

“当然得喝醉啦……”王纯说,“不然怎么能用计爬上慕师兄的床,顺便让人家把名额给你呢!”

初末这才意识到王纯就是来找茬的,她说:“你用词注意一点,什么叫爬床?我要什么名额了?”

“还装呢!”王纯笑了起来,“你们看看,她还这么理直气壮地问我为什么!哈!我真是从没见过这么不要脸的人!”

“你说谁不要脸呢？”初末本就心情不畅，被她这样说，怒火也蹿上心头，不甘示弱地回敬。

眼看两人就要吵起来，夏图连忙冲过来说：“好了，大家都是同学，有话好好说。木槿，你是一直在寝室的人，说说到底发生了什么事。我也是刚回来的，搞不清楚状况。”

木槿依旧是很淡定的表情，仿佛刚才王纯的愤怒根本就不是多大的事。

关于事情的缘由，她不急不缓地说：“是这样的，今天一大早，外语系的三个名额公布了，其中，没有王纯。”

夏图了然地“哦”了一声，谁都知道寝室里最想去翻译组的就是王纯了，不然也不会有昨天那个饭局，只是有一颗向上的心是正确的，但即使没有抢到名额也不能隆在别人身上吧？

心里是这样想的，夏图还是出声安慰：“早就听说录取的名额少，要求又严格，纯纯，你当初不是也说努力争取了就好，没结果也不勉强的么？”

“但是……”木槿迟疑了一会儿，又道，“名额里的三个人，其中两个，一个是法语系的，一个是西班牙语系的……而我们英文系的，是初末。”

这句话说完，大家都恍然大晤。

夏图看向初末时，她脸上的惊讶不会比任何人少。

王纯却在这时候嗤之以鼻：“装那么惊讶的样子做什么？你以为在演戏吗？我就奇怪，怎么平常邀你参加饭局，你一次都不来，昨天那么凑巧就来了？原来我是为他人做嫁衣啊我。我花钱请了学长吃饭，最后得利的却是你。真是天大的笑话！”

夏图皱眉：“纯纯，你也别这样说，我看初末也是迷茫得很，会不会昨天吃饭的时候，他们把初末跟你的名字搞混掉了？”

“你是在开玩笑吗？你我心里都清楚，就算昨天在场的所有人都会记错我跟初末的名字，有一个人也不会记错，而且他就是掌握三个名额决定权的人！”

夏图脸色微变：“纯纯……你适可而止一点……”

“我为什么要适可而止？敢做就别怕别人说！”王纯盯着初末的眼睛，嘴角浮现一抹嘲讽的笑，“不就是慕流年是你前男友么？不就是你为了他休了一年学么？怎么别人可以议论，到我们寝室就成禁忌了?”

“纯纯……够了——”

夏图劝阻,只说了四个字就被王纯打断:“够什么够? 既然做得出还怕我说吗? 杨初末,你跟我说说,你是不是早就在心里打算好,免费吃这一顿,让慕流年看见你的存在,知道外语系还有你这么一个人? 然后轻而易举地拿到名额? 我说昨天你怎么要酒疯呢,好像从来没见过酒是什么样子似的,原来早就在心里做好了打算,准备酒后乱性呢!”

王纯的声音很大,加上寝室的门又是打开的,引得对面的、隔壁的寝室的学生都过来围观。

听到王纯后面的话,人群便开始议论了起来——

“我就说她是当年那个跟慕师兄在一起过的杨初末吧,你还不相信!”

“我就是觉得太传奇了……如果是我,可没脸再回学校重读了。”

“那有什么,现在社会没脸没皮的人多着呢!”

Part 3

原本初末还打算去问问这究竟是怎么一回事,现在这样的情况下,她也跟王纯杠上了。

她嘴角扬起冷漠的笑:“就像你说的,我是慕流年的前女友,是我主动离开他的,如果我真的想要这个名额,只是一个电话的事,我有必要吃你所谓的一餐饭么?”

“你当然需要了。”王纯冷哼一声,“谁不知道你没有双亲,学费什么的都是自己打工赚的,平常你就省吃俭用,难不成你还能有钱请慕师兄去海逸吃饭么? 哦对了,我还忘记了,我们初末跟B市院长的儿子罗大少的关系可好着呢,恐怕只要你一开口,别说是海逸,就是去迪拜的金帆船酒店订一桌,他也会舍钱陪红颜吧?”

那话里讽刺的意思,就是她杨初末就是水性杨花的女人。

初末微微一笑:“既然你都这样说了,如果我真有那么大魅力,你说我会稀罕你的饭局吗?”

“哼,你还真往自己脸上贴金了? 别忘了,昨天慕师兄进来可是连看你一眼都没看过,你是他曾经的女朋友,在‘女朋友’前面还要加一个‘前’字好吗?”王纯径自从桌上随手拿起一部手机,是夏图的,她说,“有本事你现在就打电话给他。如果你有本事让他改名,别说道歉,就是要我王纯向你下跪,都没问题!”

一时间,寝室的气氛安静而诡异。

初末也是在气头上,夺过王纯手上的手机就按下了一串熟悉的号码。

等到那边响起第一声嘟的时候,她才恍如触电一般将手机挂断。

她所有的动作都被其他人看在眼里,王纯本来还被她的举动给吓到了,现在倒是放下了一颗心。她当然不会再笨一次让初末有机会打电话了,便冷嘲热讽出口:“我还以为你真有什么能耐!差点忘记了,你这个前女友恐怕连慕师兄的电话号码都没有吧?”

初末忽然就那么讨厌自己,只是一个电话,她都不敢拨出去……跟大呼小叫的王纯相比,她的确是没资格极了。

耳畔都是质疑、看热闹的人群,那些声音就像挥散不去的苍蝇在她耳边嗡嗡叫鸣。

初末只觉脑袋混沌胀大,空气瞬间都变得很稀薄。

在她没有窒息之前,她推开人群,跑了出去。

“不做样子会死么?”完胜的王纯嘴上还不饶人,“还以为自己是慕流年的女朋友呢!别人做什么还都要看在她杨初末的面子上!”

“够了,纯纯!你话说得太过了!”

夏图不赞同地看着她,刚要说什么,被初末丢在一边的手机便响了起来。

夏图拿起,是个陌生的号码。她迟疑地按下了接听键,“喂”了一声。

半晌,诧异从她口中流出:“啊?你是慕师兄?”

然后王纯也诧异了……

木槿也诧异了……

围观的群众都诧异了……

Part 4

会议室外,打完电话的流年,收起手机,倚在墙边,点燃了一根烟,指尖微弱的火光,不足以温暖冰冷的心。

余生从会议室出来，没看见流年的身影，在走道里搜了一圈，才在尽头看见了他。

“我说，是什么电话，你非打不可？丢下一群人，自己又跑到这里来抽烟，真不像你慕流年的作风！”

流年的嗓子有些疲倦，问：“那怎样才像我的作风？”

余生一噎，走过去，不赞同地看着他指尖的烟蒂：“这烟还是少抽一点好……话说你昨天不是还春情荡漾吗？怎么今天又……”

他的话没说完，嘴巴里便被塞了半截烟，呛得不会抽烟的他猛咳嗽，一边指着罪魁祸首：“你、你做什么！?”

“这样像我作风？”

流年说完就转身往来时的路走。

余生在背后吼了一句：“靠！你去哪里啊？”

“继续开会。”

一个人跑出宿舍的初末不知道自己要去哪里，在学校里走了一下，她便去了图书馆，从包里拿出书和笔记，但怎么都看不下去，脑袋昏昏沉沉的，现在的她只想找一个地方好好地睡一觉。

三个名额里有她，确实在她意料之外，她从来都没想过要跟别人争去翻译的机会……可刚才王纯对她的那种态度，让她觉得可笑，让她觉得她为什么要打那个电话，为什么要浪费一个意外的有可能跟流年相处的机会。

她说得对，她杨初末的确只是慕流年过期了的前女友，可那又怎样？当初她在复学的时候，更难听的话她都听过，什么“杨初末休学一年是跑去生孩子了”“未婚先孕不要脸”“杨初末攀上慕大神最终被甩了”等等一系列的流言蜚语。她当初不是应该要去跳楼了？

初末深呼吸一口气，然后将内心里的酸楚都吐了出去。

她不是个完美的人，甚至有很多缺陷，但她知道，不管过去了多少时光，流年都是她的不可磨灭的记忆。

初末趴在桌子上，手不自禁地在笔记上写下了一行字：君之吾所系，卿之吾所忆。

开了一天的会，余生疲倦地跟着流年走出会议室。

看着几个年轻的员工对着流年脸红心跳地说“再见”，余生郁闷地嚷嚷：“怎么下班从来都没有人跟我说‘再见’？好歹我也是副总好吗？虽然我长得没你帅，但也没丑到连‘再见’也不愿跟我说的份上好吗?"

对于他的两个"好吗",流年都不给予评价。

走进办公室,他拿了外套,往外面走。

余生连忙追了上去:"你等我一下啊,我今天车限号,你载我一程。"

直到坐上流年的车,余生一个人吧啦吧啦地说了一会儿,流年一句话都没赏给他,他顿觉无趣,坐起身,在车厢里翻歌听。"要不是今天没开车,真不愿搭你车,每次都不跟人聊天的!"哼哼唧唧地说了一阵,又乱翻了一阵,发现里面都是流年以 Leonardo Mu 的名字发的钢琴 CD,余生顿觉兴致来了,拿着其中一张问他,"我怎么从来没发现你这么自恋啊? 哪有人车上放着都是自己的唱片啊? 你能跟我解释一下这是为什么么?"

流年终于瞥了他一眼,在看见他手上的 CD 时,眉宇间终有松动。

耳边似乎还萦绕着那抹甜静的声音,在对他撒娇:"以后车上都要放流年的 CD 好不好?"

开车时的他淡淡地看了她一眼问:"为什么?"

"因为每次听这些钢琴曲就好像你在我身边一样,如果有一天你去出差了,或者因为各种原因我们没在一起,我只要听着这些 CD 就好像你在我身边一样,我就不会那么想念了。"

于是,车上便一直放着这些 CD。

回过神,余生还在那里吧啦:"哎呀! 这张 CD 我没有,你送我呗!"

"不。"

单字拒绝,下一个路口,他忽然掉了个头,往另一个方向开去。

余生诧异:"不送就不送,你怎么掉头了? 这不是回家的路啊?"

这当然不是回家的路,也不是回公司的路,而是去 B 大的路。

Part 5

初末不知道自己是怎么睡过去的,醒来的时候,迷迷糊糊地听见身边有人说话——

"罗师兄,她已经在这里睡好久了,好像是发烧了……"

"嗯,你有事先去忙吧,我在这里照顾她就行。"

熟悉的嗓音。

初末迷糊地睁开眼，看见站在眼前的罗子嘉。

环顾四周，刚才还满满的图书馆，只剩下他们两人了。

罗子嘉，初末当年最好的朋友罗希的哥哥。

这两年来，幸亏有他一直在身边，在她最无助的时候帮助她。

在初末的眼底，他除了是一个比她大几届的学长外，还是哥哥般的亲人。

“醒了？”罗子嘉的手在她的额头探了探，“有点严重，我们得去医院。”

“不去不行吗……”

带点撒娇的语气。罗子嘉一怔。

然后，初末也愣住了。

尚未清醒的她还以为自己活在以前……也是这样发烧的情况下，流年探了探她的额头，表情有点严肃：“我们得去医院。”

“不去不行吗……”她抱着被子撒娇，“你就是学医的嘛……”

他双手环抱：“再好的医生，也需要药物的配合。”

脑子渐渐清醒过来，原来时光已经走远，面前的人早已不是原来的那个人。

“不是……”清醒过来的初末立刻从椅子上站起来，虽然头还有些晕，但她依然站得笔直，说，“罗师兄，我们去医院吧！”

离开图书馆，外面的天早已黑了下来，湿淋淋的还在飘着小雨，虽然在发烧，但初末依旧被飘过来的冷雨吹得打了个哆嗦。

头顶忽然被东西遮了起来，她抬头，是罗子嘉的外套，将风雨全部挡住了。

“罗师兄……”她欲言又止，想说“如果外套全给我，你就要淋雨了”。

他一眼看穿她的想法，解释：“你是病人，应该得到特殊照顾，走吧。”

初末便没再多说什么。

罗子嘉的车就停在图书馆门前，一路跑到车边，他先让初末上了车，自己才坐进了驾驶位。

打开车内灯，罗子嘉从车后拿了条毛巾给初末：“擦一下。”

初末看着明显淋得比自己更湿的他，说：“还是你先擦吧，我都没淋到多少。”

罗子嘉看了她一眼，不再跟她争执，径自伸手将她额前沾到的水滴擦干净。

初末一愣……

同样愣住的还有坐在另一辆车里的余生。

在他还来不及发表感叹的时候，流年已经面无表情地踩下了油门，车子飞快地开了出去，与罗子嘉的黑色奥迪擦肩而过。

原本余生还奇怪究竟是谁，能让流年那万年不变的面瘫脸情绪转变得这么快，如果是初末那小丫头的话……就不奇怪了。

当银白色的卡宴与黑色奥迪擦肩而过的时候，初末下意识地望向窗外，但车速太快，她只能看见一抹银白色飞驰而过。

会是他吗？

初末心一滞，又觉得自己太好笑。

怎么可能会是他呢？这个时候，他怎么会出现在这里？

这大概就是太喜欢一个人的通病吧，总幻想着他能像小说或者电视剧里的男主角那样，在她最脆弱的时候，英雄一样地出现。

Part 6

初末在医院里挂了一瓶水就坚持要回寝室。

其实她也不想回去的，但她更不想麻烦罗子嘉。总觉得他对她太好，她无以为报。

罗子嘉开车送她到寝室的时候，外面的雨已经停了，已经到了关门的时间。宿舍阿姨正在关门，初末连忙下车叫了一句：“阿姨，等等！”

然后朝车内的罗子嘉说：“罗师兄，我得上去了，改天再好好谢谢你。”

“明天吧。”淡淡的声音从车内传出。

“啊？”初末一愣。

罗子嘉嘴角微勾：“明天请我吃饭。”

呃……她没想到他这么快就顺着她的话回答了，一时间有些反应不过来。

背后，关门的阿姨已经在催了，她也顾不了那么多，道：“好！明天我给你打电话。”

说完就噌噌噌地跑了上去。

直到她的背影消失在门后,罗子嘉才驱车离开。

学校十点十一分准时熄灯,初末上楼的时候,寝室已经安静下来。经过某些寝室的时候,里面会传来聊天的声音。相比下午,她整个人的状态明显好了很多。她在想着,明天什么时候请罗子嘉吃饭会比较好。

其实他帮了她那么多,她请吃饭是应该的,只是没想到刚才他会那样顺着她的话接下去,让她有些吃惊。

然而让她更吃惊的是当她走到寝室门口开门的时候,发现门从里面反锁了。她想敲门的,但一想到下午发生的事,她又犹豫了。

寝室平常是不反锁的,现在这样明显就是在针对她,就算她敲门,也不见得有人开。何况她也不想见到王纯那张脸。

就在这时,里面传来开门的声音,初末一愣,转身就要离开。

“初末?”熟悉的声音,是夏图的,“你终于回来啦,我一直在为你守门呢,差点就瞌睡了,哈哈。”

她依旧是那么爽朗,只是说话的声音小了点。

说完又像想到什么,对她说:“王纯那小心眼,硬要把门反锁上,你别理她。快回寝室睡觉吧!”

“嗯。”初末平时虽然本就跟夏图关系好,但此时也动容地说,“谢谢。”

“傻瓜,跟我还要说谢谢么?”然后又问:“对了,我跟你打电话呢,你手机一直打不通。”

初末回说:“手机在公交车上被偷了。”

初末进去之后,轻手轻脚地做完睡前洗漱之后便上了床。

好在王纯平时睡得早,一睡的话就很难醒,不然的话,又不知道会发生什么争吵了。

第二天大清早,初末就出门了。

她这人向来不喜欢吵架,更不喜欢面对吵架完后的沉闷,所以不想跟王纯再起什么正面冲突。

周末不上课,初末都会去市中心的酒店里上班,白天当服务生,晚上弹钢琴。

酒店有一个特别的餐厅,叫“鹣鲽厅”,鹣鲽情深,从名字中就能理解这里是专门提供给约会的男女的,今天初末上班的时候接到了通知,说下午和晚上的整个鹣鲽厅都被包了下来。

她跟另外一名女孩将要轮流弹钢琴,初末被安排在晚上。

下午初末正准备吃完工作餐换下弹了一个下午钢琴的另一个同事胡璐的时候,只听见她抱怨:"大咩,快救救我啊,真是受不了那个女客人,说我弹这个不好听,那个不好听,硬要听什么波兰的流行歌曲的钢琴版,什么波兰的流行歌曲!我怎么知道波兰的流行歌曲是什么?"

对于她的抱怨,初末的第一个反应就是:"不要叫我'大咩'!"

至于初末被叫"大咩",是因为她的大名被念成"羊出没"的谐音,然后被胡璐演变成"羊出没"的时候就会咩咩叫,于是便有了"大咩"的诞生。

胡璐说:"大咩大咩,你行行好,现在不是讨论大咩不大咩的时候,你快代替我上去吧,我实在是扛不住了。"

"葫芦!你弹完了?快来吃饭,给你留了肉!"

这时,遥远的员工餐厅传来其他同事的呼唤,胡璐一听到有肉就不淡定了,握着初末的手发自肺腑地说:"初末我要去吃肉了,你快替我上去。我会记得留肉给你吃的!"

说完也不等初末答应就跑得飞快。

没办法,谁让初末平时就太好说话了,而且她的琴技跟胡璐比起来实在不止好一倍两倍,所以将弹琴的事交给她,胡璐是百分之两百地放心。

Part 7

只是初末怎么也没有想到,将场地包下来的人,竟然是慕流年。

此刻他正坐在靠窗的位置,偌大的餐厅里只有他一个人。

即便是这样,这个地方也因为有他的存在变成了一片让人移不开视线的风景。

当初末对上他那双幽深的眸子时,脚步稍微顿住,竟然有片刻迫于他眼神的压力想要扭头就跑。

好在这样鸵鸟的心态很快就被她赶跑,她大胆地走向前,朝流年露出一抹微笑:"真巧,你也在这里啊。"

对于她的出现，流年似乎一点都不惊讶，只是淡淡地“嗯”了一声。

今天他的着装并不正式，浅色细格的衬衫，领口处松开了两个扣子。随意略带慵懒之气，又带着几分让人不敢直视的性感。

初末看着看着，就觉得自己脸发烫了起来。她忙跑到钢琴边去，若无其事地准备弹钢琴，心里在咒骂自己，怎么只要见到慕流年，就这么没出息！

应该是胡璐刚才的波兰流行歌曲在心里作祟。所以初末一坐下就来了一首波兰流行歌的钢琴版。

从洗手间回来的以然一进餐厅就听见熟悉的调子，而且曲子弹得很流畅，就像是在听唱片一样，她抬眼看去，才发现刚才弹琴的小姑娘已经换了一个。

“挺漂亮的小姑娘，弹的琴也不错。”对于优秀的人，墨以然从来不吝啬她的赞扬，就像对于眼前的人，自从交往以来，她把自己这辈子夸奖人的词语都说完了，还觉得不够形容眼前人有多优秀。他的存在让她相信，这个世界上，真的会有神那样完美的人出现。

忽然，墨以然提议：“不是一直找不到适合墨墨的钢琴老师吗？我觉得这女孩不错，要不，问问她有没有意向？”

说完就朝服务员招了招手，示意他将弹钢琴的女孩给喊过来。

初末很纳闷自己怎么忽然被叫了过来，看了一眼坐在席间的两人。

别看初末刚才在弹钢琴，其实在这个漂亮女生一进来的时候，初末就注意到她了。谁让她是流年身边的人呢？只要是与他有关的人，想不去注意都没办法的吧？

“小姑娘，你好，我叫墨以然，不知道你有没有兴趣当家教？”

以然开门见山，却没有发现流年眉头微皱。

初末对这么称呼她有些不满意，什么小姑娘嘛！明明看起来她们一般大好不好。只不过墨以然穿得比较成熟而已。但这样的不满初末不会说出口，毕竟在酒店里，眼前的人是顾客，她只是个弹钢琴的。

虽然顾客就是上帝，她不能说心中的不满，但总可以拒绝跟工作无关的事吧？

“不用了。”初末直接而不失礼貌地说，“谢谢你的好意，不过我已经有工作了，再兼职会顾不过来的。”

初末说这句话的时候，没发现流年皱着的眉毛微微松开。

墨以然似乎没想到她会拒绝得这么干脆，她说：“这样吧，我给你在这里打工的钱的三倍。你看怎么样？”

初末奇怪地看着她，有些不明白，出得起这么高价钱的人为何要请她这种不专业的人当兼职老师？

“既然她不想，就别勉强。”忽然一直没吭声的流年站起身，“该走了。”

墨以然连忙“哦”了一声，然后掏出自己的名片给初末：“你要是想通了就打电话给我！”

初末愣愣地看着流年离开的背影，忽然有种他好像生气了的感觉……

可是，为什么他要生气呢？

就在这时，一直站在旁边的酒店服务生同事走到她旁边瞅了一眼初末手上的名片道：“初末你可真没眼力，且不说这女的是 IMB 集团的大小姐，刚才那个帅哥你认识吧？是现在炙手可热的青年钢琴家 Leonardo Mu，刚才那个大小姐就是他女朋友，两个人都是大人物，你怎么会拒绝这么好的机会呢？难怪人家男朋友生气走了！”

初末脸色一变，心说不出的抽痛，感到不可思议地瞪着眼前的人：“你说刚才那个人是他的女朋友？”

那服务生一愣，就算是知道他们的身份，初末的反应也太大了一点吧？就像发现自己男人有小三一样，搞得他都不明确了起来：“我、我也是听别人说的，他们俩关系比较好，所以大家都说墨以然是 Leonardo Mu 的女朋友，就算没公开，也算是个绯闻女友之一吧……反正近两年来，Leonardo Mu 的绯闻女友就从来没断过，一个接着一个，也没什么好惊讶的，倒是要伤了一大片女人的心了。”

显然那服务生已经将她视为一大片伤心女人其中之一了。

但是初末却没精力在意他的想法，她脑袋里只剩下一句话——

绯闻女友一个接着一个……

初末忽然就很难受，可是她有什么资格难受？别说是绯闻女友了，就是他换了一百个甚至一千个真正的女朋友，她又能怎样？

闭上眼睛，那一刻，初末终于体会到什么叫做自做孽不可活了。

那服务生有些担心地看着面色苍白的初末，问：“你没事吧？”

初末无力地摇摇头,将手上的名片塞给他:“你不是说我没眼力吗?这个送给你吧。”

说完就失魂落魄地离开。

第三章　你在身边就好

喜欢一个人,本身就是没理智的一件事,他爱的人只能是她。

Part 1

接下来,初末都没什么心思工作,直到下班的时候,还是胡璐告诉她可以下班了,她才慢吞吞地开始收拾东西。

刚出酒店的门,看见站在门外的一抹修长的身影,似乎知道她就在他身后,他转过身,朝她露出一抹笑,温煦的面容惹得旁边进出的女客人纷纷回头。

罗子嘉走到她面前,道:"一直在等你下班。"

"等我下班?"初末有些疑惑。

罗子嘉笑了笑,伸手轻敲了一记她的额头:"昨晚说要请我吃饭的,忘了?"

初末"啊"了一声,忙说:"对,我都给忘记了。师兄想吃什么?"说完她又看了眼手表,"这么晚了,师兄该不会还没吃晚饭吧?"

"那倒不至于,晚饭在公司吃的,加了一会儿班,想找个人吃消夜,想到你还欠我一顿,就来找你了。"说完,将她手里的包顺手拿过,"走吧。"

"嗯。"

初末点点头。

两人走下台阶,正往停车场走去。

这时,一辆卡宴飞快地向这边开来,初末身形一闪,卡宴突然加大油门飞驰而去,初末诧异地看着那辆车远去的尾巴,吓得面色一片苍白。

“没事吧?”罗子嘉赶忙上前打量她的情况。

初末摇摇头:“没事……”但心思已经挂在刚才离开的那辆卡宴上了……

为什么她会觉得那辆卡宴如此眼熟,好像是流年的……

但是他不是很早就离开了吗?怎么会在这里?

“初末?”罗子嘉伸手在她眼前挥了挥,对于她涣散地对着前方的眼神,有些担心。

“我没事。”初末将自己的眼神强扯回来,对罗子嘉露出一个放心的笑,“我们走吧。”

坐上车后,罗子嘉从后座拿了个盒子递给初末。

初末茫然地接过,盒子上标着某牌子的手机,她抬头看向已经发动车子的罗子嘉,问:“师兄,你这是?”

“在学校碰见你同学才知道你手机丢了,难怪找了一天找不到人。”罗子嘉如是解释。

所以这部手机是买给她的么?

“师兄,我不能收。”初末说,“我已经麻烦你够多了,怎么连手机这种小事还要你替我操心。”

罗子嘉却说:“算是医院福利吧,上次这款手机中国区代理商的父亲在我们医院手术成功,这是他们给的福利,反正搁着也是搁着。你先拿去用。”

“啊……”既然罗子嘉都这样说了,初末就没什么理由再拒绝了,她笑了笑,“做医生可真好,难怪大人都喜欢自己小孩去当医生,原来油水这么多。”

罗子嘉因为她后面的“油水”二字觉得好笑,他说:“如果你想来医院上班的话,我帮你安排。”

“我可不要。”初末受宠若惊,“医院啊……那么严谨的地方,怎么能说去就去?万一把人给医坏了怎么办?”

本来以为这话题就这样结束,却不想,过了几秒后,罗子嘉问:“如果医坏了,我负责。你来吗?”

Part2

秋天的夜晚暗得特别快。

B 市一到了这样的天气就显得格外寂寥,马路上一排排堵着的汽车发出冷冷的光,人行道旁,每个人都面无表情,匆匆擦肩而过,好像恨不得下一步就跨到家里,感受亲人的温度。

慕流年站在办公室的落地窗前,白色的衬衫,黑色的西装裤,落在地上的身影修长挺拔。他手上玩着一部全新的手机,银白色的磨砂材质在他葱白的手指尖显得异常典雅高贵。

这时,外面响起敲门声。

是助理佳林。

佳林推开门,就看见站在落地窗边的慕流年。

两年不见,慕总还是一样英俊挺拔,即使每天见面,都时时刻刻让她保持每次见面都会犯花痴的心。

“有事?”

流年的声音,让佳林的神思转回。

“哦,是这样的,慕总,已经到下班时间了……因为,呃……因为我爸妈今天来 B 市看我,所以我想……”

“把报表放在桌子上就行了,回去吧。”流年淡淡地说。

“好的。”佳林将手上的文件搁在流年的办公桌上,不经意间看见一旁打开的刚上市的某款手机的盒子,多嘴地问了一句:“慕总,你换手机了呀!”

见流年眸色深沉,佳林便知道自己问错了,忙说:“慕总,我先走了。”说完拔腿要跑。

“等等。”流年叫住了她,走上前,将手上的手机放进盒子里,合上递给她,“明天帮我把这个寄出去。我给你个地址。”

说完就顺手撕了一张便贴,流畅利落地写了一行字,交给佳林:“明天寄就行,今天你先回去吧。”

“好的。”

看着佳林离开,流年眸中的深沉渐渐地淡开。

即使有些付出,注定是要被辜负的。

可,那又如何?

佳林出门了之后，看了一眼纸条上的字，居然是B大的地址。

慕总跟B大的谁还联系得这么亲密吗？居然还费心买手机送人。

不过，这不是她该关心的事，她应该高兴的是自己又收集了一张慕总的真迹，那么漂亮有力的字，真是跟他人一样优秀。就算只是一个地址，也是全世界就这一张，只写给她的！

想到这里。佳林满心欢喜地将便贴宝贝地放进一个精致的盒子里，里面还有平常收集的流年的一些真迹。

Part 3

那晚，跟罗子嘉吃完消夜后，以免寝室又锁门，她早早回去了。

想起他在车上的那句"如果医坏了，我负责。你来吗？"她就心有余悸，不过好在，他后来又加了一句："我说着玩的，看你累了一天，给你放松放松。"

她一颗心才安了下来。

这两年，罗子嘉对她这么好，她完完全全只当那是朋友之间的好。

毕竟他的妹妹罗希是她曾经最好的朋友，她去世了，她就想替罗希尽一份做妹妹的心，完全没往男女之事方面想，况且……这辈子，她大概除了那个人，对谁都爱无能了吧。

回到寝室，还没走到门口，初末便闻见一阵烧焦的味道。

走到寝室一看，就见浓烟密布，夏图正在做急救措施，木槿正走过来要关门，看见初末来了，一把将她给拉进门，嘭的一声把门关起了。

"你们这是在寝室里放火呢？"初末捂着鼻子，道。

"可不是么！"木槿同捂着鼻子，"这妞今天一大早就兴冲冲地去买炉子要给别人煲汤喝，结果好不容易背着管理员阿姨拿上楼了，煮了一小时的汤焦了。如果不关门，被别的寝室的人闻见了，肯定是要告状的！"

初末诧异，怎么几天时间，夏图就有喜欢的人了？忍不住问："别人？哪个别人啊？朋友，还是我想歪的那个人？"

"就是你想歪的那个人！不煲给自己喜欢的人喝，难不成还煲给我们喝?”木槿忽然凑到初末的耳边,轻声道,“不过我问这丫头,到底看上的是哪个系的公子……她怎么都不说。”

虽然是轻声,但夏图已经忍不住翻白眼了:“你们两个能不能过来帮一把手啊?没看见我这么忙,还在那里聊天。”

“嘿,这不是你自己要煲汤给别人喝么?现在出问题了倒要我们一起负责呀?”木槿话是这样说没错,但两人还是上前去帮忙。

从那以后,每次初末回来都能闻见寝室里的香味,夏图经过一次失败的惨痛教训,以后每次煲汤都小心翼翼,煲汤的技术也越来越好,不但寝室里的人有口福,连周边寝室的同学也被她的汤给收买了,所以夏图暂时没有被阿姨知道的风险。

只是夏图这丫头嘴巴死紧,至今也没有透露半点究竟是谁激发了她不正常的煲爱心汤的行为。

只知道这事貌似很棘手,因为木槿说好几次晚上回寝室,看见夏图没开灯坐在黑暗里,吓了她一大跳,问夏图不开灯在做什么,她说在思考人生……

对于初末来说,最好的事是连续几天,在寝室里都没看见王纯的踪影。

虽然王纯以前也是经常不在寝室的,大家都习惯了,但初末从没像现在这样庆幸,不用每天尴尬地面对她。

中午跟夏图一起从食堂打完饭回来,管理员阿姨通知初末说有快递收。

回到寝室拆开,才发现居然是一款手机。

“这不是最新出来的那款手机吗?”夏图尖叫,“我好喜欢的!还想存钱去买呢!末末!快!借我看看!”说完就从初末手上接过手机,抚摸着机身,“看看这材质,这磨砂……多有质感啊……多奢华啊……不过听说现在国内都还没上市啊……是哪个这么大方送这么贵重的东西呀?要是谁送我,我这辈子就非他不嫁了!”夏图吧啦吧啦地说了一大堆,才发现手机的新主人一直很沉默。不知道在那里想些什么。

她刚要开口问,听见初末喃喃地回:“我也不知道是谁送的。”肯定不是罗子嘉,前几天他才给了她一部手机,怎么可能又寄一部给她?

“你想想看,会不会是什么你忽略的人？如果是被你忽略的话……这么大方。一定是很喜欢你的吧！莫非是哪个暗恋者？不过他也太伟大了,做好事不留名,就算暗恋一辈子也不可能成功啊!”

就在这时,初末噌的一声从位置上站了起来,她从夏图手上夺过手机就往外冲。

夏图吓了一跳,等到初末都跑出去老远了,才反应过来扒着门咆哮:“初末你去哪里啊？你的饭不吃啦？那我替你吃啦!”

“……”

由于初末跑得太急,拐弯的时候迎面就撞上了正往这边走来的人。

“我操！走路不长眼睛的啊？跑那么快赶着去投胎呢?”

听见这声音,初末就有种不好的预感,抬眼看去,果真是王纯！心里低咒了一句:“果真是冤家路窄!”

王纯骂骂咧咧地抬起头,看见站在面前的初末,她“哟”了一声:“我当是谁呢！原来是杨同学啊,你这么急急忙忙跑,莫不是楼下有谁谁谁在等你?”

对于她的嘲讽,初末并未吭声,只想息事宁人,便假装没听见,朝楼下走去。

但王纯正好站在阶梯边,侧了侧身子便挡住了她的路。

初末看着她,她倒是也不怕,昂着头对着她道:“就算是同寝室的,也不至于撞了人,连一声道歉也没有吧?”

“对不起。”初末干脆利落地道歉,然后问,“现在我可以走了吗?”

王纯显然没想到她会道歉得这么干脆,愣了一下,才笑道:“这就对嘛！做错了事就要道歉,不单单是撞了人,抢了别人的位置也应该道歉不是？最最重要的是,做人别太虚荣了,明明跟别人一点联系都没有,还要装成自己是他女朋友,关系紧密的样子,也不看看自己的身份配不配。”

两个人站在楼道里本就位置明显,王纯的话更加引起了路过学生的注意,很快,这里被围成了一个话题圈。

初末知道自己这是主动撞枪口上了,她立在原地,豁出去了!

反正她跟王纯之间的矛盾总有一天是要爆发的,她也不怕提前一点:“王纯,有什么话,今天我们就在这里挑明了说。你不就是不满翻译名额被我给占了吗?先不说有没有后台,凭我跟你的英文成绩,一个是年级第一,一个是年级一百五十名上下,你觉得你有什么资格质疑我会被选上?”

Part 4

王纯没想到她会拿两个人的成绩说事,还是当着这么多人的面,一时间面色变得很差,感觉很丢人。

其实她最没有想到的是,一向对什么事情都很淡然,表面上很软弱的初末会这样反击。被她这样一说,王纯也豁出去了,道:“是!我的成绩是不如你好!可说白了,谁不知道能获得名额的都是有关系的?这年代,谁还管你成绩好不好?大家只管你后台硬不硬!哼!上次你不是还很嚣张地说跟慕流年有什么关系吗?结果连电话都不敢打!真不知你到底是攀上了哪路大神得来的名额,估计是用身体换来的吧!”

这句话说得很难听,周围看热闹的人眼神都变了,有几个人已经开始忍不住议论。

“怎么又是她呀!慕大神的前女友啊!”

“被慕大神抛弃了之后自甘堕落么?”

“自甘堕落又有什么啊!”王纯抢过话题,笑道,“以前杨同学可是真的‘堕’过呢,只是不知道传言中的堕胎是不是事实呢!”

初末面色渐冷,从没想到,原来跟自己同班了这么久的同学居然这样冷血无情,她不怒却冷笑:“王纯,你除了会揪着我以前那些往事不放,你还有别的花招么?今天我就告诉你们,当年不是慕流年不要我,而是我自己选择离开,你们不就是想看我笑话么!抱歉让你们失望了,我现在跟慕流年关系好得很,真不需要你们担心!”说完她就举了举手上的手机,“看见了吗?这就是流年刚送我的手机,如果不是很亲密的人,别说手机,就是连一张纸,他都懒得送。”

王纯看着她手上的手机,可不就是最新出的那款,国内还没上市,她前几天还缠着老爸去香港帮她带一部过来呢。

凭杨初末平时节省的习惯来看,是绝对不会买这么昂贵的手机的,所以……真的是慕流年送的?

心里这样怀疑,但表面上她依旧不屑道:“不就是一款手机么?有什么值得炫耀的。”

初末却笑:“是啊,对于你来说这只不过是一款手机而已,我在乎的却是送手机人的心意。”

言下之意就是王纯是只注重物质的俗物。

王纯脸黑了下来:“好!你说是慕流年送的,口无凭证,这样吧,上次让你打慕流年的电话,你逃跑了,这次我们再给你一次机会,只要慕流年亲口承认这手机是他送的,我王纯就向你道歉。”

“好!”这次,初末回答得相当果断。

因为手上那款新手机是刚送的,还没插卡,她只能用罗子嘉送的手机拨号码。

身边其他女生在看见她又拿出了一部刚在国内上市的畅销高端手机,不禁议论:“还真是有钱啊……”

“是啊……这手机也挺贵的吧?”

初末不再管他们的议论。拨了号码就打了过去。

片刻,那边便接起:“喂?”

再次听见流年沉稳的声音,初末心还是跳得很厉害。

“流年,是我。”初末一改往日的形象,语气中竟带着撒娇的意味,脸上也不自觉露出微笑,仿佛真的是跟心爱的男友打电话,“你能过来接我一下吗?我在寝室等你。”

只是,那头一片沉默……

初末的神经抽了抽。真怕下一秒他就将电话挂了。他……一定以为她有病吧?

“你在上班吗?那边很安静的样子……”怕被别人听出有异样,初末忙说,“你要是没空的话,我自己过去找你吧。”

这一次,流年并没有让她等太久,他说:“等我。”

然后就挂了电话。

挂了电话后,初末还觉得自己是在梦游,她想自己一定是疯了,才会打这通电话给流年……可是流年会跟她一起疯吗?她一点把握都没有,即使在电话那头,他给了她两个字:“等我。”

初末心里很忐忑,觉得自己这又是何必呢?何必为了争这一时的面子?

可面上,她还是装成很淡定的样子。而那些人在流年"赶来"这里之前,自然不会放过任何可以议论八卦的机会。

初末只当是左耳听进,右耳出了,眼看时间一分一秒地过去了,偶尔走上来的学生看见这一幕,不知究竟发生了什么事。

那些八卦女也充分发挥了她们的爱好。拉着他们把事情的经过耐心地重复了一遍又一遍,于是留下来看热闹的人越来越多。

Part 5

就在这时,因为吃了两份午餐口渴没地方喝水的夏图正提着两个保温瓶去打水,看见楼道里站了那么多人,诧异道:"咋了咋了,集体跳楼么?怎么一个个都挤在这里?"

人群里有人知道夏图跟初末关系好,便闭了嘴,没说什么。

可也有一些傻×,以为夏图是别的寝室的,于是便又自以为好心地将事情的经过说了一遍。

夏图长长地"哦……"了一声,走到初末跟王纯中间,道:"王纯,好歹我们也是一个寝室的,都说家丑不可外扬,你怎么就偏偏喜欢广而告知呢?怎么一点都没有团队精神,一点都不关爱同学呢?"

王纯不爱听这话,皱眉:"夏图,这里没你的事,你要打水就赶紧去。"

"我打水的事情暂且搁在一边,你要是想闹就关起宿舍门自个儿闹好不?干吗非得找人家初末的麻烦?"

"我找不找她麻烦用不着你操心。"王纯显然已经不耐烦了,"再说了,是她自己说跟慕流年很熟的,我们只不过是帮她证明一下,免得她整天沉醉在自己的幻想里,自己买了部手机就说是人家慕师兄送的,我都替慕师兄觉得好冤枉好么!谁不知道现在慕师兄跟 IMB 的大小姐打得火热,哪里有空跟她买手机!"

"慕师兄跟 IMB 的大小姐打得火热,你是亲眼看见了的?"夏图反问,"如果不是,凭什么说那个大小姐就是他女朋友?人家不能有女性朋友么?还是说,你三番五次地要初末叫慕师兄过来,实际上是你自己想见他?"

"你——"要说吵架,全寝室就夏图嘴巴最厉害了,王纯根本就不是她的对手,她说:"好,就算是我想见慕师兄,那号称跟慕师兄很亲密的杨同学能把他给叫过来么?"

夏图刚想说话,一抹淡淡的声音从楼道传来:"谁想见我?"

人群中一个女生"嘶"的一声,接着一个个倒吸气的声音响起,众人看去,只见慕流年正向这边走来,衣着淡色,步伐从容,面貌俊美。他走到初末的身边,看着初末呆呆的表情,问:"吃了没?"

初末丢了魂一样地摇头。

流年将手上的东西递给她,居然是午餐:"给你的,要在这里吃完再走也可以,我等你。"

那旁若无人般地亲密,让周围的人都诧异,更有的因为慕流年英俊的面容和温柔的神情,羞得满脸通红。

王纯的眼中满是不可思议,仿佛眼前的这个慕流年,是初末照着流年的样子克隆出来的,一点都没真实的感觉。

初末怎么可能在这里吃完?就算她真的想炫耀,流年的配合度已然完全超越了她的想象,她说:"不用了,我们、我们走吧。"

然后就一手拿着午餐,一手挽着流年离开。

明明知道是假的,可是为什么,当着那么多人的面,初末会有一种好开心的感觉?好像这一刻,别人都在他们的演戏下认为流年是她的,她就真的觉得流年,可以是她的。

从楼上走下来,一路上初末都接收到无数目光,可她依旧昂首挺胸,像个被王子牵着的公主,再也不是低头不敢见人的灰姑娘。

那一刻,她仿佛回到了许多年前,那时候她被人陷害,孤独无援的时候,他也是这样牵着她,牵着她走过别人的嘲笑、藐视与质疑,当凛冽的寒风冰冷地吹来时,他的温暖的大掌紧紧地抓着她,他就像一个无所畏惧的战神,带着她掠过所有汹涌的人群,淌过悲伤的河流,披荆斩棘。而这个过程中,她只需要站在他的背后,即便是闭上眼睛,也不会再害怕。

坐在流年的车里,初末看着车窗外飞速倒退的风景,问:"你……要带我去哪里?"

流年淡漠地开着车。并没有回答她的问题。

初末便以为他不想跟自己说话,便不再多嘴。

因为,就算他带她去死,她也愿意。

对于初末而言,喜欢一个人,本身就是没理智的一件事。他能牵着的只能是她的手,他的拥抱只能是她的,他爱的人只能是她,他眼里只能装下她的影子,他只会亲吻她,他什么都只能是她一个人的,连死去,都要拉着她一起,这是世界上最幸福的事。

第四章　那些未知的等待

慕流年怕的，只是她每次离开，却不告诉他究竟要等多久，她才会回来。

Part 1

慕流年并没有带初末去死，而是带初末来到了他的公寓，把她带进去，他就丢下她一个人去了书房。

两年了，再一次踏入这里，初末还是忍不住内心那股心酸劲。

公寓和两年前相比没有任何的变化，依旧是简略的暗色调，落地窗帘一拉，外面的阳光全都看不见，偌大的空间，冰冷的线条，让初末无端地感到一股寂寞。

她的脑海里，自动地浮现出流年在这里生活的景象。大多数时间他都待在书房里，偶尔在客厅的时候总是电话不断，他接电话的时候喜欢站在窗边。

初末侧头看着客厅的落地窗，仿佛那里已有抹挺拔的身影站在那里，他安静地听着对方说话，偶尔轻应一声，他的话总不多，性子也冷，那时候的她总是拉着他的手说："流年流年，你能不能温暖一点呀？不然，除了我，其他人都不敢接近你了……如果有一天我不在你身边，你会不会太孤单？"

可是她从来不知道，慕流年怕的不是孤单，他怕的，只是她每次选择离开，却不告诉他究竟要等多久，她才会回来。

当初末在客厅里发呆的时候，浴室的门忽然被拉开，初末本能地转过身，就看见一个只穿着内裤的男人，尚未干的黑发上还有水珠，垂直滴落在宽阔白皙的胸膛上，一直蔓延到腹肌，再蔓延到引人遐思的地方。

为什么流年的公寓里会出现一个这样的男人?

就算不是“腐女”的初末也不禁在脑袋里浮想联翩,孤男寡男共处一室,而且都长得这么精致漂亮……

“啊啊啊!”终于,超越忍耐的极限,初末大声地尖叫了起来。

那声尖叫把裸男吓了一大跳,瞪着一双美眸望着她像在看一个神经病,随后他眯了眯眼睛,不悦地问:“你是谁啊?”

“我还要问你是谁呢! 你怎么会不穿衣服出现在流年哥哥的公寓里?”初末丝毫不输气势地反驳,她那一声尖叫不是因为害羞,是因为以前只有女人跟她抢流年,现在她发现居然连男人都加入了,还让不让人活了?

“流年哥哥?”男人斜眼看初末,“你是那个末宝?”

“……”

见初末没说话,男人一步步朝她走过去,初末下意识地后退一步,腰却被一只手给拦住,她抬头,就看见了不知何时出来的流年,正站在她身后。

他对着那裸男冷淡地说:“去穿衣服。”

裸男撇了撇嘴巴,完全没有刚才对付初末的那股子劲,光着脚就听话地去穿衣服了。

后来初末才知道那裸男是IMB集团的小少爷,也就是墨以然的弟弟,墨忘。

当流年在流理台上泡咖啡的时候,换好衣服的墨忘就凑到流年跟前问:“要不要我帮忙?”

流年摇头,连一个眼神都没给他。

墨忘有些不开心,往客厅里走,看见坐在沙发上发呆的初末的时候,忽然加快脚步走到她身边,腰一弯,脸一凑,一副凶神恶煞的表情问她:“你是不是趁我去换衣服的时候,跟流年说我的坏话!”

“我没有!”

“为什么流年会不理我!”

“……”

初末翻了个白眼,腹诽:我怎么会知道?

“你还敢白我!”墨忘挑眉,一副初末做了什么天理难容的事。

初末:“……”

两次无语并没有让墨忘善罢甘休，他一屁股坐在初末的身边，气势汹汹地说：“我知道你，你就是之前拒接来当我钢琴家教的人。”

被他这样一说，初末才想起之前墨以然请她兼职的事情，原来她口中的“墨墨弟弟”就是眼前这位……

初末庆幸自己拒绝了，本来她还以为是教小朋友那类的，没想到是个这么大个的男人。还不太好相处。

初末最先的担心在这一刻是彻底被消除了，她将视线转移到流理台旁的男人身上，想着他跟墨家到底是什么关系，就目前的情况来看，他跟墨以然关系肯定不浅，不然她弟弟也不会这么光明正大地出现在公寓里，要知道，流年喜静，墨忘显然像个小孩一样，幼稚，并且吵闹。

就比如现在，见初末没有理自己，墨忘的手脚就开始不安分了，他不是戳戳初末的手臂，就是捏她的头发说：“啧啧，头发质量真好，刚做的吧？”

“……”

“怎么这么瘦？我从来没见过像你这么瘦的女人……”顿了顿，他又说，“我指的是你的胸。”

“……”

当初末横眼过来的时候，看见的就是他那双无辜漂亮的大眼睛，好像在说：“我说的是实话。”

Part 2

不管墨忘说的是真话还是假话，此刻初末都不想跟这个男人有任何的接触，她起身跑到流理台边，看着调着咖啡的流年，又不敢靠得太近，只能瞪着一双圆溜溜的眼睛看着他不紧不慢的动作，仿佛只有他这里才是安全的，其他地方都有一只叫作“墨忘”的猛兽。

流年泡完之后。瞥了一眼眼睛巴巴瞪着自己的初末，以为她是想喝咖啡，便顺手倒了一杯咖啡递给她。

初末受宠若惊，一时间竟忘记了伸手去接，呆呆地说：“这、这是给我的吗？”

那样子仿佛是一个小粉丝忽然见到了自己崇拜的偶像递过来给她签了名的本子。

流年蹙眉:“我以为你想喝……”不然为什么一副眼巴巴瞅着他的样子?

初末眼见他就要将咖啡拿回去,忙说:“我要喝！我要喝！我最喜欢的就是喝咖啡了!”说完,怕他会不给她似的,从流年手中将咖啡给夺了回去猛往嘴巴里灌,流年那句“烫”还未来得及说出口,初末就哇的一声,刚出炉的咖啡毫不留情地将她的舌头烫起泡,鼻子一酸,她眼睛里立马浮现一泡眼泪。

只听后面幽幽飘来一句:“白痴。”

初末下意识地瞪向墨忘,墨忘哼哼两声,撇过了头,似乎不想看见笨到如此境界的人。

耳边传来一抹叹息的声音,初末回头,就见流年绕过流理台走到她面前,温声道:“把嘴张开,我看看。”

初末泪眼汪汪地瞅着他,听话地把嘴张开,将烫伤的舌尖伸出来,颇有撒娇的意味。

流年看了一眼,转身到一边的柜子里找来了药,是一种喷剂,往初末舌尖上喷的时候。她只觉那味道又苦又涩。

可这一次,流年并未像以前一样,知道她难过,就塞给她一个早就准备好的糖,温柔地哄她。

他只是眼睁睁地看着她眉毛皱成一对蚯蚓,而后给自己倒了一杯咖啡,进了书房,继续工作。

于是初末就被无视了,她郁闷地返回到沙发上的时候,才发现墨忘已经没了踪影,就像他忽然出现一样……忽然消失了。

等待总是一个漫长的过程,初末不知道流年为什么要将她带到这里来,她又不敢问,只能巴巴地那样坐着。

可说实话就算这样坐着,初末都很开心,这里是流年每天生活的地方,就算要她这样一直一直坐着,只要周身萦绕他的气息,她都是快乐的。

看着手上的手机,她都还没有问这是不是流年送给她的。

流年也没有给她这样的机会,他今天很忙,一直忙到晚上十一点,连晚餐都忘记了吃。

下楼的时候意外地看见坐在沙发上发呆的初末,流年淡声问:“怎么还没走?”

初末有些委屈,她等了一天了,本以为他会想起楼下还有个她的，却不想等来的只是这样一句话，好像巴不得她快点走一样。

她站起身，肚子饿得扁扁的，可再扁，都没有一开始充满元气的心被他一句话戳破了那样扁。

她低着头看着自己的脚尖，喃喃地说："那我走了。"

转身就往门口走去，每走一步她都在心里期盼他会留住她，至少带一天只吃了早餐的她去吃个消夜也好。

可没有……他一点都不挽留，就那样眼睁睁地看着她离开。

初末一个人坐车回到了学校。已经到了睡觉时间了，宿舍里安静一片。当她拿出钥匙开门的时候。才发现寝室的门又从里面反锁了。这一次，她的脾气完全不像上次那么好，砰砰地敲门，一副里面不开门也别想睡觉的架势。

这样的结果就是对门寝室里的人被吵醒，打开门，恨恨地骂："吵死人了，别人不要睡觉啊！"说完就砰的一声将门关起来。

初末便再也没敲门了，只是蹲在寝室门前，静静地发呆。

寝室内，王纯躺在床上哼了一声："夏图不在，看谁帮她开门，就让她在外面待着吧！木槿，你睡着了吗？你可千万别为她开门。"

床的对面，木槿呼吸轻微，仿佛真的已经睡着了，可黑暗中，她的眼睛睁着，仿佛冷夜里的一条毒蛇，发着阴冷的光。

宿舍里大家的交谈渐渐地弱了下去，大多数人都慢慢地进入梦境，夜色笼罩着大地，B 大某个教师宿舍门前，夏图坐在地上，呆呆地看着眼前的一个保温瓶，她伤心地问："苏邺，为什么我为你做了那么多好吃的，变着法子做，你一口都不吃呢？真的……就那么难吃吗？"

Part 3

初末在寝室门口发了一会儿呆，就往外面走，在宿舍门关起之前出去了。

白天嬉闹的校园顿时变得这么安静，让人有些不适，仿佛走到了阴森森的鬼道，随时都会飘出个鬼魂把她给拖走。

她本来是想去学校对面开一间房的，谁知道房间居然满了，问及原因，老板笑得极其隐晦："现在大学生的夜生活都很丰富，住在寝室谁还能做点什么想做的事啊……"

初末走出宾馆后，沿着马路漫无目的地走，她也不知道自己要去哪里，更不知道自己该去哪里，偌大的城市还是一样地空旷，此刻的她，和两年前的她一样地茫然无助。

那时候的她怀着孩子在没人认识的地方生活着，只想要安安心心地将孩子生下来，就算再苦再累都没有关系。

可是也是在这样一个冷夜里，她的孩子没了……她甚至来不及见上他一面。

学校的传言的确不错，她是曾经休学去生孩子，她的确是未婚先孕，可是那又怎样？就算她的孩子是个私生子，她也以他为傲，那只是她一个人的事，她并没有杀人放火，伤天害理，别人凭什么评头论足？

初末深呼吸一口气，走到路的尽头，准备过马路，却没发现身后一直追随她的那个黑身影，在她过马路的时候，迅速冲上前。

当初末看见两把刀在月色下露出森冷的光时，就知道自己遭遇了抢劫。

她心跳飞快，面上却故作镇定，偷偷抓着手机按了过去，也不知道是谁的号码。

谁知道夜里太安静，手机嘟了几下就被耳尖的劫匪听到，冲上来就要抢，初末自然是乖乖地交出去，在这样敌强我弱的情况下，反抗是最不理智的行为。

只是劫匪在抢了电话的时候竟忘记按关机键就把它往口袋里塞，并且威胁地说："还有什么值钱的东西，都交出来！"

初末把包和口袋里的东西都双手奉了上去，那两个劫匪数了数，也不是多满意，但有一个在看了初末一眼之后，眼睛一眯，淫邪的想法迅速地在脑海里扩充开，他抓着初末就要往路边的林子里面去。

这一回，初末说什么都不会再妥协了，她一个女孩子自然是没有男人力气大，何况还是两个男人。但她是拼尽了全力，撕扯当中被狠狠地摔在了地上，她抓起地上的石头就朝那两人丢了过去，正中一人的脑勺。

那人骂了一句粗话，这一回说什么都不会放过初末了，何况这样的深夜里，就算把她先奸后杀都不会有人发觉。

人在最绝望的时候。能量是无穷大的，那一刻的初末什么都没有想，只想着要紧抓着手上的石头，只要一被碰触到，她就朝那边砸去，最后竟然把两个劫匪都砸伤，在他们捂着脑袋喊疼的时候，初末拔腿就跑。

那两人自然不会放过她,可这时正巧一抹车灯照射了过来,那两人对望一眼,终究作罢。

初末跑了好远,一直跑到学校门口,才停了下来,这一次,她不敢再乱跑,她蹲在大门前,像个被遗弃了的小孩。

学校的门卫见她浑身凌乱,鞋子都没穿的样子,忙上前问她怎么了。

可初末却一直不说话,呆呆蹲坐在那里,仿佛是被吓傻了。

门卫看她这样,隐隐地也能猜到些什么,只是这姑娘一直不说话,他也无从下手。

这时,一条光束打了过来,门卫抬头一看,就见一辆银白色的卡宴停在面前。

Part 4

从卡宴上下来一个男人,面色冷峻,他快步走到女孩身边,脱了外套裹在她身上,然后将她打横抱起,转身上车。

门卫像个旁观者一样眼睁睁地看着,最后感叹了一句:“有钱人真好啊……这女孩也有福气,跟了个这么英俊的有钱人。”

有福气的初末被流年带回了公寓,下车的时候是她自己跟着走上来的,心情好像自动平复了许多。走进公寓之后,就对流年说:“我想洗澡……”

流年看她情绪稳定了不少,带着她去了浴室。

关上门后,流年在原地站了一会儿,沉默的他脸上看不出什么情绪,最后,他转身去了厨房。

初末脱了衣服,看着身上因为挣扎或是摔倒的时候擦破的皮和血痕,害怕的眼泪在这一刻终于放肆地流下来。方才的黑暗和挣扎历历在目,如果她没幸运地逃走,会发生什么事情,她简直不敢想象……

虽然她一直告诫自己要做一个坚强的人,但这一刻,她真的好想哭,就静静地哭一会儿……之后,她会命令自己变得更坚强。

生活中,人总是在不断经历各种事情,有喜悦的,有悲伤的,初末都将这些认作是生命对她的锤炼,她已经在两年的时间里彻底地妥协,命运待她向来都很薄,但只要流年还在她身边,她就觉得自己是最幸运的。

有时候,她会想,她一辈子所有的运气,是不是都花光在遇见流年初始。

可即便是这样,她都心甘情愿。

厨房的一角。消夜粥在灶上安静地煮着,窗边,流年站在那里,对着电话那头的人说:"帮我查今晚在B大校门口的录像……"

那边应了一声,流年挂了电话,黑眸中闪过一丝阴冷。

将火关了,他转身走出厨房,尚未见初末出来,略担心,走近正欲敲门,里面传来低声哭泣的声音……流年在门外停留了一会儿,最终没有打扰。

也不知道哭了多久,初末擦干眼泪,静静看了自己几秒钟,对着镜子里的自己说:"加油!杨坚强!"

走到花洒下,仰起脸,对着落下的水冲洗自己,似要洗掉今天的记忆。

洗得差不多的时候,初末才惊觉自己居然没有拿换洗的衣服就进来了!

浴室里唯有干净的毛巾,也是短得什么都不能遮……初末欲哭无泪,她要怎么出去啊?

她的脑海里就闪现唯一的办法……就是迅速地跑到卧室里,用被子把自己裹起来……这样就没关系了吧?

浴室的门打开了一条小小的缝隙,初末看着四周无人,目测了一下从浴室跑到卧室用被子把自己裹起来需要几秒钟的时间——

她脑海里刚浮现这样想法的时候,双脚就往卧室冲去……

然后在跑到一半的时候,只觉一滑,身子就往后倒,当时她脑海里就剩下三个字:完蛋了!

刚在另一个浴室冲完澡下身只围了一条浴巾的流年出来,听见客厅发出了巨大的一声响,巨响之后回归寂静。

他迅速地走到客厅,刚想问怎么回事,就看见初末光裸如婴儿一般躺在地上……

初末呆呆地望着居高临下的流年,想张口说话,但身体已经被撞痛在地上说不出话了,五脏六腑都像是被砸穿了一样。

流年眉头一蹙,低咒了一句,迅速地将自己身上的浴巾脱下来裹在她身上，将她给抱起来。

鼻息间熟悉的柠檬香味让初末在疼痛中回神，映入眼帘的却是他光裸结实的胸膛。她顿时羞红了脸。也就是说，他们两人之间只隔着流年解下来的浴巾，那么他下身……

初末根本就不敢再乱想，脸自动烧红了一片。

“我、我还是下来。”她结巴地说道，身子也忍不住左右扭动，“我、我不是故意裸奔的，我是没带衣服，就想跑到床上去……”

怎么解释都解释不过去，而且她扭的动作导致抱着她的那个人身体逐渐紧绷了起来，流年冷声一句：“别动。”

初末见他脸色不好，以为他生气了，便不敢动了，瞬间变得很乖。

却不想因为刚才的扭动，身上包裹住的浴巾轻轻地滑下了一点，正好让她露出了胸前的两只小白兔……初末当时就脸红成了猪肝色，也忘记了流年的警告，不安分的身体又动了起来。

然后就不小心，滑落的身子触碰到了身边某人某个地方……她一愣，耳边就传来特别凶狠的声音：“杨初末，你再给我动一下试试！”

初末闭上眼，就让她直接死过去吧！

Part 5

想死的初末并没有如愿，她被狠狠地丢到了软绵绵的床上，还未来得及反应。就被一个黑影覆盖，她睁眼，便见一张英俊非凡的脸上带着少有的愠怒，他身体还是裸着的，也就是说两人之间只隔着一件单薄的浴巾，初末都能感觉那炽热的体温像是要透过布料，灼烧她的肌肤。

在初末的心里，流年向来都是那种冷漠倨傲的人，而此刻，上身不着布料的他竟让她产生一种好邪恶好禽兽之感。

初末在心里谴责自己，怎么能把流年往那方面想？

可事实上，流年现在就化身为禽兽，他一双深沉莫测的眼睛凝视着身下的小人儿。

两年的时间，多少思念在此刻爆发而出，那时常出现在梦里的人如今就在眼前，那么近，即使如流年这种控制力极强的人，也会有失控的时候。

暧昧的气息徘徊在两人周围，好像有什么事情即将发生。

初末在流年目光的注视下特别有压力,连看他都不敢。

最终,她受不了,刚要开口,唇被吻住,欲脱口的话吞进了肚子里。

那吻带着浓烈的强占意味,扑面而来的窒息与霸道让初末应接不暇,她甚至觉得自己的嘴唇被他蹂躏得像脆弱的纸片,轻轻一扯,就粉碎。

这样的吻带着引人遐思的情欲,可在初末被吻得气喘吁吁,神思坠落的时候,他却忽然停止了。

相比较初末的意乱情迷,流年的神色要清明许多。

初末才发现,原来他下身是穿了内裤的,可她看着看着,就觉得不公平了起来,为什么这样的时候,她被弄得那么迷乱,他却还能如此平静?不自禁地,她赌气一般地哼了一声,扭过头去不看他。

却不想,下一秒,她身上唯一遮着的浴巾就被他抽去。

当肌肤相触,初末只觉一股电流窜上,整个人颤抖了一下,当她瞪向流年的时候,只觉得他的眼睛会发光,下一秒她的唇被重新覆盖住。

这一次,流年掠夺的不仅仅是她的唇,他想要的更多……

吻慢慢地遗落在她的颈项间,一颗一颗,温柔地给她"种草莓",当他真的吻到她身上的"草莓"的时候,初末终于忍不住,轻吟了一声。

这一声,让流年的力道更加重了一些,仿佛要将她吃掉一般,初末最后的意识都被磨灭,心里又害怕,又期待会发生些什么……

在她意乱情迷的时候,只觉身体一凉,她睁眼,流年已经跟她分开,他随手扯了一旁的被子帮她盖上,然后一言不发地往浴室里走去。

不多久,初末就听见浴室传来淋浴的声音。

初末躺在床上,有些难过……他们刚才究竟算在做什么呢?

为什么在面对与感情有关的事情的时候,总是她沦陷得最快,他总是能及时地抽身,并且淡漠得好像什么事情都没有发生过?

初末咬着唇,她呆呆地看着天花板,似乎从里面看见了自己难以言喻的委屈。

可是她看不见的是无数个日子里,在下班后办公室的空荡里,在外面热闹非凡的节日里,在夜深人静的卧室里,有抹身影,他独自站在那里，什么都不做，只想知道，他等的人，什么时候能回来。

那是谁都看不见的，慕流年的落寞和孤寂。

Part 6

那一晚并没有发生初末心里期待发生的事情。

这样说来，有心者会觉得她作为一个女生而言，太不矜持。

可初末一点都不觉得，有谁，跟自己的男神在一起一整晚，会不想入非非，期望有些什么事情发生？

那晚之后，初末跟流年的关系并没有什么实质性进展，吃了消夜，流年让她睡在卧室的大床上，而他则是睡在沙发上。

不算太远的距离，可却让初末特别难受。

她是流着眼泪睡着的，将脸捂在被子里，生怕被发现自己的脆弱。

蒙咙中，她似乎看见一抹修长的身影立在她身边，他弯下身，轻叹一声，把她的眼泪抹去。给了她一个安静的晚安吻。

她想睁眼去看，可用尽了力气，都睁不开；她想伸手去抓住他，可身体好像被人点了穴，动弹不得。

好像冥冥之中有什么早已注定，在最重要的时刻总是最容易错过。

第二天，初末依着自己的生物钟醒了过来，有片刻，她不确定自己是不是真的在流年的公寓里。

她撇过头，就见站在落地窗边的身影，他倚靠在那里，慵懒的姿势，似乎感觉到她醒了，他转身，清晨的阳光里，英俊的容颜逆着光，光勾勒出他的轮廓线条。他说："醒了？我们该走了。"

初末有些愣怔，仿佛又回到小时候，清晨，她躺在小床上呼呼大睡的时候，往往都是他先醒来，穿戴整齐地站在她身边，柔声叫她："末宝，该醒了！"

鼻尖是他身上淡淡的柠檬气息，她迷迷糊糊地睁眼，便对上他干净舒暖的眸。

也是在无数个那样暖情的日子里，她的心渐渐地、渐渐地……完全沦陷。

初末做梦一样地起床，刷牙洗脸，直到坐在餐桌上，吃着流年做的早餐,她都好像还存活在美梦里,没醒过来。

直到流年说:“待会儿跟我一起去医院。”

初末回神,本能地问:“去医院?你生病了吗?”

流年淡淡地瞥了她一眼:“今天开始翻译。”

初末才想起之前那个大家挤破脑袋都想要得到的翻译工作,她昨天没回学校。自然是没看到通知的。

“呃……那我要不要回去换一件衣服?”毕竟她这一身还是昨天的……

“不用了。”流年指了指旁边,初末便见一套折叠整齐的女性衣服。

她心里一酸,这比穿昨天的衣服去上班还要让她难受,不禁哼哼出声:“你的公寓怎么会有女人的衣服呢……”

流年淡淡地看了她一眼,反问:“你说为什么会有?”

“……”

当初末去换衣服的时候,才发现那衣服不就是自己两年前留下来的么?那时候她走得偷偷摸摸的,什么东西都没带走。

本以为这么多年过去了,她的东西早就被丢了,却不想……他居然一直留着。

换好衣服出来之后,她便思索着要怎么向流年道歉,是她不应该,居然怀疑他偷偷带别的女人回家。

可真正面对慕流年那张冷漠的脸,初末什么道歉的话都说不出口了……

因为看起来,他好像一点都不在意的样子。

在喜欢一个人的时候,最怕的就是自己在意的事情,别人根本不屑一顾吧。

初末抿了抿唇,最后什么话都没说,跟着流年一起离开。

第五章　谁都不要碰她

任何人都不曾知道，碰她，是他慕流年最后的底线。

Part 1

一路无话，开到B市第一医院。

初末本以为他们来得算早了，但到会议厅的时候，里面已经聚集了不少人，有人看见流年进来，主动上前打招呼，初末很快就被人给隔离了出去。

她摸摸自己被人群蹭到的鼻子，看着被众人簇拥的流年。

无论时光过去多久，他都是那个人群中的闪光点，而她总是那个被排挤出去的路人。

初末吸吸鼻子，并不气馁，她四周望了望，试图自己去找组织的时候，一双手将她从人群中拽了过去，她毫无防备，一头撞到那人的胸口上，疼得她眼泪直往外涌。

涸眼汪汪地抬头，就见一张嚣张的脸，是墨忘。

今天的他跟昨天完全就是天壤之别，如果不是初末清楚地知道自己在医院里，她会以为她来参加的不是一场翻译工作，而是一场宴会，这全是因为墨忘今天的打扮太精致了，像个即将要去参加晚宴的王子。

初末忽然想起来，这张脸，不就是经常出现在国际音乐剧院海报上的新生代青年钢琴家墨墨吗？

就在她吃惊于自己发现的事实时，墨忘在她面前挥了挥手："花痴，看够了没有？"

初末翻了翻眼皮。

墨忘嫌弃地指责:“别翻! 难看死了。”

“……”

然后他将初末拉到一旁的沙发边,从桌上拿了一个苹果递给她问:“吃么?”

见初末不吭声,他就一个人吧唧吧唧吃了起来。

初末问他:“你怎么会在这里?”

墨忘一边吃苹果,一边咕哝回了一句,初末没听清,也懒得去问。

会议很快就开始了,围绕着他们研究的项目展开,初末对那些医学专业术语不是很明白。正迷糊的时候,听见墨忘咕哝了一声:“要不你就跟着我,做我的小翻译吧。”

她本没有放在心上,却发现最后分工的时候,领导就让她跟着墨忘走。

而当初末下意识地找寻流年身影的时候,才发现他早已不知去向。

正失落间,墨忘放大的脸就闪到初末面前:“你就别想了,流年才不会参加这样的翻译!”

初末看去,他手上不知道什么时候又拿了一个苹果。已经啃掉了一半。

初末不理他,径自走到一群人那边去帮忙了。

墨忘看着那群热闹的人,自己站在那里,忽然有一种孤独的感觉。

仿佛无论身边站着多少人,都跟他毫无关系。

他像一个寂寞的灵魂,穿梭在人群中间,没有一个人发现他,没有一个人在乎他。

墨忘咬了一口苹果,忽然就觉得索然无味,自言了一句:“好不容易找到一个人,也不爱跟我玩,我还是自己一个人玩吧。”

说完便将苹果丢进一边的垃圾桶里,悄无声息地离开。

Part 2

翻译并没有初末想象中的那么简单,她第一次做这样的工作,加上之前事情太多,也没来得及准备。

在多数医学专业名词的攻击下,她应对得很疲乏,当好不容易中场休息的时候,初末赶紧撤离,找一个无人的地方大喘一口气。

偌大的医院,最私人的地方恐怕也只有安静的楼梯间。

却不想,当她推开门的时候,已经被人预先占领。

初末顿觉遗憾,但楼梯间传来的熟悉女声让她原本想退出的脚步顿住,她疑惑地朝门缝中看去的时候,就见楼梯间那说话的人,不是木槿么?

而站在她对面的人,是慕流年。

初末表情飘过一抹讶异之后,便很淡定,她站在那里,听着木槿激动地说:"杨初末有什么好？要什么没什么,还打过胎,慕师兄,凭你的条件,要什么美女不可以？为什么一定非得是她？如果你执意要这样……以后我保证,杨初末在寝室里不会好过的!"

"威胁我?"对于木槿的话,慕流年只是清淡地飘出一个问句。

木槿似乎更激动了:"不是的,我没有要威胁慕师兄,我、我只是、只是……"

"只是什么?"流年说,"只是喜欢我,因为你喜欢我,所以我不能对任何人好?"

"不是！你可以的！你可以对其他人好,就是杨初末不行!"木槿激动地说,"因为我知道,你只会对杨初末好,除了她,你谁都不屑一顾!"

"知道就好。"流年终于转过身,黑眸波澜不惊地看着木槿,说出来的话,却让木槿僵在原地,他说:"如果你再让她难堪,我会让你生不如死。"

木槿几乎是颤抖地看着流年离去的背影。忍不住大声责问了一句:"她究竟有什么好!"

本以为他不屑于回答,却不想他顿住脚步,头微偏,告诉她:"她纵然有千般不好,也是任何人比不了的,所以,不要碰她。"

这是一句警告,任何人都不曾知道,碰她,是他慕流年最后的底线。

听着慕流年离开的脚步声,躲在拐角处的初末用手平抚着自己的心跳,生怕那声音太大,让人发现。

也许是因为慕流年的话给了她太多震惊,以至于当木槿失魂落魄地往这边走来的时候,她并未发觉。

然后两人就这样面对面地遇见了。

面对木槿的震惊，初末倒是很镇定，木槿在初末镇定的眼神中，很快就明白过来，她站在那里，直视着她，只是眼神再也没有往常友好：“原来你早就知道了。”

这句话是个肯定句非疑问句。

初末并没有否定。

其实她知道木槿对自己恨意那么深，也是偶然的一次。

那是在第一次跟王纯吵完后，她回寝室，尚未走进去，就听见里面传来王纯的声音：“木槿，我问过医学院那边的师兄了，他们说初末的名额是早就决定了的，当时放出的三个名额，其实只有两个名额有效，第一个名额是早就内定了的。这样的话……我们是不是错怪初末了？”

木槿却并不讶异，只道：“就算名额不内定，你也没有机会。别人都不说，我们还装傻吗？有杨初末在的一天。慕流年都不会正眼瞧你。”

“可是……他们之间不是已经成过去式了吗？”

“过去式？如果真的是这样的话，一向不去参加饭局的初末那次怎么可能会去？你那天不在寝室，当夏图说慕师兄回来的时候，你不知道她脸上的表情有多期待！”

见王纯犹豫，木槿又说：“如果你现在不给自己找机会，等他们又复合了之后，你到时候别又哭着说，杨初末怎么不顾同学之情抢了你的男神。”

“那我们要怎么做？”

“把她赶出大学。”木槿冷声道，“在这之前，必须先让她在寝室里待不下去，以后她如果晚了回来，我们直接把寝室门给锁了，等到她在寝室住不下去，我们再到处宣传她堕胎的事情，到时候风头太大，B 大这么注重名声的学校，肯定不会留她。”

那时候的初末并不能明白，表面上对谁都淡淡的木槿，为什么对她恨意那么深，现在她才知道，原来不止王纯喜欢流年，木槿更是喜欢到丧心病狂的程度。

在初末呆想期间，木槿自顾笑了起来：“我自以为很聪明，以为自己隐藏得很深，原来真正会演戏的还是你。那天我跟王纯说话的时候，就觉得门外好像有人，只是当我开门的时候，人影早就走了……原来我的感觉没错，那个人是你。”

对于她的说法,初末未赞同,也没反驳,她只是说:“我一直以为大家住在同一个寝室里,也算是有缘吧……所以有些事听听就算了,毕竟大家还要相处到毕业,别弄得太难堪。不过,你想把我赶出去的决心也匪夷所思……所以,昨天晚上,我被锁在外面,王纯在里面说话的时候,你是醒着的吧。”

Part 3

“我是故意的。”木槿冷笑,“当时我清醒得很,听到你离开的声音时,我立刻就从床上下去跟着你。你一定不知道我等这天等了多久。”

这话,初末有些不懂。

但听木槿道:“我跟在你身后,眼睁睁地看着那两个歹徒抢劫你,甚至想要……”后面的话她没说出来,她只是笑,“你以为世界上真有这么巧合的事情?你出门就能遇抢劫犯?”

说到这里,初末隐隐地有些明白,她感到不可思议地看着她:“是你?”

“是……不,应该说他们本来就是以抢劫为生,我只不过是给他们指明一条财路而已。”

“……”

“那天我一直跟在你身后,看着你差点就要被他们……呵……可惜你运气总是太好,这样都能让你逃掉,如果昨晚你真的发生那样的事,不知道慕师兄还会不会要你。”

如果说之前初末还能容忍,但在木槿亲口对她说出这样的话之后,她彻底将“木槿”这个名字划到黑名单里,她冷笑:“不知道的人还以为我前半生杀了你全家呢,你要这样报复我。”

却不想木槿依然觉得自己没错,她道:“你懂什么?我喜欢了慕师兄多少年,你知道吗?”

原来木槿在高中之前一直都是不良女生,会抽烟会喝酒,会拿着椅子去找高年级威胁她的学姐打架,会同时打三份工赚钱给男友零花,最后却被男友劈腿。在她最伤心绝望的时候,听见了慕流年以Leonardo Mu名字发的钢琴CD,瞬间迷恋上了。也不知道她从哪里打听到Leonardo Mu就是慕流年本人,在B大就读。

那时候的木槿仿佛找到了未来的目标，她不再每天混日子过，开始认真学习。木槿本就是个聪明的人，花了三年的时间，加上复读了一年，终于考上了B大。

“不过很可惜，我考上B大后，就听说慕师兄已经出国了。那时候我听了你跟慕师兄之间的事情，只觉得世界上怎么会有你这种不要脸的女人？慕师兄对你那么好，你却那样伤害他，像你这样的人根本就不配跟慕师兄在一起！”说到这里，木槿忽然发狠地盯着初末，“慕师兄值得拥有更好的女人，多少人争着抢着想对他好，你算什么？你以为你是世界上最爱他的，可每次在选择的时候，你总是抛弃他，然后等你好了，再反过头去找他，杨初末，难道你就一点都不觉得自己很可恶么？”

是啊……她真的是很可恶，总是那么不负责任地离开，从来都没有想过，离开了之后，他会有多难过。

这些年，初末不断地告诉自己，不要再像以前那样没用，不管遇到什么事情她都要坚强。以前顶着那么多流言蜚语，她都听听算了，当作是给自己的历练。

可今天木槿说的那番话，却让她根本就不能反驳，甚至有一种痛在心底浓烈地蔓延开，就像有一双手抓着心脏一点点用力地撕开，那样的痛，令人绝望窒息。

这正是木槿想要的。原本她以为这些年，杨初末已经练就了一身铜皮铁骨，却不想，原来慕流年才是她唯一的弱点。

找准这个，她一步一步攻陷初末最脆弱的地方。

“如果我是你，根本就不可能再有脸出现在慕师兄面前，我一定会找一个离慕师兄远远的地方，一个人默默地生活！”

“那就离我远点。”忽然插入的冷寂之声，让木槿诧异，转头，就见不知道什么时候出现的慕流年，一脸阴沉地盯着她，“你似乎没把我刚才说过的话放在心上。”

他刚才说过……不要碰她。

木槿脸色顿时渗白，她张口欲要解释什么，但流年显然没兴趣听，他一把拉过被逼至墙角的初末，冷冷地看着木槿道：“你会为了你的不听话，而付出代价。”

说完，他便拉着初末绝然离开。

如果说这两年，在慕流年身上有什么变化，那就是他整个人比以前更绝情,更冷漠了。仿佛是一座亿年冰山,你一旦靠近,就被冻死,毫无生还的余地。

Part 4

木槿的代价来得非常决,不知道校长从哪里收到了匿名举报信,说她与外校不正经的人勾结陷害同校同班同寝室的同学,还提供了当时的监控器录像。

很快木槿便被学校调查,不多久,退学的消息在学校里越传越激烈。

不知道实情的人会问:"不知道她是不是得罪什么人了,别人要这么整她。而且能有这种手段的,肯定是有背景的人物。"

知道一些实情的人会说:"谁让她把同寝室的杨初末往死里整啊,得罪杨初末没关系,得罪她背后的人,真是吃不了兜着走!不过,也不能怪木槿不知道,就说我们学校里的人,谁知道过了这么多年,慕流年对杨初末还是这样好啊?真不知道杨初末前世究竟修了多少福气……像慕流年那样的男神,就是正眼瞧我一下,这辈子我也了无遗憾了。"

这些自然而然都会从八卦专业组的夏图口中传进初末的耳里。

所以现在初末才会站在慕流年的公寓前,她敲了好久的门,里面一点反应都没有,可是她去流年公司问了,公司的人明明说他今天请假在家里的啊……

就在她站在原地踌躇的时候,里面传来砰的一声响,留住了她的脚步。

她忙嘭嘭嘭地敲门:"我知道你在里面,你快点开门!"

不多久,门就被打开,他应该是刚洗完澡,身上穿着浴袍,手缓慢地系着带子,看见是她,眉头稍微蹙了蹙,不吭一声转身往里面走。

初末连忙带上门,刚要跟上去,就感觉一个巨大的东西朝她扑了过来,她吓了一跳,待到看清,就见一张长着金毛的脸贴近她,嘴巴张开,露出舌头"哈哈哈"地吐气。

初末只觉奇怪。这忽然冒出来的肥狗狗是怎么来的?她记得上次来流年的公寓里并没有看见啊。当她看向狗狗的时候,只觉得有些眼熟,忽然想起,这只狗狗难道是两年前,她捡到的那只?

那时候她正在上钢琴课,路过草地的时候,看见一只被遗弃的小狗,觉得很可怜,但又不能带回家,只好买了一根火腿肠去喂她。

那一幕正巧被来接她的流年看见,他便将她跟小狗都带走了。

那时候她就老问他:“为什么你那么不喜欢狗狗,还要把它带回家?”

他的回答是:“当时看你们俩都可怜,便顺手一起给带走了而已。”

说得……好像她跟狗狗都是物品一样,被他打包带走。

她往里面走,金毛也跟着她走,犹如见到亲人般亲切,每步都缠着她不放,直到流年冷着脸扫了它一眼,它才“嗷”了一声,依依不舍地趴回了自己窝里。

但是这样,流年都没有跟初末说一句话,更没有问她来这里做什么。

初末看着他给自己倒了杯水,丢了两颗药丸在嘴巴里,有些担心地问:“你生病了吗?”

“小感冒。”他回了一句。

初末看着他倚靠在柜子边,喝着水,动作不急不缓,优雅随性……尤其是他刚洗完了澡,穿着浴袍性感的样子……初末吞了吞口水,心里痒痒的。

流年看着她发呆的样子,终于问:“在想什么?”

“想如果我把你现在的样子拍下,洗出照片去卖,肯定是我一夜暴富最快的途径。”

“……”

初末巴巴地望着他:“你都不问我为什么来找你吗?”

流年睥睨她一眼:“你来找我,还能有什么事?”

初末语顿,他总是那么聪明,对于任何事情都很笃定的样子。也是这样子,让人迷陷在他的光环里,出不来。

“呃……那你可不可以不要让木槿退学?毕竟考上B大本来就是一件不简单的事情。”

“……”

Part 5

见流年不语,初末忙说:“我知道自己这样肯定会被你认为我是圣母,我的确不喜欢木槿,但可以用别的方式惩罚她,我觉得退学……真的有些严重了。木槿家庭条件不好,她是家里唯一的希望……”说到这里,初末的声音有些失落,“你知道的,我最不想看见的就是让做父母的失望,他们已经很不容易了,听说当年木槿由坏转好的时候,她父亲高兴得病都好了起来,要是知道她被退学了,肯定又要被气病了的。”

见流年不说话,初末知道这事比较难办,想到流年对她向来是吃软不吃硬的,她伸手扯扯他的浴袍袖子,软软地说:“流年,你就帮帮我好不好?”

握住玻璃杯的手指一顿,他轻轻地瞟一眼她抓着自己的手,“流年”……这两个字,她有多久没有叫了?

也许是初末心太急,没有发现流年的眼神,她说:“我知道资料是你让人交给校长的,也知道你是帮我出头。我是真心谢谢你的,我也知道这是木槿应得的,只是……”

初末的话还未说完,流年就转身往书房里走去,仿佛并不愿意听她多言。

初末有些无措,以前的慕流年,只要她撒撒娇,他就会依着她,而眼前的慕流年,明明这么近,却深沉得让她捉摸不透,一时间,她找不到可以说服他的方向。

慕流年今天请假回家,一是因为连日来的工作让他身体吃不消,请假一天;二是因为学校既然已经开始动作了,这个家伙也该有所行动了。

只是没料到她一大早就跑来这了。

坐在工作台前的流年眼睛看着电脑屏幕,心绪却在跟着他走进来的初末身上,她的小心思,不用她说,他就猜得到。

两年之后的几次接触,也让他感觉到了她的变化,比以前更坚强了,只是那些伪装的坚强终究抵不过她本性的善良,在某些时候显露无疑,很容易就被别人利用。

而他,只不过是想要告诉她,人太善良,并不是一件好事。

轻叹了一声，他伸手拿过一旁的杯子，还没够着，就被她迅速地抢了过去。

他转头，就见初末笑得一脸奉承的小样，“我帮你拿……”

“……”

流年无言地接过，因为感冒，他的嗓子一直有些干，不急不缓将水喝完之后，刚要放过去，就被初末接了过去：“我去帮你加水！”

说完，便狗腿子般跑开了。

流年看着她的背影，黑眸中掠过一道深意……

于是接下来的时间里，初末都扮演女仆的角色，流年一伸手，她就立马弯腰将水杯递了过去。

有时候流年会无言接过，更多的时候，他选择无视，伸手去拿水杯旁边的资料。

这样一个狗腿子的上午是被连续不断的电话给打断。其实光初末站在那里，流年的手机就响了不下二十次了，每次都是不同的号码，可见他的繁忙程度。

不过手机是静音模式，来电的时候会亮一下。前几次初末以为流年是没看见，就稍微提醒了一下，后来才知道他今天休息，那些电话他是故意不接的。

第二十一个电话打来的时候，流年顿了一下，才接起，那边不知道说了什么，大概一分钟后，流年终于打断，他说：“我去。”

然后初末就听见那边欢呼的声音……

挂了电话，流年朝她招招手。

初末一愣，顿时觉得他可以再朝她丢一根骨头……

她乖乖地走到他跟前，眼睛闪闪亮：“怎么了？”是不是看她太诚心，决定答应她的要求？

流年被她闪着光的眼睛看得有些心惊，但他还是特别淡定地起身：“跟我来。”

Part 6

当一柜子的衣服摆在初末面前的时候，她着实愣了，呆呆站在那里，竟不知要如何做反应。

流年特别自然地从里面挑了几件衣服在初末身上比了比，最终选择了一套浅色的连衣裙给她："就这件吧。"

直到流年出去，空出房间让她换衣服，初末还站在原地，这一次，不是发呆，而是很难过。

忽然，她像疯了一般，扑到柜子里去翻查每一件衣服的尺寸，所有的尺寸都跟她的匹配……

她坐在床上，脑海里浮现的是很早以前，她因为家庭条件不好，所以很少会买衣服，有一次跟流年逛商场的时候，看着琳琅满目的衣服发表感叹："以后等我存了很多钱，我一定也要有自己的大衣柜，里面都是我喜欢的衣服。"

对于她的憧憬，流年当时并没有发表看法。

却没想到……

初末看着巨大的衣柜里面的衣服，鼻子酸酸的……没想到他一直都放在心上啊……

那时候的初末并不知道，对于慕流年来说，从初识就爱上的人，会是他永远记得的人。即便两年间，身边不缺花花草草，人人都说她不好，但对于他来说，即使那个人有些胆小、不懂事，甚至不负责任，但仍是他心尖上的末宝。

初末换好衣服出来之前收拾好了自己的心情，所以当流年看见她的时候，自然在她脸上找不到难过。

初末本来还因为换了新衣服要让流年过目感到一些紧张，但当她走出房门，看见已经换好衣服的慕流年，紧张完全被惊艳代替了。

其实他穿得并不正式，甚至很随意，可他站在落地窗边，阳光落在他的眼睛、鼻尖、唇角，勾勒出清晰的线条和轮廓，完美得让人移不开眼。当他转过头，对上她的眼的时候，初末像被抓住的犯罪嫌疑人，忙移开眼。

她犯的罪就是，偷看他……

当你看着一个人的时候，也许那个人也在看着你。

只不过慕流年的眼光太理所当然，丝毫都没有半点不好意思，他看了她一会儿。说："过来。"

初末便乖乖走了过去。

流年伸出手，把她扎起来的马尾轻轻一扯，那黑发便像流水一般散开。

初末一僵，茫然看着他的动作。

她的头发这两年都没有打理过,已经长及腰了。

平时她都是扎个马尾,简单方便,干净利落。

流年看了一会儿,最后把皮筋递还给她,说:“以后除了在我面前,不许把头发散下来。”

“……”

初末默默地接过皮筋,有些迟钝地想,她本来就很少把头发散下来啊,刚才明明是他把她头发拽下来的……

可不知为什么,遇见这样霸道的慕流年,她心里反而暖暖的……

她喜欢这种……他不把她当成是外人,还像以前一样管着她的感觉,比之前冷漠如陌生人,简直好了不止一两倍。

初末重新把头发扎起来的时候,流年站在身后淡淡地看着。

不知从什么时候开始,这个他从小看着长大的女孩,已经渐渐地显出女人的娇媚,尤其是当她散着发的时候,那种自身散发出的慵懒和性感,让他非常介意。

介意这样的她在别的男人眼前出现。

这样的她,只有在他面前,才可以显露。

第六章　原来非你不可

那时的我们喜欢过一些人，与他对视的刹那，表面上故作镇定，心里早已兵荒马乱。

Part 1

一路开到了B大附近的酒店，来的时候，初末看着熟悉的路线，还以为他总算答应她不让木槿退学了。

可眼睁睁地看着车路过B大来到这家酒店，她的心又沉了下去。

眼见车子停下，初末小声地问："我们来这里干吗呀？"

"同学聚会。"

丢下这四个字，流年便下车。

初末纠结地抓着车门，他说同学聚会，应该是他们那届的聚会吧？那为什么要把她带来啊？她一个人都不认识啊……

可她现在有胆子说不进去吗？

答案是，没有。

跟着流年走到酒店门口，站在外面的服务员询问了包厢号码，便领着两人进去，其间还偷眼打量着两人，初末有些不自在地检查自己的行装，并没有什么不妥之处啊……

后来推门进去之前，那服务员红着一张脸说："帅哥，你的女朋友很漂亮，你们是我见过的最般配的一对。"

初末有些窘迫也有些担心，怕流年因为服务员的乱点鸳鸯而生气。

却不想流年并没有生气也没有解释，而是说了两个字："谢谢。"

"不、不客气啦！"服务员明显被流年的魅力所慑服，脸更红了，蹭到初末边羞涩地说了句,“你男友真温柔。”便立刻羞答答跑开了。

初末跟着流年一进包厢,发现已经有很多人在里面了,这是一间很大的包厢,饭局还未开始,大家聊天的聊天,玩牌的玩牌。流年和初末一进去,先是坐在沙发上的一群人看见他们,停止了聊天,然后是打牌的一群人纷纷转头,顿时,全场人的目光都投向这边,原本热闹的包厢立刻寂静无声。

“男神!终于肯赏脸来参加聚会了,我们班聚会了那么多次,你可是第一次参加!”这时,一个胖胖的男孩笑呵呵地走了过来,看了一眼初末,问,“还带了家属?小姑娘,长得有些眼熟啊!”

因为这一句,大家的眼光都投向初末,毕竟这么久以来,慕流年的绯闻不断,但这样光明正大带到面前的,还真只有这一个。

显然人群中已经有人认出了初末,虽然两年前,流年跟初末的恋情处理得比较低调,但像慕流年这样的风云人物,就算再低调,也会被人知道。

只是他们没想到,两年前慕流年的身边是她,两年后,身边依旧是她。

原来这世界上,就连男神也是非一人不可的么?

“呃……”面对那些打量,初末下意识地去寻求流年的帮助,但显然流年并没有任何想要帮助她的意向。最后她只能笑着看着那个胖师兄道:“大家都在同一个学校,师兄觉得我眼熟也是正常的。”

“行了,班长,你就别调侃人家小两口了,搞得学妹都有些不好意思了。”说完又对流年说,“大伙儿人都到齐了,就等你们了,快上桌吧!”

后来,初末才知道那个胖师兄是班长,出来解围的是学习委员……

吃饭的时候,初末坐在流年的身边,从她进门开始,那些若有似无的目光就一直在她身上,尤其是有些女生,看得更加明目张胆,那眼神里带着怨气和嫉妒,就算初末假装无视,也能感受到。

所以席间,她跟流年并没有多少交流,怕自己成为女人中的眼中钉。

只不过期间大家敬酒,都会以她是流年家属的名义一起给带上,一开始是被要求喝酒的,但她酒量不行,正踌躇的时候,流年帮她倒了一杯果汁,淡淡地说:“果汁代替吧。”

慕大神发话，大家都不敢瞎闹，于是被敬酒的时候，初末一直都喝的是果汁。

或许是酒喝多了，流年顺手拿了初末的饮料抿了一口，冲下酒气。

坐在一旁的初末弱弱地说："……那是我的……"

流年挑眉："所以？"

初末干笑了两声，立马狗腿子似的说："大神，你随意喝，想喝多少喝多少，呵呵呵……"

Part 2

喝到最后，大家都有了些醉意。流年虽然也喝了，但并不多，加上他酒量好，完全看不见他有任何醉意。

倒是一直在维持气氛的班长被灌醉了，他走到流年与初末身边笑呵呵道："你难得带家属来一次，我单独敬你们一杯。"

照例，初末还是喝果汁的……

然后就听见班长有些伤心地对她说："家属，我妹妹要是知道流年有女朋友了，肯定要伤心死了。我小妹自从见过流年之后就天天缠着我，要我带她去找流年玩。还说这辈子非流年不嫁。你瞧瞧我，现在都不敢回家面对她了，你是不是要单独敬我一杯以表安慰？"

初末原本还在担心怎么又跑出一个情敌了，却发现这个情敌在不知不觉中就被她消灭了，她心情顿时非常好，觉得敬酒是应该的，便拿起果汁敬了一杯。

然后就听见学习委员在那边叫："班长，你妹妹才三岁，前途无量，以后说不定还能赶上跟流年生的孩子在一起，你就别操心了！"

"……"

初末咬着杯子，所以……她的情敌才三岁，她的危机感是怎么来的？

好不容易聚完了，还没玩尽兴的提议去唱歌。

初末神情已有了些疲惫，虽然全场都是流年在应付，但她早上起得太早了，加上担心学校的那事，疲乏是很正常的。

在被强烈地要求一定要一起去的时候，流年拒绝："你们去吧，我还有事。"

于是便引出了如下怀疑——

“有事？带家属能有什么事啊？”

“每次班里活动大神都不参加,太不给面子了!”

“哎……这就是你们的不对了,跟家属在一起当然是做跟家属才能做的事情了！我们一大群电灯泡很碍眼好吗?”

于是人群中便有人起哄——

“哦……跟家属才能做的事,我们的确不太好打扰哈!”

“……”

“家属”初末低着头,红晕爬过脸颊,虽然被当成是起哄的主角,但却因为被起哄的另外一个是流年,心里滑过一丝喜悦,竟觉得这样闹腾竟是件很幸福的事情,因为可以跟“慕流年”这三个字连在一起,好像他们的确是他们口中的那种关系。

最后的时候,忽然有一群女生相伴走了过来,每人手上都拿了一杯酒,其中一个比较大胆地开口:“慕流年,我们做同学这么多年了,有些话憋在心里一直没说,不管怎样,我们现在以酒代替,那些该说的不该说的,我们相信,你那么聪明,都能够知道！……总而言之,很荣幸,能跟你做这么多年的同学!”

一干人一饮而尽,有些女生眼眶里还含着泪。

一旁有男生低语:“原来我们班的女学霸们心里都装着一个慕流年,这么多年来,居然没人发觉……只是可惜了,落花有意流水无情……慕流年这些年到底是伤了多少女生的心!”

其实这次同学聚会相隔上次已经一年了,大家基本上都参加了工作,有些人也是带着“家属”过来的,只不过都没有慕流年吸引人。

这一场低调的表白也算是对当年好歹也暗恋过一场做个最后的收尾吧。

暗恋啊告白啊什么的,那都是回不去的青春啊！那时的我们多多少少都偷偷地喜欢过一些人,总是在一抬头,与他对视的刹那,表面上故作镇定,心里早已兵荒马乱,明知道跟他不可能,却依旧在一个人的晚上会幻想与他在一起的幸福模样,他会出现在你的梦里、思想里。也许有一天你会与他失去联系,你身边已经有了另一半,但不管时间过去了多久,这个人,依旧是你年少时最纯净的梦想。

Part 3

坐在慕流年的车里,初末依旧不太能明白,为什么他要带她去参加同学聚会。

她望着驾驶座上开车的人,想问点什么,却在转头看向他的时候有些走神。

她对他还是一点抵抗力都没有,每次只要不经意地看见那张清隽完美的脸时,都容易把自己想说的话忘记,花痴般望着。

酒店离学校本就不远,开了五分钟的样子,流年将车停在了一边:"到了。"

初末有些茫然:"什么到了?"

"学校到了。"流年顿了顿,反问,"怎么,难道你比较想去我公寓?"

"……我、我才没有!"初末赶紧解了安全带,开门下车,生怕他误会什么似的。

那么慌乱的样子,以至于她没有发现流年眼底闪过一丝淡淡的笑意。

等到初末下车了之后,才想到木槿的事情流年还没给她回复,刚转身想要问他。就见白色的卡宴已经飞驰离去。

初末郁闷,干吗跑得那么快啊,怕我真的会赖着你么?

怕会被赖着的慕流年开了一段距离,电话便响起,接起,那边余生没好气的声音传来:"慕总统,您大忙人终于肯接电话了!"

对于这样的称呼,流年毫无反应:"有事?"

"听说你生病了,打电话来关心关心你……"

"……"

见这边没回音,余生忙说:"好了,听说今晚同学聚会你带家属去了?"

"……"

"你别不吭声啊,我可是接到了好几个电话,都问你是不是喜事将近了。可是你说说,我们好歹也是多少年的合伙人,除了你未来的老婆,我们关系算最亲密的吧?不然公司那些腐妹子也不会成天意淫我们两在一块……"

余生的话还没说完,就被流年打断:“你到底想说什么?”

“几个电话里有个是墨以然打来的……她说去你家发现你不在,问我你去哪里了……”余生顿了顿,说,“显然他们口中说的“家属”不是墨以然……是初末丫头对不对?……哎,我虽然不想管你们的事,也一直知道初末丫头在你心里很特殊……我们男人嘛,多交几个女朋友是正常的,可是墨以然在国外的时候对你的照顾,还有那份心,大家都是看在眼里的,你这样多伤害人家啊…—”

却不想流年只是淡淡地说:“我从一开始就跟她说得很清楚,没什么伤害不伤害的。”

然后啪的一声挂了电话。

剩下另一边听着嘟嘟忙音的余生无奈地叹息……

这世界上恐怕除了杨初末,任何爱上慕流年的女人都会很可怜吧?

Part 4

初末回到寝室的时候,只有夏图一个人,她还是蹲在那里熬汤,一副发呆中茫然的模样,连有人走进来都不知道。

“图图?”初末叫了一声,她还是没反应,叫了第二声,她才反应过来,看见是初末,恍惚的脸上露出一抹笑容:“末末你回来了呀!”

“嗯,你怎么了?”初末看她有些不对劲,“神情恍惚的样子,没事吧?”

“没事啊。”夏图很快就恢复了平常的样子,“我能有什么事啊,就是觉得寝室一下子只剩下我一个人,有些不适应。”

初末愣了一下,才低声问:“她们呢?”

夏图说:“王纯经常不在寝室是正常的,木槿……听说她父亲生病了,她请了几天假回去了。”见初末眼中的疑惑,夏图解释道,“应该不是学校里的事,毕竟只是传闻,还没确定,所以你不用太担心。”

“那就好。”初末松了一口气。不是说她太圣母,木槿是应该得到惩罚,但她的父母是无辜的,如果这件事牵扯到她父亲,因而发生了什么事的话,她杨初末这辈子都不会安心的。

“唉……”正这么想着,夏图叹息,“真没想到,原本进来的四个人,现在就剩下我们两个,爱情真是个害人不浅的东西……不过也不知道这两个人脑袋里是怎么想的,如果慕流年不喜欢她们的话,就算争得头破血流都没有用,感情这种东西是不能勉强的吧?”说到这里,夏图略微忧伤地感叹了一句,“就像我一样,我也不知道该拿那个他怎么办……”

初末被夏图悲伤的情绪所牵引,一时间没听清她后面说的那句话是什么意思,不由问:“你说什么? 哪个他?”

“什么哪个他?”夏图一时间说漏了嘴,连忙装傻,“你听错啦,对了,你到哪呢? 身上还有股酒味。”

初末闻了闻,可不真是么! 可能是刚才在参加聚会的时候弄上的:“刚才吃饭不小心弄上的吧。”

“真的?”夏图一脸不相信,“你跟我说说,今天你一大早就跑出去做什么?”

“……”

“你不说我也知道,你肯定是找慕大神求情去了对不对?”夏图说,“别用那种惊讶的眼神看我了,你心里想什么我还不知道……其实我跟你说关于木槿的那些,也是有些私心的。虽然她真的很过分,但她的家庭确实很贫困,父母把所有的希望都压在了她身上,她被怎样惩罚没关系,可怜的只是她父母罢了。”

“嗯……”初末说,“我也是这样想的,所以不管怎样,只要有一点希望,我就会去拜托流……呃……慕流年的。”

谁知道夏图笑嘻嘻地说:“你就叫流年嘛,我又不会笑话你……”

初末脸一红:“什么啊……我只是一时口误。”

“还口误呢,是口顺吧! 你快告诉我你今天一大早就去找慕大神了,大神是不是很吃惊呀? 哇! 真想看看那张英俊的脸吃惊起来会是怎样的……”

“……”

两人在寝室里闲聊的时候,没有发现站在门外的一抹身影。

木槿站在外面良久,空洞的双眼看不出她是心满意足还是后悔莫及。

还年少时我们都有过极端的想法,那时候轻狂,不怕付出代价,学不会低头,觉得除了自己谁都是错的,自恃清高,傲气得过分,一旦发现自己真的错了,为了那小小的自尊心,咬着牙,憋着内疚都不愿意道歉,“对不起”三个字仿佛是最后一口气,说出来就会死。

但这都没有关系,你可以不在别人面前公开承认你是错的,你可以倔强如昨,但你也可以找一个无人的角落放下自己的骄傲,偷偷反省,不然,毁了一辈子的不是别人,而是你自己。

Part 5

最后,一直让初末担心的事情并没有发生,学校没有让木槿退学,但自那以后,木槿便被分配在别的寝室,由于她的人品问题,其他寝室的人都排挤她,此后的木槿变得越发沉默寡言。

这期间王了回来过一次寝室,不过是来搬东西的,她在学校外面租了一套房子,自此以后,除非学校有事,她再也没回过寝室了。

为了感谢流年,初末第二天一大早就带着亲手做的爱心早餐,在他去上班之前敲响了他公寓的门。

门很快就被打开,墨忘探了个脑袋出来,看见是她没好气地哼了一声转身往里面走。

初末为他怎么会在这里出现感到奇怪的同时,迅速拉开门往里面走去。

一进去就见只穿着一条内裤的墨忘在客厅里晃来晃去。

"我×!"初末爆了一句粗口,急忙转过身,"墨忘你是有暴露癖吗?快点把衣服穿起来!"

谁知道墨忘竟然慢悠悠走到初末身后,硬将她的身子扭过来面对着自己,在初末震惊的状态下,很认真地问她:"你为什么不敢看我?"

"……"

"难道你不觉得我的腹肌很好看吗?"

"……"

初末更加震惊了……

没有得到她的回应,墨忘显得特别失落,他叹了一声道:"算了,好像不管我怎么做都没法跟流年比……"

说完,他就扭身走进卧室趴到床上睡觉了。

初末迅速地跑了过去,只见偌大的床上,他裸着身子趴在那里。

初末脑袋里很快就浮现出两个优质美男躺在这张床上的情景,一张张打了码的高清美图从她脑袋里滑过……她泪流,不要这样啊!

为什么墨忘会在流年的床上?

初末觉得自己接受不了,她走上去,一把将墨忘的被子掀开,恶狠狠地训斥:“这是流年的床,你快给我起来。”

墨忘的声音懒洋洋的:“我不要。”

“你不要也要!”

“我就不要。”

“喂! 你……”

初末刚要说什么,墨忘却忽然从床上跳了起来,速度太快,以至于初末根本无暇顾及手上的早餐。于是她准备的早餐就那样华丽丽地摔在了白色的床单上,染了一片污渍。

耳边是墨忘吓得倒吸气的声音,整个房间诡异地安静,半秒后,墨忘指着初末说:“你完了你完了,流年有洁癖,他看见了一定会把你用皮带吊起来打的!”

“……”

见初末没说话,面色苍白,他以为她是吓傻了,忙拍拍她的肩膀以示安慰:“你放心,要是你不好意思说的话,我会去告诉流年这是你弄上去的。”

“……”

Part 6

后来,胆小的初末还是决定趁流年没回来之前就赶紧跑了,她打开公寓的门,偷偷摸摸地把脑袋伸出去,确定没人,才出了门,轻手轻脚关起门,正打算转身跑路的时候,身后忽然出现的一个人影把她吓了一大跳,定睛一看:“流、流、流、流年!”

流年蹙眉,不开心的捏了捏她地嘴巴:“怎么一个晚上没见变结巴了?”

绕过她,用钥匙把门打开,顺便说了一句:“进来一起吃早餐。”

初末本来想走的,听到他这么一句带了命令的话,顿时挪着脚步艰难地跟了进去。

死就死吧! 她想。

可当她走进去的时候,就见墨忘抱着被单出来准备去洗,流年的表情特别淡定,仿佛这是很正常的事。

他将手上买好的早餐放在餐桌上,然后去厨房拿盘子。

初末连忙跑到墨忘身边道:"怎么你把被子抱出来。流年都不问的?"

墨忘撇撇嘴巴:"每次我在这里睡觉,都要换床单的,流年有洁癖。"

说完就抱着被子去洗了。留下一脸无语的初末。

也就是说,不管她有没有把早餐打翻弄脏被单,他都还是要洗的吧?

当初末被流年叫到餐桌前吃饭的时候,墨忘还在勤勤恳恳地洗被单,初末好心地让他先吃饭,却不想他失落地摇摇头:"不行,我就只有这一件床单,今天不早点洗,到时候晒不干,我就没床单睡了。"

初末:"……"

坐在餐桌前吃饭的时候,她望着一边吃早餐一边看报纸的流年欲言又止。

想了想,她还是说:"流年,谢谢你没有真的让木槿退学。"

她是真心感谢的,可对方一点表情都没有,黑眸依旧看着报纸,仿佛没听见她说的话。

初末被冷到,便巴巴吃着早餐,吃了几口,又忍不住问:"流年,你跟墨忘很熟吗?为什么他会住在这里?"

想到他们两个人是睡在一张床上,她就心酸,她喜欢的流年哥哥怎么能跟男人睡在一起?

流年未回答,另一个声音就闯了进来:"你这女人还真小气,流年不跟男人睡,你还希望他跟女人睡吗?"洗好被单的美男移开椅子坐了下来,"再说了,是流年这几天要出差,我来这里帮他看家的。"

初末哼了一声:"干吗要你看家啊,家放在这里又不会弄丢。"

墨忘也哼了一声,指了指趴在一旁的金毛:"那家伙总要人养吧?再说了,我就是喜欢帮流年看家,你吃醋吗?"

初末被这句给噎了回来,瞪着墨忘恨不得拿手上的筷子戳他的脸。

就在墨忘得意扬扬的时候,忽然对面传来初末凶巴巴的吼声:"是啊!我就是吃醋,怎么着?"

墨忘一顿,差点没噎到,他颤抖地指着初末,对流年说:"流、流、流年,你看她……居然这么明目张胆地表白,脸都不红一下!"

流年的神色依旧淡定,就在大家以为他根本没上心的时候,他忽然淡淡地说了一声:“既然这样的话,那就跟我一起去出差。”

“……”

于是初末跟墨忘的嘴张大得都能塞下一个接着一个的茶叶蛋……

大神的原话是:“既然你为了我吃醋的话,那我就带你一起去出差吧,陪在我身边,就不会再吃醋了。”

第七章 这一路，走得太辛苦

流年半蹲在那里，忽然问："要不要回到我身边？"
"他们说的没错，这样的我，配不上你。"

Part 1

初末什么准备都没有，她要换洗的衣服都是流年让她在上次的那个大衣柜里拿的。

她这才知道墨忘昨天住在这里的原因是流年昨天一晚都没有回来，也就是说他们俩并没有睡在一张床上。

初末一边帮流年整理行李，一边心里美滋滋，她就知道流年才不是那么随便的人，即使是男人，他都嫌弃！

不然的话墨忘也不会可怜巴巴地去洗床单了，流年连自己的床单都不愿给他用！

想到之前，至少她还是能被允许睡在流年的床上，她心里就升起一抹温暖的涟漪，嘴角也忍不住上扬，就像小时候运动会得冠军站在高处领奖，那个时候的自己，总显得比别人特别一点。

就在她偷乐的时候，不经意朝门口望去，见倚靠在那里的流年，一双黑眸看着她，也不知道看了多久。

初末的笑顿时僵在嘴角，飞速地从地上站起身，因为脑袋里想得乱七八糟的被抓现形，脸红了一片。

流年因为她的动作和表情，心情很好，他走过去，对着行李检查了一番，初末忙说："你说的东西我都帮你准备好了。"

流年看了一下，没有什么大问题，只是一"你的？"

"啊！我的在这里呢！"说着她 f 亡将搁在床上的衣服拿了过来，

她本来是想先收拾完流年的东西,再将自己挑的几件衣服放进去,谁知道,一时间居然给忘记了。

就在她将衣服拿过来的时候,却被流年制止了,他不太满意地看了一眼,将它又丢了回去,然后亲自在衣橱里重新挑了五件衣服放进箱子里。

初末想问这是要出几天的差啊,怎么要带那么多衣服。

最后还是没问出来。

他们的飞机是下午两点钟,在家里吃完午饭之后,留下墨忘一个人巴巴地守着房子,初末拉着箱子跟流年一起离开。

对的,是初末拉着箱子,原因……具体是这样的——

当行李收拾好的时候,大神伸手去拉,就被初末非常迅速地给抢了,忙说:“我来我来,大神您歇着!”

大神:“……”

初末呵呵笑了两声:“拿人家的手短嘛,当然要做一些事情!”

她指的是那五件衣服。

大神淡淡扫了她一眼,便两手空空,特别理所当然而慢悠地朝外面等候的车走去。

走到车背后的时候,也是初末嘿咻嘿咻地将箱子搁进车的后备箱,一旁原本想帮忙的司机惊讶地瞪着大眼,在初末喘着气坐到车里的时候,他小声地问流年:“慕总,这是您新请的助理吗?”

慕总:“……”

初末:“……”

“新请的助理”初末坐上车之后,便被慕总很自然地安排了助理要做的工作:“将这些单词全背下来。”

初末接过文件,看了一眼,上面都是一些专业的医学名词,想起那天她翻译的费劲,顿时觉得流年真是大好人,然后又想到这次出差的目的,她问:“这次也要翻译吗?”

“嗯。”流年道,“所以你有一个上午的时间。”

初末才知道这次流年去T市出差也是为了医院的那个项目,但是像流年语言那么好的人,怎么会需要她做翻译?

不过初末已经没有多少时间想那么多,即使一天的时间她也不一定能将这些单词熟记住,何况她只有一个上午的时间。

从B市到T市大概两个多小时的车程,一路上车内都很安静,初末看单词的时候时不时会抬头看看身边的人，他坐在那里，膝盖上放着些许文件，一页一页翻着，声音不大，明明是这么平心静气的时刻，可是初末却怎么都看不进去。

她知道自己看不进去的原因，是身边的人，谁让他的气场太大，只要他在身边，她能背出十个单词都算了不起了。

Part 2

结果车子开了差不多一大半路程的时候，流年忽然放下文件，看着她问："差不多了？"

"什、什么差不多了？"初末疑惑地看着他。

就见他径自拿了她手上的文件过去，说了一个词："GBM？"

"呃……"初末才发现他居然是在考她！

"G、BM 应该是 glomerular basement membrane 的缩写，翻译过来的意思是肾小球基底膜。"

流年看了她一眼，初末的小心脏怦怦跳，不太肯定地问："我、说错了吗？"

"没有。"依旧是面无表情，流年将文件还给她。"你并没有记得很熟。"

初末不禁腹诽，有你在身边，让她怎么能安心背东西？就是看也不一定看得下去好么。

但这些初末都不敢光明正大地说出来，只能把憋屈放在心里，谁让她自己的定力那么差，也不能怪别人。

后小半段路，初末不敢再胡思乱想，收敛了心思，专心地去背单词。

用心的时间总是过得很快，她大概看完时，司机将车开到了 T 市第一医院，一开车门，就看见外面已经站了一排医生。

显然他们跟流年很熟，一见面就聊了起来，全是医学方面的，初末跟在后面听不懂，便左右张望，去帮司机把行李拿下来，自己拖着跟在流年的身后。

这是她第一次来 T 市，下车的时候，她注意到这一排的建筑呈现各式历史风貌，它们的私密性构成深邃和幽静的氛围，所以医院设置在这里特别好。

初末一直都很喜欢看这种充满历史风味的建筑,从窗子往外面看,可以看见一些楼层背后绕满了爬山虎,颜色偏淡旧,但自有一股凛然正气在其中,下面围绕着一些绿色植物,各种花开得很鲜艳。

初末不禁想,如果她在这里上班的话,每天光看风景都会心满意足吧。

就在她一边拖着箱子跟在流年身后,一边欣赏风景的时候,没发现前面的人脚步顿住,一头就撞了上去。

"唔……"初末摸着撞痛的额头闷哼了一声,耳边传来轻笑的声音,她一抬头,就见流年无语地看着她,一旁的其他医生眼里都是笑意,仿佛一群大人笑看着犯了错不知所措的小孩。

不知所措的初末摸着额头,脸已经烧红了一片,在这么多人面前丢脸,真是够了!

"Mu,The girl is very lovely!"人群中有穿着白大褂的国外医生赞叹,他们一向不会吝啬自己口中的赞美。

于是众人也笑呵呵地赞扬,人群中有人用英语问初末的身份,流年想了想,说:"She is my assistant。"

初末:"……"

对于赋予自己的新的身份,初末默然接受。

接下来的时间,她承接了助理的工作。

比如有国外医生上前与流年交流,流年会说中文,随后,示意初末翻译出来,初末虽不明白,但还是老老实实一句一句给翻译。

好在之前努力背了一些单词,所以应付起来不会像上次那样费力。

于是整个大厅里面就见她一边拉着箱子一边跟在流年身后做翻译。

一直到两人回到了酒店,初末将行李箱拉到了流年的房间,便对流年说要快点去把单词给背下来,不然待会儿又有翻译的话,她会应付不了。

转身欲走,却被流年叫住:"回来。"

初末转过身,不懂地看着他。

流年说:"单词回去背就可以了,之后的翻译都不用你了。"

初末更加懵懂了起来,不禁问:“你带我来这里不是为了帮你翻译吗？为什么不用了?”问完,心里一阵失落,“是我刚才翻译得太差了吗?”所以他觉得她没有用处了是吗?

单看她的表情,流年就知道这丫头定是又胡思乱想了,叹息一声,他点明自己带她来这里的目的:“这几天你就跟我在这里玩,什么都不用做。”

“啊?”

对于她的疑问,流年并没有再耐心地解释,只道:“回你房间休息吧。”

初末的房间就在流年的隔壁,她应了一声“哦”,然后在对他带我来是玩的脑补下,走出了门外。

Part 3

初末回到自己的房间后就呈大字型地躺在床上,脑袋里还在回味流年的那句话,真没想到,大神带她来这里居然是来玩的,像流年那样的人……居然也会想着玩啊,真的是好稀奇。

初末的心情就在这样感到稀奇中突然变好了,她从床上一跃而起,在带来的几件衣服里面挑了一件好看的,去浴室洗澡。

既然是来玩的,她一定要开开心心的,在流年面前也要把自己打扮得漂漂亮亮的。

她向来不喜欢化妆,但自从在酒店兼职之后,她都会学一些化妆的技巧,平常化得不多,但庆幸自己会随身带一些化妆的东西以备不时之需。

就比如现在,洗完澡之后,她换好衣服,站在镜子前给自己化了个淡妆,看起来比平时要精神了几分。披散在背后的长发简单地扎了个马尾,一切差不多准备就绪的时候,门外响起了敲门的声音,她预感到了是谁,开心地去开门。

果真站在门外的是已经换了一套衣服的流年,他应该也是刚洗完澡,身上有淡淡的柠檬香,他换了一件白色的衬衫,正倚在门边系胸前的最后一粒扣子,初末见着真想让他别系,那白皙的胸膛漂亮得太引人遐思了……

流年见她出来,完全是精心打扮过的,一时间也愣怔了。

初末其实是个名副其实的美女,只是她平时太过于低调,所以不显突出。

她身上穿的是流年挑的一件米色的蕾丝裙,肩膀上面是镂空的设计,腰间配了一条腰带,裙角也是透明的蕾丝设计,到膝盖处。

流年看着,忽而伸手将她的发一拽,那一头乌发便柔顺地散了下来,他用低沉的声音说:"这样更好看。"

初末看向流年的时候,就见他黑色的眼眸盯着自己,仿若会发光。

顿时,她莫名地脸红了一片,低下头,连看他的勇气都没有。

看着她娇羞的模样,流年黑眸忽然深沉了片刻,忽而微微地俯下身,离她好近。

感受到黑影覆盖下来,初末心跳更加快,她双手紧紧的握着拳,拼命想让它别跳那么快,害怕跳动的声音太大,会让他听见。

可面对他越来越靠近的颜,她又忍不住抬头,见他作势要吻过来的样子,她情不自禁地闭上了眼。

只是,久久都没见对方有什么动作,她疑惑地睁开眼,就见近在咫尺的嘴角微微上扬,那漆黑的眼睛里闪烁着笑意,初末才明白过来,自己被调戏了。

顿时又羞又恼怒,不知道一向正经的流年,怎么也会做这样的事情,那恼意使她下意识地推了他一把,使两人之间隔出了一段距离。

耳边传来惊叹的声音:"噢! 可惜了,还是没吻上去呀!"

"就是就是呀!"

"……"

初末无语望过去,就见走廊上站着两个拿着拖把的大妈一脸粉色红晕地看着他们。初末顿时更尴尬了起来,恨不得自己有隐身术隐到墙壁里去。

流年看了一会儿,笑道:"好了,去吃饭了。"

说完就要伸手去牵她,却不想初末恶狠狠地打了一下他伸过来的手掌心,然后气呼呼地往前面走。

流年失笑。

Part 4

流年带初末去的是一间意式风格的餐厅，昏暗的餐厅里，每张餐桌上都点着一根蜡烛。大多是年轻的情侣在里面。

流年应该是这里的常客，他一进门，就有服务生将他们往里面带："慕先生，这边请。"

初末的怒气还没消呢，气哼哼的，没等服务生走，自己就先走了进去，等到走到了尽头，又不知道位置安排在哪里，便忽然停住脚步等他们。

那服务生没想到她会忽然停住，差点撞了上去，连忙道歉。

初末顿觉自己不应该，将怒气牵连到无辜人的身上。

直到坐在靠窗的沙发上，初末也扁着一张嘴巴，浑身上下都充满了怒意，就连流年将菜单递给她，她都以"我看不懂英文"为理由拒绝了。

流年倒是不介意，径自拿过菜单，自己点了起来。

当服务生接过菜单的时候，有些疑惑，但最终没有多嘴，去做自己要做的事情去了。

餐厅很安静，服务生走了之后，初末一直没跟流年说话，平常他们俩在一起，都是她的话比较多，现在她不说话，流年自然也不会主动找她说话，于是这边就显得比其他有人的地方更安静了。

好在点的吃的很快就上来了，初末巴巴地看过去，才发现流年居然……居然只点了他自己一个人的晚餐！

似乎感觉到她充满不可思议瞪过来的眼神，流年淡然地解释："刚才是你自己不点的。"然后就在初末的眼神之下，特别坦然地开吃。

初末、初末她很饿好吗？她敢肯定他一定是故意的！明明知道她在闹脾气，不安慰一下她就算了，居然还这么自私地只点自己的吃的来刺激她！还是不是人啊！

"不吃了不吃了！"初末一怒，起身作势就要走。

原本以为流年会稍微拦一下吧，却没想到他依旧在享受自己的晚餐，只是提醒了一句："现在不吃，晚上酒店里没吃的。"

意思就是到时候要是饿了别后悔。

初末正堵着一口气呢！被他这样一说，怎么可能拉得下面子来，丢下一句："没有就没有。"就跑了。

站在一旁的服务生将一切都看在眼里，忍不住走向前，问这仿若没事般吃着盘子里的餐点的流年道："慕先生，准备的钢琴还要用吗？"

流年喝了一口白开水，用纸巾擦了擦嘴巴，起身道："撤了吧。"然后离去。

服务生看着他离去的背影，再看了看桌上没怎么用过的晚餐，这时另一个服务生将推车推了过来，上面是厨师花了一个下午精心制作的晚餐，上面还有一个用冰淇淋雕刻的钢琴。

本来慕先生精心准备了一场浪漫的晚餐的，服务生看着不远处白色的钢琴，他们还打算沾沾女主的光，听一次钢琴家 Leonardo Mu 的现场，却不想居然搞成现在这样子。

他叹了口气，对同事挥了挥手："撤了吧。"

Part 5

时钟指到八点的时候，初末趴在床上，捂着肚子："好饿啊……"

有些后悔晚上去餐厅的时候没随便吃点再赌气回来……现在肚子真的好饿，就算只有一碗白米饭放在她面前，她都觉得是山珍海味。

她明明知道跟流年赌气的话，输的一定是自己，怎么偏偏就总是不吸取教训呢？

在床上趴了一会儿，正犹豫着要不要一个人下楼去吃东西的时候，耳边响起了敲门声。她疑惑地下床去开门，门外是一张陌生的脸，穿着外卖的制服，微笑地说："请问是杨小姐吗？这是慕先生帮您订的餐。"

初末接过，道了声谢。

关上门，拿着订餐的盒子回到房内，打开，里面是简单的饭和菜，但菜都是自己喜欢吃的。

咕咚一声，肚子很配合地响了起来。

初末一边坐在椅子上饿死鬼一样地猛吃，一边想着，她要快点吃完，然后去向流年道谢。

她就知道流年不会真的忍心看着她饿肚子的！

只是当她飞速地吃完饭后，去敲流年房间的门，半天都没见里面有动静，想着流年是不是还在生气所以不开门，又觉得没道理，如果他生气的话就不会帮她订餐了。

她随即下了楼，问了酒店的前台有没有看见流年出去。

初末刚进酒店的时候，就发现酒店的服务员对流年特别照顾，似乎对他很熟悉，那种兴奋和崇拜的模样明显地刻在脸上，想让人装看不见都难。

所以当初末试着去问的时候，那前台便告诉她，流年晚上在酒店的最顶层有个会议。现在应该在开会。

初末只能先回了自己的房间，也不知道会议要开多久，据说还是研究之前在 B 市的那个项目。

初末只能先回房间等了，这大半天的奔波让她太累了，等着等着就趴在床上睡着了。

睡着了的她做了一个让她非常不安的梦，梦里面她躺在手术台上，昏昏沉沉，她拼命地想要开口，想要留住孩子，可是无论她如何努力，孩子依然离她而去，然后她看见了流年，看见他失望的脸，他转身，越走越远，她伸手，努力地去抓住他，想让他留下来，可是他还是走了……

“别走……流年……别走！”初末在这样恐怖的梦中惊醒了过来，坐在床上，她发现自己并没有身在黑夜里，房间明亮的灯光照在她汗湿的鬓角，有一刹那，这样的光显得那样的刺眼，像是要窥探她心底谁也不能碰触的秘密。

忽然，她从床上赤脚下来，飞快地跑到门口打开门冲了出去，来到流年的门前，砰砰砰地敲门。

Part 6

还在工作的流年忽然听见急促的敲门声，打开门，还未来得及看清是谁，就被用力地抱住。

他低头看着抱着自己的初末，浑身似乎还在颤抖的样子，不禁有些担心："怎么了？"

初末不语，此刻抱着流年的感觉那样的真实，那是在多少个不真实的梦境中，她曾渴望的触感。

每次她都梦见她很快乐地向别人介绍这就是她的男朋友，可梦醒后才发现他已经离开她太久。

"初末？"流年担忧的声音还在耳边，初末摇摇头说，"我没事，我就是想要抱抱你。"

流年无奈，只能让她抱了一会儿。

好在现在已经是深夜，大家都睡着了，否则被别人看见这一幕，还不知又是怎样一番热闹。

许久，初末才退出了怀抱，有些不好意思地看着他说："对不起啊，这么晚还把你吵醒，我没事了，你快点去睡觉吧！"

说完就要回自己的房间。

"回来。"

流年叫住她，看了一眼她没穿鞋就跑出来的脚，也不知道跑过来的时候碰到了什么，脚背上在流血。

他伸手将她打横抱起，转身回了自己的房间。

初末待在流年怀里乖乖的，此刻她的脑袋呈现的是放空的状态，跟流年这样的亲密会使她不自在、害羞、脸红，可这更多的是对心灵的弥补，是对曾经那么多思念的一个回馈。

流年将她放在床边，便去浴室拿了毛巾，帮她将脚擦干净，然后拿出了一块创口贴，将她碰伤的地方贴好。

安静的房间里，谁都没有说话，初末怔怔地看着他的动作，一切都是那么的自然，仿佛他们从来都没有分开过，仿佛还是在很久之前，她也是这样被弄伤了，他严肃地教训她："以后做事不要太莽撞，就算有什么急事也要定下心才能处理好。"

即使是她一而再再而三地犯错，他也只是这样严肃地对待她，从来都不舍得骂她。

"流年哥哥……"情不自禁地，她叫出了从小就习惯叫他的称呼。

流年动作一顿，抬头看她，她的眼睛有些湿润，嘴巴扁扁的，像是被人欺负受了委屈的小媳妇。

初末自己也愣住了,不知道怎么就抽了风忽然这样叫她,一时间竟不知该如何做反应,只能那样呆呆地看着他。

流年半蹲在那里,盯着她的眼,忽然就问:“要不要回到我身边?”

“……”

初末因为这句话,躲避了他的眼神,她垂着脑袋看着自己的脚尖,那块创口贴此刻看起来是那般刺眼,半晌,她才低声说:“他们说的没错,我的确有过一个孩子,流年,这样的我,配不上你。”

第八章　我们终究迷了路

她以为他们会爱一辈子,一辈子的时间那么长,少一秒一分,都称不上是一辈子。

Part 1

初末觉得自己真的很失败,好好的一段旅程,被她弄得饭也没吃成,玩也没玩好。

中途,还是流年让司机把她先送回去的。

后来一段时间,她再也没有见过流年。

仿佛大家都各过各的生活,再也不会有任何交集。

那段时间初末的心情特别的失落,仿佛自己做了一件极大的错事。

可是假如时光倒流的话,她应该还会选择说出那个事实吧……毕竟流年是有权知道的。

大四即将毕业,同学们之间的聚会也多了起来,初末平常是很少参加的,但这段时间她心事太多,不能让自己有任何闲置乱想的时光,所以只要有邀请她都一定会参加。

只是,那天参加的一个算是比较大的户外烧烤活动,还是在晚上,没想到竟是英文系跟医学院联办的,初末一眼就看见了那个被众星捧月般围绕的慕流年,隔着那么远的距离,还是一眼就能看到,他永远都会被安排在最好的位置,得到最好的安排。

初末那天心情依旧不好,所以对于别人敬过来的酒,她也不再拒绝,来一杯喝一杯。

夏图看她这样喝下去不是办法,便将她拉起,想要带她去河边透透气。

偏巧初末在经过流年那桌的时候,看见好几个女生都围在流年身边,也不知道在说些什么,一个个脸上又是喜悦又是崇拜。

虽然流年表情一如往常地淡漠,与她们格格不入,但初末看着就是心里不舒服。一抹酸意明显在心底泛起。

于是,当有之前喜欢过她的男生上前跟她说话的时候,她破天荒地微笑应答。

初末本就长得漂亮,加上平常她一向不太爱跟寝室之外的人说话,所以给那些暗恋的男生一种女神的傲娇感,一旦微笑,简直能将人的心给融化了。

许是烧烤旁的温度有些高,喝了些许酒的初末脸上呈现不正常的红晕,于是那男生便很绅士地邀请她去河边呼吸一下新鲜空气。

初末本来就是要出去的,现在正好有人陪着,便对夏图说不用陪她,自己跟男生一起出去就行。

夏图自是有些担心的,想要陪着一起,却被初末坚决地反对,她大抵真的喝多了,竟然当着那么多人的面对夏图说:“图图,难道你还怕师兄对我怎么样吗?我又不是国色天香,你担心过头啦!”

这话其他男生听在耳里,难免起哄了起来:“我们班长可是绝世好男人好么?长得帅不说,还特别专情,从小到大除了初末还没喜欢过其他人呢!夏图你这样担心。是对我们全班人眼光的不信任么?”

被这么一起哄,夏图也不知该说什么,只能眼睁睁看着初末跟男生一起走了出去。

烧烤旁边有条很大的河,初末走过去的时候,已经看见三三两两的情侣站在那边聊天,她找了一个人不多的地方,趴在栏杆上,仰头看星星。

“今天的天气真好,星星这么多,明天肯定会是个大晴天。”她看着星星喃喃地说,“可是为什么是大晴天,我心情还是一点都好不起来?”

初末是真的醉了,换成平常,这样的话,她是不可能在一个一点都不熟的人面前说出口的。

男生看见她这样子,有些心疼地说:“初末,我第一次见到你就感觉你特别不快乐,你……你要是不介意的话,可以把心事说出来,也许会舒服一点。”

初末歪着头，眯着眼看着他，也不说话，就那样定定地看了几秒钟后，她摇摇头。“我没有什么心事。”她说，“你知道吗，我在心底建了一座城，把我的心事都锁在里面，没有钥匙，它们是出不来的……而我，在建它的时候，就把钥匙丢掉了，没有它，我怎么都打不开，所以要怎么说出来？”

那男生听见这话，一时间也不知道该说什么好。

此时，一阵冷风出来，烧烤那边是搭了房子的，所以感觉不出晚上有多冷，这冷风吹来，初末不禁打了个冷战。

两人站了一会儿，男生挣扎又纠结了一下，最终将身上的外套脱下来披在初末的身上，脸红地说：“天、天气凉了，你先把这个披着。”

Part 2

初末倒是很难得见到比她还腼腆的男生，她转过身正欲说什么的时候，就见昏暗里，一抹修长的身影不知道什么时候立在那儿。

初末一怔，想要说出的话也堵在了喉咙口，一抹心酸泛起。

慕流年……他怎么也出来了？刚才那些女生不是跟他相谈甚欢么？怎么舍得放他出来？

男生朝初末目光的方向看过去，便看见周身冷漠的慕流年。

初末跟流年之间的事情，他也是知道一点的，所以在这样的时刻，他十分知趣地闪人。

“初末，我先进去，你也别在这里待太久，小心着凉。”说完就要走。

“等等。”初末叫了一声，等那男生惊喜地转身，以为她会说留住他之类的话时，却见初末已经将身上披着的衣服脱了下来：“谢谢你的好意，不过我不冷。”

男生有些尴尬地接过，朝她点点头便转身离开。

初末站在原地，风依旧在吹着，可在见到流年的那一刹那，她已经不觉得冷了。

此刻酒精在作祟，初末觉得终于找到自己心底的那座小城堡的钥匙了，流年就是她的钥匙。

她有些晕乎乎地走到他跟前，他还是那么高，站在他面前，她总是要仰着头看他，她眯着眼睛，笑呵呵地说：“我知道你是不放心我才跟出来的对不对?”

见流年没说话,她也不觉尴尬,她指了指流年的外套说:“你要不要脱下外套来给我穿呀！我有点冷哦！”

流年依旧没吭声,只是看着她的眼睛多了一点温度。

初末见自己说了那么多,人家一句都不回,顿时觉得有些无趣:“算了,我就知道你才不会对我那么好,就算我冷死了,冻死了,你都不会伤心的。”

流年眼神微顿,他向前走了一步,在初末未来得及反应的时候,将她扯着转了个身,他们本来就在角落里,这样转过身,她就贴在了墙上,流年两手撑在她身体两旁,将她包围。

这种感觉……好幸福！初末心里有无数个烟花在绽放,她仰着头,傻傻地望着他,傻傻地说:“人家男生对女生做这样的举动,一般都是要强吻她的,所以流年,你要强吻我吗?”

流年无语,俯视着她一张期待的脸,想着她究竟喝了多少酒,才能一点都不害臊地说出这样的话。

初末是真的喝得有点醉了,见流年只顾着盯着她看,一点动作都没有,不免将失落之情都表现在脸上,她嘟囔着说:“难道我猜错了,你不想吻我吗?”

她自然是没有感觉到,流年所站的这个角度正好将冷风给挡住了。

许是酒精壮了胆,她忽而伸手勾住他的脖子,踮起脚尖,凑上去,就吻上了他的唇。

他的唇凉凉的,软软的,熟悉的温度让初末根本就不愿意放手,即便这样吻到天荒地老都行。

要用什么词表达自己当时的心情呢?很久后,初末都会想,每次跟流年接吻,都让她有一种初吻般怦然心动的感觉,这样的情愫时常让她以为自己跟流年之间有不可切割的缘分,想着如果他们不是从小就认识的话,也会在某一天相识吧?她一直相信,这个世界真的存在一个那样的人,不管你身在何处,他都会在恰当的时间和地点站在你面前,也许时间早,也许时间晚,但这个他,能与你相偕一生的他,一定会出现。

Part 3

那天初末完全忘记了自己是怎么回寝室的，当然，她也不可能知道，那时候，在天台的不远处，墨以然沉默地看着他们之间的亲密，脸色自得十分难看。

第二天初末醒来的时候，只觉头疼得厉害，鼻息间有淡淡的清香味，她下床便见桌子上留了一张字条，是夏图写的，让初末把桌子上的汤喝了，是她特意留下一份的。

初末打开盖子，一阵排骨萝卜的清香味传入鼻间，她不禁想，也不知道到底是谁把夏图的心给迷了去，每天都有爱心汤，是多幸福的一件事。

她抱着汤，坐在床上发起呆来，她想起了昨天晚上自己吻流年的事，酒精真是个好东西啊……将她不敢做的事情都做了。只是，不知道她这样，流年会怎么想她。

明明那天晚上，她说了那么伤人的话，可在昨天晚上，又做了那么让人容易误会的事。

"杨初末，你究竟知不知道自己在做什么啊！"

初末有些懊恼地抱怨。

假如流年真的把她当成是水性杨花的女人，她还不如死了算了。

正当她埋怨之际，手机在这时响了起来，她拿起一看，是个陌生的号码。

"喂？"她接起。

里面传来不太熟悉的女声："杨小姐吗？"

"我是，你是？"

"我是墨以然，你记得吗？我们见过面的。"

初末当然记得，那个出现在流年身边，并且与他闹绯闻闹得很凶的女人。

"嗯，我记得，你……有什么事吗？"初末问。

"有些事想当面跟你说，我现在在你们寝室楼下的咖啡厅等你，能下来吗？"

既然人都已经来了，看来是知道她在楼上了，她不下去倒是真说不过去，而且，她也有些好奇，墨以然找她会有什么事。

"好,我这就下来。"

挂了电话,初末收拾了一下自己后,就下了楼。

现在是上课时间,咖啡厅里的人并不多,所以初末一眼就看见坐在最里面的墨以然。

该怎么说呢？这个女人,一看就是有钱家的大小姐,浑身上下都充满了一种高贵之气,就算搁在茫茫人群中,也是一眼就能看出的气质美女,何况她还是IMB集团的大小姐。

所以,这样的人才能得上跟流年传绯闻吧？让人感觉她跟流年就是同一个世界的人,都是那么的优秀,那么的高高在上。

初末走到她跟前,坐下后,墨以然才抬头,微笑地看着她:"杨小姐,我找你来,是有件事情希望你能答应我。"

没想到她这么开门见山,初末倒是有些不太能接招,她问:"什么事?"

"我想,如果可以的话,你能不能少跟流年接触?"

"……"

对于她的沉默,墨以然不以为然,她继续说:"是这样的,我跟流年之间的关系……想必也不用跟你多做解释,虽然我们还没有完全公开,但我还是不希望有一些不知所谓的女人主动勾搭上来。"

所以……她杨初末就是那个所谓的"不知所谓的女人"么?

初末嘴角微勾,并没有被墨以然盛气凌人的气势给吓到,她道:"所以,墨小姐找我出来,就是想让我不要跟流年接触么?"

墨以然挑了挑眉,点头:"其实我挺喜欢你的,不然之前也不会想请你去当墨墨的钢琴老师,世界上男人这么多,你真的不用一直抓着过去不放,如果可以的话,我帮你介绍适合你的人,家境、长相方面都是很优秀的。"

所以……她杨初末是到了该相亲的年龄了吗?

初末轻笑出声:"谢谢墨小姐的好意了,我找不找男朋友还真不需要你费心,至于流年……想必你也已经知道了我跟他之前的事情,我要不要跟他断绝来往,不是你一句话,我就应该照办的事,你说对吗?"

墨以然一愣,没想到这姑娘平时看起来弱不禁风的样子,性格倒是一点都不服软,不过……"那么你就不介意背负第三者的罪名吗?"

初末成功地因为这句话,脸色惨白。

“这样吧，明天上午十点，我约了流年在市中心的百盛商场见面，如果你有空的话，可以过去，我会让你看到你想要看的。”说完这句话，墨以然便戴上了她的那副超大的墨镜。起身离开。

走了一会儿，她又返回来，从包里拿出一张名片：“上次给你的那张想必你已经丢掉了，这张你留着，要是明天找不到我的话，可以打上面的电话。”

说完，也不管初末要不要，就搁在了桌子上。

Part 4

墨以然走了之后，初末看着桌子上的名片，随手将它丢进了垃圾桶里。

接下来的时间，初末都在图书馆里度过，之前她一直想借的热门复习书，一直都没找到，偏巧今天就安安静静地躺在书架上没人动。只是好不容易借到了这本书，她却一直没有心思看进去，看了几道题目之后走神不说，做了一下，居然都是错的。

最后在图书馆里待了一上午，下午就去酒店工作了。

下班回来已经很晚了，夏图已经在床上呼呼地睡着了，初末轻手轻脚地洗完澡之后，便躺在床上。明明应该是很累的她，却怎么也睡不着，脑海里不断自动上演流年跟墨以然在一起的画面，虽然都是她想象出来的，但心里还是很闷，像压了几千斤重的石头，喘不过气。

在这样的压抑中，她睡了过去，梦里面自然也是不安稳的，反反复复地看见流年与墨以然的背影，他们那么亲密无间的样子。她怎么插也插不进去，连个做第三者的资格都没有。

醒来是凌晨五点钟，虽早，但她怎么也睡不着了。从床上坐起来，本想去水房里面洗个脸，省得将夏图给吵醒。谁知当她往夏图那边看去时，床位居然是空的！

夏图这么早就出去了？初末下意识地看向桌面，上面有个保温杯，里面依旧是煲好的汤。

真不知这丫头究竟是喜欢上了谁，居然一向爱睡懒觉的她，为了心爱的人起得如此早。

初末在寝室里待了一会儿，便下楼去买了些早餐就着夏图留下的汤吃了。

一边吃早餐,一边将手机开机,手机刚打开,就提示有十个未读信息,她感到有些奇怪,这么早,谁会发消息给她?点开后一看,她手便忍不住颤抖,飞速地将剩下的信息都打开,里面全是墨以然与流年在一起的照片,流年做饭的样子、流年睡觉的样子、流年工作时候的样子等等,并且每一张都有墨以然的脸在里面。

初末越看到最后,手越抖得厉害。

这些年,她虽然知道流年身边的女人一个接着一个,但那仅止于知道而已,当那一张张亲密的照片在眼前的时候,那种不可抑制的嫉妒心在作祟,恨不得冲到流年面前质问:"你是不是真的跟墨以然在一起?"

可是,心底有另外一个声音同样在质问她:"杨初末,你凭什么?当年是你自己选择离开的,你凭什么要求慕流年在这两年里为你保持单身?"

一种难以言明的心痛在初末心底泛起,是啊,她凭什么啊?

可……虽然她已不是当初那个单纯的女孩,在经历了生活的困苦后,她知道世界并非她想象的那么完美,人更无完人,可在她的心底,还是有一种坚强的信任,她的流年哥哥是跟别人不一样的。她的流年哥哥一直都是那么完美。

所以……是她太自信了吗?

想起昨天墨以然说的话,初末瞪着手机上面的亲密照片,最后她还是没忍住,噌的一声,从椅子上起来。拿了包赶往百盛商场。

与其自己胡思乱想,还不如她亲眼去看看墨以然跟流年之间究竟是什么关系。

学校离市中心有些远,但初末出门尚早,所以比预计早到了半个小时。这半个小时对于她来说是很煎熬的,仿佛知道待会儿就要参加决定命运的高考一样,一颗心不安地乱跳。

她在商场里随便逛了一下,怕会不小心碰到流年他们,她还带了一副墨镜做遮掩。

好不容易熬到了十点钟,她站在楼层上面往正门下面看,眼睛都看酸了都没看见流年跟墨以然。

眼看时间一点一点过去,指针指到十点半的时候,初末才想到,自己可能是被墨以然耍了,说不定这个时候,她正站在一个别人看不见的角落,嘲笑她真的傻傻地跑来了呢!

初末在心里狠骂了自己一番,心里又是难过又是懊恼,让她在下电梯的时候没太注意有小朋友在玩闹,当她坐到一半的时候,只觉一股推力在腰间,未来得及抓住电梯扶手,整个人就向前倾,脚步本能地向前移了一下,谁知一脚踩空,整个人都向下面摔去。

初末暗叫一声"糟了",身上便有被磕着的疼痛感,耳边是乱糟糟的惊呼声,视线在一刹那暗沉了过去。

有多少次,她总以为自己会死,可她的命总是那么硬,无论她经历过多残酷的事,总能最后脱险。只是,为什么在感情上她没有这种运气?

"小姐?小姐?你没事吧?"

有好心的人走上前来询问。

初末的头还是很晕,她想要说话,却在无意间瞥见了拐角处流年与墨以然的身影,他们似乎刚逛完商场准备回去,墨以然站在流年旁边,温柔地笑着。

这时候,两个搬运工人搬着巨大的海报板往他们那边经过,流年绅士般地将墨以然扯过,不让她给碰着。

那么维护的动作,却是在对着另外一个女人做。

如果说初末之前还有什么不死心的,此刻一颗心已经绝望了。

耳边一阵一阵喧嚣的声音,议论的、关心的、冷漠的,她都听不到,只有一抹发自内心的声音在问:"流年,我们真的回不去了吗?"

那时候,他们曾在一起的时候,她以为他们会爱一辈子,一辈子的时间那么长,少一秒一分,都称不上是一辈子。可如今,他们剩下的生命还那么的长,他们的一辈子,好像就已经走到了尽头。

Part 5

初末被叫来的救护车送去了医院,那把她撞伤了的小孩父母也是两个好人。见自家小孩弄伤了人,没有肇事就跑,反倒是将初末送去了医院好好检查了一番,确定只是擦破了一些皮肉,才放心地离开。

初末拿了医生开的领药单子去领药的时候。心思还在商场见到流年跟墨以然的那一刻没有回来。

这样不在状态下走路的结局就是一个不小心撞到了来人,那被绷带包住的额头又弄疼了几分。

“唔……”初末摸着额头，疼得闷哼了一声。

“杨初末，你走这么快做什么？赶去入洞房啊？”

一抹熟悉的声音，初末抬头，是墨忘。

想起这个人是墨以然的弟弟，她的脸色顿时又沉了几分。

“怎么一见我就黑脸？”墨忘凑到她面前望了望，伸手正好敲中她额头上的绷带，疼得初末倒吸了一口气。他却笑得乐呵呵的，问：“你被人打了啊？”

初末瞪他一眼，才发现，今天他又穿得光彩照人，仅是在跟她说话的片刻，就有无数女护士向这边投来爱慕的眼光。

“你在医院做什么？”为了不让墨忘再说一些有的没的，初末决定主动转移话题。

“在医院当然是看病啊。”

墨忘的回答让初末有些诧异，她上下打量了跟正常人没什么差别，甚至更精力充沛的某人：“你生病？”

“对呀……”墨忘笑眯眯的，像小孩一样向她汇报行程，“每周都要来一次……你不是应该早知道吗？你做翻译参加的那个研究项目，研究的对象就是我呀！”

初末笑了笑：“你别开玩笑了。”虽然她不知道具体的研究项目是什么，但知道是跟脑部有关的，并且属于重危型病……可是眼前的墨忘明明看起来一点事情都没有，怎么可能会是他？

墨忘眉毛挑起：“我干吗要跟你开玩笑？”他想了想，拉住了初末的手，“不相信，你跟我一起去看。”说完，就拽着初末朝医生办公室走去。

将门给推开，他拉着初末进去，笑眯眯地叫：“罗医生，我来啦！”

初末一愣，怎么都没想到给墨忘看病的医生居然是罗子嘉。

自从上次在酒店见面之后，两人许久未见了，也不知道是彼此都故意还是其他什么原因。那句“如果医坏了，我负责。你来吗？”依旧在初末脑海里徘徊，她并不笨，有些自己不能去碰触的底线，她不会去主动碰触，但是又不能拒绝，所以只能装傻，尽量不去接触。

“罗师兄。”她微笑地打了一个招呼，虽然心里别扭，但她早已过了那个什么都表露在脸上的年龄了。

墨忘一点也不奇怪初末跟罗子嘉是认识的，他轻车熟路地走进去,在一旁的沙发上坐下,道:"我说我有病,她不相信,我就带她来亲眼证明了。"

初末听着只觉这句话怎么说得那么别扭呢?

罗子嘉已把别扭之处指出:"墨忘,有病……并不是一件值得高兴的事情。而且你总是不配合,你家人都很担心。"

墨忘哼一声,任性地扭过头:"我从出生,他们就开始担心我,当初他们就应该别把我生出来,这样就省心了。"

初末不是没领教过墨忘无法无天的任性,但对于父母这一块,她无法接受:"你怎么能这样说?父母担心自己的孩子是因为他们爱你,你知道世界上有很多没有父母的孩子,想要父母的担心,都没有的?你别身在福中不知福。"

墨忘没想到自己随意的一句话会引起初末这么巨大的反应,他好奇地挑眉:"你这么激动做什么?不知道的人还以为你没父母呢!我……"

"墨忘!"罗子嘉的严肃呵斥将墨忘的话打断,他有些担忧地看着一旁的初末,她本来就不好看的脸色变得更难看了。

"我还有事,先回去了。"

说完,便拉开门走了。

罗子嘉皱眉,不悦地瞪着口无遮拦的墨忘,墨忘却是一副"我说错什么吗"的无辜表情。

Part 6

初末走在去坐公交的路上,药也没心情去取,只觉得最近她真是倒霉得很,她就应该待在寝室里哪都不去,不管有谁来找她,都装死不在才对!

她承认,刚才墨忘无心的一句话的确戳中了她心中的痛。

有多久了?她都不敢去想,她已经离世的父亲,她在地震中失踪了的母亲。

有一段时间,好像全世界只剩下她一个人,那种孤独的感觉让她很害怕,所以当知道自己怀孕的时候,她有多希望能将小宝宝生下来。

尽管那时候她还在上学,尽管那时候她的身体根本无法承受一个孩子出生的过程，但她还是想尝试，因为那是一个小生命，是她在这个世界上仅剩的一抹亲情。

她知道流年不会同意，他爱她胜过爱肚子里的那个孩子，在她与孩子之间。他选择的永远是前者，所以她只能选择离开，那时候她看着黑暗里，他睡着的容颜，在心里一万遍地祈求他能原谅，原谅她的不辞而别。

那时候的她很笨，想不到其他方法能将孩子留住，所以只能伤害他。

似乎人总是这样，在最亲近的人面前，总是更容易显露本性，越是亲近的人越是容易去伤害他们，因为我们知道不管自己做得有多过分，到最后都会被原谅。

可我们从来没想过，被伤害太深，深到用爱都弥补不了，该怎样才能祈求被原谅？

"还在伤心呀？"初末站在公交站台发呆的时候，一张俊脸忽然凑到了眼前，她吓了一大跳，待看清，才发现是墨忘。

也不知道他来了多久了，身后停了一辆白色的跑车，引得站台上的人民群众纷纷围观，其中年轻的少女们更是露出"哇，好帅"的崇拜眼神。

初末觉得好有压力，眼见公交逼近，也不管是不是到自己的学校，她推开墨忘就要上车，却不想墨忘迅速地拉住她，并且拽着往自家车里塞，嘴上还叨叨着："公交车有什么好坐的啊，又吵人还那么多……"

别看墨忘一副小白脸的样子，力气还真大，初末完全没有反抗余地地被塞进了副驾驶座位上，并且被反锁在里面。

墨老大上车之后，还不忘记威胁："你要是下车的话，我就直接把你抗在肩膀上丢上车，你不相信试试看。"

他是土匪吗？初末郁闷地被关在车上，脸上写满了不开心。

墨忘看着她听话地不再反抗，才发动了车子，飞速离开。

此时大街上的人并不算太多，墨忘开了一会儿，憋出了三个字："对不起……"

初末淡漠地转头过去看他，就见他一张白嫩嫩的脸上露出一抹红晕，他轻咳了一下，别扭道："我刚才听罗医生跟我说了你以前的事情，我不知道你父母真的……咳……反正就、就对不起啦！"

“……”

见初末没说话，墨忘偷瞥了一眼她，发现她还是在盯着自己看，刚恢复的小白脸又通红了起来：“你、你别再这样看我了行吗？你再、再这样，我就把你丢、丢下去！”

“那你就、就把我丢、丢下去啊！”

初末学着他结巴的样子说话，只觉这男人表面上一副大帅哥冷漠样，心底就是个小屁孩。

初末这一开口，墨忘才知道她是不生气了，一颗悬着的心也放下了，他说：“你不生气早说嘛，害我纠结了那么久。‘对不起’这三个字，除了对流年，我没有对第二个人说过。”

“流年？你做了什么对不起他的事？”听见这两个字，初末本能开口问，问出口才有些后悔，他的事……如今还能跟她有什么关系吗？她知道了又能怎么样？

墨忘自然不知道初末心里的小九九，他自顾道：“就是有一次钢琴比赛，没有达到他理想的成绩，觉得很对不起他吧。”

初末“哦”了一声，茫然了一阵子，又像想到了什么一样，问他：“你的意思是说，你的钢琴一直都是流年在教？”

“废话。”

“所以，我才总在流年的公寓看见你？”

“嗯。”墨忘应了一声，风轻云淡地说，“你是没看见，我还经常去流年公司的食堂吃饭呢！搞得那些对我有意思的妹妹后来都犹豫了，说我长得帅是帅，就是经济困难，不然怎么会穷到要天天去食堂蹭饭的地步……”

“如果她们知道你是IMB小王子，就不会这么想了。”初末看着墨忘今天的这身打扮，没忍住问，“你能说说，为什么我每次见你，你都要穿得这么隆重吗？跟要赶去结婚一样。”

谁知道墨忘扭过头，眼睛闪闪发亮，问：“怎么样？我每天的搭配帅吗？这些可都是我自己搭配的哦！”

“……”这不是她问的重点好吗？

见初末没回答，墨忘略微失望地扭过头，看向前方，自嘲道：“反正我也活不了太久，当然每天都要把自己打扮得漂漂亮亮，这样你们才能记得我。”

Part 7

初末因为墨忘这句话，心里竟有些伤感，她问："墨忘，你的病……真的很严重吗?"

他挑挑眉："IMB 的大老板花了大价钱请了这么多专家来 B 市只为了研究我一个人的病，你觉得呢?"

"……"

"不过他就是觉得自己有钱，什么事情都能办到。可是这次要不是有流年，他钱再多，人家也不搭理他好么? 有钱就了不起了? 钱要是那么有用的话，他怎么不用钱直接把我的病治好? 还请那些人来做什么?"

初末知道墨忘口中的"他"，是 IMB 的大老板，也就是墨忘跟墨以然的父亲，商界的龙头老大墨向南。

虽然不知道墨忘为什么那么恨他，却能从他的言语中感觉出这个平常看起来阳光慵懒、对什么都毫不在乎的大男孩不愿表露的心事。

她想起自己第一天去医院的时候就碰见了他，当时还感到奇怪，他怎么也会在医院……原来他才是大家都要去医院的最主要原因。

初末想了想，试图化解车内悲伤的气氛，她道："你放心吧，不管你打扮得漂不漂亮，闪不闪眼，你这么好，大家都会记得你的!"

"那你呢?"

没想到墨忘忽然如此一问，初末愣了一下，笑道："我当然也会记得啊!"

"……那就好。"

墨忘送初末回去之后，初末的心情仿佛更沉重了起来，很难想象，一个这么年轻的生命会被病魔随时带走。原来随着年龄的渐长，每个人心底都或多或少藏着一些心事，总有一些，是我们不想说，但希望对方能够明白的。

可即便是这样，墨忘都依旧保持那么乐观的精神，仿佛每天面对的不是病痛，而是新生命。

而她，拥有一个完完整整的生命，有什么值得悲伤的?

第二天，去医院做翻译的时候，初末换了一种心情，不管未来如何,她都要活好现在。以前她一直以为流年是单身,才想尽办法接近他,希望能挽回。

既然他现在已经有女朋友了,虽然痛苦,但她唯一能做的也是祝福。

这点道德品质她还是有的,无论有多爱,她都不可能去做第三者,破坏别人的感情。

而且……她那么了解流年,若是他对一个人认真,就算是天仙下凡也不能动摇他半分。

让她感到有些意外的是,竟然在翻译的时候又遇见了木槿,她才知道,原来在这之前,把王纯的名额挤了的竟是木槿,只不过……是用什么办法的? 外面都传闻。是木槿跟这次配合翻译选举人的一个学长好上了。

至于是不是真的,初末也不去较真了,已经过去了的事情就随风散去吧。

忙碌了一上午,初末尽量让自己投入在翻译中,她已经不是当年的小女孩,会把感情的事带进工作当中,何况她一直都告诉自己,要变得更优秀,才能有资格跟流年并驾齐驱。

如今,这个信念依旧没有改变,无论流年身边出现了谁,她都要做到那般程度,才算对自己有个交代。

在翻译的同时,她也比之前更加留意他们交流的病情。从墨忘的轻描淡写中,初末已经感觉到他的病不简单,在专家之间的交流中,初末更加深了这种感觉,墨忘的病要比她之前脑袋里长了个瘤更严重。

两年前,初末脑后长了个瘤,加上家族遗传的病因,她失明过一段时间,是她最好的朋友罗希给了她眼角膜。只是换了眼角膜之后,她就发现自己怀孕了,在脑瘤还在脑子里的时候,医生说她不适合生小孩,她怕流年会为了她不要小孩,才选择离开的……

离开的那段时间她每天都很难受,经常流眼泪,影响了眼睛的恢复,以至于那段时间眼睛经常看不清楚东西,后来一直是罗子嘉帮她做康复训练,视力才渐渐好起来的。

初末想着墨忘小孩子一样玩世不恭的笑颜,想着如果这抹笑颜的主人能够一直健康地活下去该有多好。

但随即,她又觉得自己担心得有点多,如果是流年也加入研究的话，一定会成功吧？毕竟墨忘是墨以然的弟弟，墨以然在流年心里那么重要，流年一定不会舍得让她伤心难过的。

想到这里，她嘴角勾起一抹自嘲，杨初末，你自作多情得还真是够多了！

Part 8

中午吃饭的时候是有工作餐的，初末领了一份就一个人坐在会议室靠窗的位置吃了起来。

也许是投入了太多脑力，所以早上吃的东西早就消化得光光了，此刻真的是饿极了，也没太顾得上形象。当她啃着工作餐里的鸡腿的时候，一抹身影挡在了她面前。

她抬头，就看见木槿的脸，这一次依旧如往常一般淡定，仿佛她们还是好室友，她们之间什么不开心的事都没有发生过。

她说："我有话跟你说，你能来一下吗？"

初末在鸡腿与出去之间衡量了一下，最后还是忍痛舍了鸡腿跟她出去了。

跟着木槿走出了一段距离，初末才发现她们到的地方又是上次的那个楼道。

初末站在木槿的身后，等着她主动开口。

这一眼看去，才发现木槿似乎又瘦了不少，大概是这些日子以来，外界的议论也对她有一些压力吧。

这时，木槿转过身，看着初末道："我听夏图说了，这次慕师兄是看在你的面子上才放过我的。"

原来找她来，是要说这个。

初末摇摇头，刚想说"其实我也没做什么……"却听木槿继续道："但是我不会谢你的。"

"……"

"我喜欢了慕师兄这么久，一直都在等一个机会。慕师兄那么喜欢你，我知道，只要你一出现，我什么机会都没有了，所以……初末，你别怪我，我也是迫不得已的。"

初末本来还想着平心静气地跟木槿交流一次，以后彼此说话的机会可能也不多了，却不想木槿居然对她说出这一番话，她笑了笑，道:“迫不得已？这个借口真好。迫不得已你就没错了吗?”

却不想木槿的情绪有些激动:“我错了？我有什么错？如果你不出现,我会这样做吗？别人不知道,我收集了流年那么多资料,我还不知道他对你的感情有多深刻?”

初末却不赞同:“木槿,别替自己找借口了,我能理解,活在当下,谁都会在对不起别人和对不起自己中做选择,只是,不管前者和后者都是你自己的选择,没有什么所谓的迫不得已,你没选择后者,是因为它不是你想要的,人都是自私的。”

一句话,将木槿的借口堵得死死的,她抿着唇,盯着初末,半天说不出一句反驳的话。

初末说:“我从没有想过有一天你会对我说抱歉,我能理解喜欢一个人的心情,太过于喜欢,有时候的确是会失去理智做一些伤害别人的事情。但我始终认为,做了就要敢于承担,不要到了最后,用‘迫不得已’四个字就把自己的过错推给别人,你说对吗?”

初末的话说得太过于赤裸,让将责任推给她才得以心安的木槿没有任何反驳的机会。

最后木槿离开的时候,只说了那样一句话:“杨初末,是我小看你了,以前我一直以为你的乖乖女,没想到把什么都看透的人是你。”

木槿离开了之后,初末独自坐在楼梯间发呆。

什么叫“把什么都看透的人是你”？如果她真的有那样的本事,她真想把流年看个透彻,也把她自己的心……看个透彻。

第九章　惟愿与君生死不离

把一辈子的感情都放在流年身上真的值得吗，她的回答都只有两个字：值得。

Part 1

这些日子，初末都有一种失恋的感觉。

慕流年有了固定的交往对象，她一下子仿佛失去了人生追寻的目标。

虽然在这之前，她一直鼓励自己，不管怎样，她都不能放弃自己小时候的初衷，努力做一个优秀的人。

可每当夜深人静，独自一人躺在床上的时候，那种浓烈的失落感在她心间荡漾，那是一种会真真切切感受到的疼痛，痛得喘不过气。

那样的情绪让她难受极了，想要打他的电话，或者干脆不顾一切冲到他面前将自己的憋屈和伤痛都告诉他。

可也只是想想而已，她唯一能做的只是一遍遍反复告诫自己，不可以这样。

到后来，初末发现自己根本就没办法控制住自己的情绪，一开始她尝试在睡觉前将手机放在自己无法够着的地方，这样就不会控制不住给他打电话。

可这样根本就不管用，最后每当她想流年想得不行的时候，就会用烟头在手上烫一个又一个红圈，用肉体上的疼痛时刻提醒自己，他有了他的幸福，她不能去打扰，唯一能做的就是静静地祝他幸福。

她开始害怕睡觉，因为睡着了就会梦见流年，最残忍的是梦到与他在一起开心的时光，醒来之后会更难受。

白天的时候,她开始给自己找事做,不管是长期的还是短期的工作,她把自己的时间安排得满满的,完全没有让人瞎想的时间。

寝室里少了王纯和木槿两个人,她也不用担心自己晚回来会被锁在外面。

这样忙碌,就连经常待在寝室的夏图都很难见上她一面。

那天夏图特意起了个早,看着一脸还没睡醒的初末从床上爬下来,问:"末末,你最近很缺钱花吗?"

初末微愣,迷糊地看着她说:"没有啊。"

"那你怎么那么拼命?你都不瞧瞧自己,都快瘦得只剩下一堆骨头了。"

初末笑了笑:"哪有你说的那么夸张,反正大四大家都在找事做,一件事可以做,两件事也能做,不管缺不缺钱花,多做一点总是好的。"

说完,她就去刷牙洗脸。

夏图跟在她身后,不赞同地说:"那你也要小心自己的身体啊,要是为了一些物质上的东西,把自己身体折腾了,不是得不偿失吗?"

"知道了。"初末洗了一把脸,精神好了许多,她说,"我会量力而行的。我早上要赶到市中心去,得先走了啊。"

说完便拿了包就要走,末了又像是想到了什么,回头对夏图说:"谢谢你那几天的汤。"

啪嗒一声关门,寝室就剩下夏图一人,她站在原地有些伤心地说:"可是我以后都不会再熬汤了。"

Part 2

中午在兼完第一场职,初末正要赶下一场工作,坐在他旁边的男同事便追了出来,问:"初末,要不要一起去吃午饭?"

"不用了。"初末微笑地拒绝,"我赶时间,来不及。"

男同事对她的那点小心思,初末是知道的,与其让别人误会什么,还不如最开始就不要给误会的机会,何况她说的是实话,她有些赶不及了。

换成聪明人听见这样的话,肯定会识相地让步的,可眼前的这人好像一点都没听懂初末委婉的拒绝,继续道:"有什么事比吃饭还重要么？人是铁饭是钢，一餐不吃饿得慌，我们吃完饭，你再去好不好？”

“真的不用了。”初末勉强笑了笑，今天她的状态有些不对，早上坐公交的时候就头疼得厉害，工作了一上午，头一直都疼着的。所以本来就不太爱说话的她今天更沉默了。

“那好吧。”那男同事见她脸色不好，也不能装得太过了，便拿了自己早先准备的午餐，“这是我帮你打包好的，带在路上总行了吧？”

初末看了一眼打包精致的饭盒，一看就是用了心的，她说：“谢谢，多少钱？”

“大家同事一场谈钱多伤感情啊！”

“我把钱微信转你吧……”

“……”

见对方被自己弄得无语，初末笑了笑，还是没有接过他准备好的饭盒，只道：“谢谢你的用心，我先走了，再见。”

对于不可能的恋情，她从来都不喜欢拖泥带水。

即使罗子嘉那个时候问她，把一辈子的感情都放在流年身上真的值得吗，她的回答都只有两个字：值得。

虽然初末不喜欢拖泥带水并不代表别人愿意成全她，男人就是这样，没得到的东西偏偏更视如珍宝，怎样打击都不放弃。所以接下来的时间里，初末都被男同事以追求者的身份连连攻击，各种玫瑰花、百合花甚至康乃馨等等花束大赠送，弄得初末很烦恼。

连续一周，都没有拿下初末之后，男同事很受伤，迅速交了一个女朋友，初末本以为从此以后自己的生活终于可以归于平静，却不想那个所谓的女朋友不知道怎么知道初末的电话，每天好几个短信，说：“听说你是我男友的前女神？我好想见见你，不然我跟男友请你吃饭……”

初末不回短信，她就直接电话，初末想着大家都是同事，以后还要在一起工作，把人家女朋友拉黑名单也不太好。

想着那女人不就是想见个面么？她就答应算了。

但是，两女一男吃饭怎么想着都尴尬，所以初末拉上了墨忘。

拉上这位小王子，自然要各种哄，小王子一开始各种冷艳高贵不答应，后来初末无奈只能把实话说了，小王子立马就精神了起来，说：“居然连流年的女人都敢碰？也不瞧瞧自己几斤几两，你让他们挑B

市最好的餐厅,本少爷埋单!"

初末自然是没把这话放在心上的,想着墨忘会来就好。

结果吃饭那天,墨小王子开了一辆崭新的法拉利过来。打开车门的时候,初末吓了一跳,平时墨忘穿得跟要结婚似的就算了,今天穿得就跟要去戛纳走红地毯一样,Burberry 的外衣、Hermes 的皮带、Piaget 的手表、Givenchy 的香水等等,看得人眼花缭乱,初末只觉得无数个奢侈品的 logo 在眼前三百六十五度立体全方位无死角旋转,面前人浑身上下一副老子身家赛过威廉王子,尽显简约时尚国际范,秀别人一脸,帅得飞起来的表情!

初末说:"就是见个面,你不用这么夸张吧?你要不要后面再跟一排车,下车的时候身边都跟着几个保镖啊?"

"这还不是给你长脸吗?"墨小王子冷艳高贵,"错了,是给流年长脸!好了,废话少说,上车!"

自从那次见面了之后,那个男同事和他的女朋友再也没出现在初末面前……初末的手机自此也安静了……

初末原本一直心情都不大好,被墨忘这一闹,更是哭笑不得,但也庆幸他出的这一招。让她的世界恢复平静。

从此工作的地方都传言她有个特别有钱的男朋友,难怪平时对其他男人都没什么兴趣。

更有些同事看见她平时啃面包,便会用那种酸酸的口气说:"男朋友那么有钱,怎么舍得让你啃面包啊?"

初末无心理会,只是淡笑而过。

那天兼职完,下午去医院翻译,在路上的时候她买了个面包啃。

她并不是很饿,胃口也不好,以前喜欢吃的面包咬到嘴巴里也没什么味道,只为了充饥,就勉强自己吃了下去。

翻译的时候,有医生问她,脸色有些不好,是不是生病了,她只是摇摇头,说没事。

逞强的后果就是忙碌了一天回到寝室之后,头重得躺在床上起不来了。

迷迷糊糊躺在床上睡着了,睁开眼,整个寝室都漆黑一片,她仿佛是掉进了梦魔里,徘徊在迷糊和醒来的边缘,想要起身,浑身却一点力气都没有。

虚弱地叫了一声:"夏图……"

可安静的诡异的寝室里并没有人回答她，在床上挣扎了一会儿，还是一点力气都没有，那一刻，初末有一种在等死的感觉。

她吃力的拿过手机拨了夏图的号码，电话通了之后，尚未等那边开声，她就难受地说："图图你回寝室吗？我生病了，好难受……"

一边说，她还一边起身，想要下床去找水喝，却不想，脚在床沿边踩了空，她下意识地稳住身子，手机却砸在了地上，自动关机。

初末闭了闭眼，身上滚烫一片，猜想是发烧了。

一番折腾，让她本来就没什么力气的身子更加脱力，只能重新躺在床上，迷迷糊糊闭上眼睛，沉沉昏迷了过去。

Part 3

初末的这场病来得又急又凶。

当她再次睁开眼睛的时候，已经是第二天的下午了。

满眼的白色让她一时间不知道自己身在何处，当眼睛瞥见身边一抹熟悉的身影的时候，她还以为自己在做梦。

那个坐在沙发上，右手撑着头，闭眼休息的人是……流年吗？

初末就那样怔怔地看着，只不过是几周没见，却感觉有一个世纪那么长久……她真的差点以为，他们再也不会见面了。

鼻子一股酸意，她眨眨眼，再眨眨眼，试图不让自己的眼泪掉下来。

可眼泪一点都不听话，不但掉下来，还掉得凶猛，像是要将这段时间积累的委屈全部爆发出来一样。

当流年睁开眼，看见的就是她像一只兔子一样，哭得双眼通红，眼泪还不断在流。

他皱眉，走到床边摸了摸她的额头，烧已经退了下去，用低沉的嗓音问："很难受吗？"

不问还好，一问初末的眼泪掉得更凶了。

低叹一声，流年坐在床边，轻轻地将她揽进自己的怀里，言语上面的安慰没有，只能给她一个适合的怀抱，让她尽情地哭泣。

其实这时候的初末脑袋一片空白，唯一想做的事情就是抱着流年哭。

在最脆弱的时候，只要有他的气息在左右，就是特别能令人安心的一件事。

也不知道哭了多久,初末抬头问:“流年,你怎么会在这里?”

流年说:“你打错了电话……”

尚记得他刚接到她的电话的时候,电话那头她声音虚弱,将他当成了夏图。

初末一怔,猛然推开流年,结结巴巴地说:“一定、一定是我打电话给图图的时候,不小心按到了你的号码。真是抱歉,谢、谢谢你送我来医院,我现在没事了,你走吧!”

她说这句话,是下了狠心的,可心里的万分舍不得,谁又能知道?她本来以为流年是恰巧在这里,怎么也想不到居然是自己糊涂拨错了号码,她刚才还抱着他……这样真不好啊,毕竟……他是有女朋友的人了。

流年的脸色阴沉了下来,他站在那里,居高临下地看着她问:“杨初末,你什么意思?”

初末根本不敢看他的脸色,倔强地将头扭到一边,难受地说:“没什么意思。只是我们这样让你女朋友误会不好。”

流年坐在床沿,硬将初末的脸给扳过来正对着自己。

这次初末态度也强硬,病好了,她的倔性子也回来了,在流年用力的同时,她也用力硬要将自己的脑袋给扭回去。

可她的力气怎么能有流年大,最后妥协的还是她。

她瞪着眼前的男人,恼怒地说:“你都有女朋友了,我们这样算什么啊!”

流年蹙眉:“你又在这里发什么神经?”

“我才没有发神经!”初末吼,“你敢说墨以然不是你的女朋友?你们没有在一起过吗?”

流年听了这话,放开她,嘴角勾起一抹讽刺的笑:“杨初末,你凭什么对我说这样的话?当初是你自己离开的,难道你离开了就不许我身边有别人?我一辈子都要等你?”

一句话将初末的话堵死,她咬着唇,眼泪又忍不住掉了下来。

是啊,她有什么资格那样责问他?

别说今天流年是交了女朋友,就算是结婚了,她除了祝福,哪里有资格抱怨?

可是,她是真的爱他啊……她那么的爱他,一想到他是别人的,心就痛得无法言喻。在这个世界上,她一个亲人都没有了,在没了孩子的那一刻,她甚至想到过自杀。

还是罗子嘉在她耳边说:“初末,你忘了流年吗?你不是什么都没有,你还有他。想想,如果你死了,他会有多难过?”

那句话,提醒了她,在这个世界上还有一个她爱着,也深爱着她的人,她怎么能一个人先离开?

可是她终于鼓起勇气来这座城市找他,才后知后觉发现他竟然有了新的女朋友,那种刺骨的疼痛根本无法用言语来形容。

她不知道自己该怎么做,才能不那么痛苦。

有时候,她宁愿自己在流产的那个时候就和那个小生命一起离开,也许这样就不会有今天这样的痛苦。

很早的时候,她怕死,一直都怕。怕自己孤孤单单地待在潮湿的坟墓里。被蚁蛇啃噬。后来,跟流年在一起之后,她就时常想,她一定要跟流年生一双儿女,告诉他们,她有多爱他们的父亲,告诉他们,如果他们老了死去,一定要将他们合葬在一起,这样她才不会害怕,这样……就算生生世世不投胎,她也愿意跟他一起待在黑暗里。

Part 4

“我是没有资格。”初末低着头,哽咽地说,“可是那时候我离开,你以为我想吗?我也有我的苦衷。我知道我总是很任性,总是伤害你,可我笨嘛!我没有你那么聪明,不知道怎样处理才是最好的办法……”

“所以你离开我,在你离开我之前,你有没有考虑到我的感受?”

他的质问,让她根本就无法回答……

她就是个自私鬼,一心只想着自己该怎么办,从来都没有站在他的角度,想过她的离开会对他造成怎样的伤害。

所以杨初末,你今天遭遇的这一切,都是你的报应!

“对不起……”她喃喃地说,“对不起,流年哥哥……”

虽然是很轻很没意义的三个字,可是除了道歉,她真的不知道自己还能做什么。

她一直都讨厌自己,伤害了流年一次,她都厌恶自己一次。

这些年,她一直告诉自己,要做个优秀的人,可每次做的事情都那么令人讨厌，有时候她真想放任自己自生自灭好了。

流年看着她那副样子，原本冰冷的一张脸渐渐地融化。

这么多年过去了，杨初末还是他的克星，只要是她，不管他有多铁石心肠，都会被击败得溃不成军。

他坐回床边，帮她把眼泪擦干，柔声道："好了，别哭了。"

可眼泪哪是说别哭就不会流的，何况流年那么温柔，初末心里的愧疚更重，眼泪也便止不住了。

碰巧这时，医生敲门进来检查病情，看见初末哭成一个泪人，活似被欺负得有多惨似的。

那医生是流年的朋友，好难得看见这一副场景，打趣道："流年，你怎么欺负人家女孩子了？把人家弄得满脸都是眼泪，怎么一点都不懂得怜香惜玉呢？"

流年淡淡地瞥了他一眼，那医生装作没看见，走到初末身边说："流年，你自己也是学医的，应该知道病人需要好好休息的……现在把人家弄成这样，估计决好的病，又要严重了。"

初末立刻抹干净自己的两泡泪，对那人说："医生，不关流年的事，是我太矫情了，生病很难受，就忍不住掉眼泪了。"

虽然有人"作证"，但那医生依旧摇摇头："我不相信……"

"爱信不信。"流年将搁在桌上的病历甩在男人的身上，道，"现在尽你医生的职责，看病！"

那医生摸摸鼻子，不敢再多说什么，乖乖帮初末量体温。

五分钟后……

"还有点低烧。"医生看了看温度计，"估计是刚才哭得太厉害，伤心以致体内膨胀上火了吧……"

有这样的发烧原因吗？就连没有学过医的初末都知道不可能好不好。

流年则是将他怀里的病例拿了过来，顺手在上面写了几个药的配方："帮我去开这几副药。"然后丢还给他，"你可以出去了。"

干脆利落的一句话，伤了医生的心，他捧着病例巴巴地望着他："流年，好歹我们也是同窗四年，再加研究生两年，你怎能这样对我？"

流年只给他一个淡淡的眼神，医生忙说："好好好……我走就是了，真的是！也不知道昨天是谁拉着我好着急好着急的样子……今天就一副'你快滚，你快滚'的表情……好……你别那样看我，我滚就是了……"

吧啦吧啦地说完，医生终于开门走了，一下子，全世界仿佛都安静了下来。

Part 5

经过这一番闹腾，初末也没刚才那样难过了，她看了看身边的流年，小心翼翼地扯了扯他的衣袖，问："流年哥哥，你还生我的气吗？"

流年挑眉："你说呢？"

初末露出尴尬的笑容："对不起啊……我以后再也不会这样了。"

"以后再也不会这样？"流年冷笑，"你跟我保证过多少遍了？"

所以她是没有信用可言了吗？初末不免失落，不知道该怎么挽回，扯着他衣袖的手也渐渐地松了下去。

这时，流年却忽然伸手握住了她将离开的手腕。

初末诧异地望去，就见流年已经坐了下来，俊脸上有些无奈："那么现在你的决定是什么？"

什么决定？

初末脑海里自动跳出一个方框。里面无数个问号。

"要不要回到我身边？"

很久之后，初末回想起流年说这句话的神情，仿佛如果这次她再拒绝的话，他就会直接走人，一辈子再也不给她回到他身边的机会。

可偏是那样重要的时刻，流年的手机响了，当初末看见上面的"以然"二字，一颗心顿时凉成一片，她怎么会太得意忘形地忘记了流年是有女朋友的？

看着面色惨白的初末，流年接起了电话，初末不知道那边的墨以然说了什么，挂了电话之后，流年说："我出去一下，你在这里等我，别乱想。"

可这样的情况下，叫她怎能不乱想？

初末的手下意识地拉住了流年，她仰头看着他问："你跟墨以然真的在一起过吗？"

"是。"

单字回复，让初末点燃的小小期望瞬间被灭了，她原本就不好看的脸色更难看了起来，她说："哦，我知道了，你走吧。"

流年看了她一眼,最终将她从被窝里抱起。

初末讶异地看着他的动作,但见他眼神冷漠:“放你在这里乱想,还不如带你一起去。”

于是初末就被流年带到了一间静吧。

白天静吧里的人很少,所以一进去就看见坐在角落里的墨以然独自在那里灌酒。

静吧的老板看见流年来了,仿佛看到了救星,忙上前说:“慕先生,您总算来了,您快劝劝墨小姐吧,她已经喝了五瓶了,再这样下去,我真不知道该怎么跟墨董交代啊。”

流年应了一声,牵着初末走了过去。

一直走到墨以然的面前,她才抬起头,在看见流年的那一刻露出了喜悦之情,但在看见初末的时候,自嘲般地笑了笑,对流年道:“我就知道你一定跟她在一起。”

说完,她又拿起酒瓶就要往嘴里灌。

流年一把将她的瓶子抢过:“够了,别喝了。”

Part 6

墨以然呆呆地望着被流年抢掉的瓶子,仿佛被抢掉了最后支撑她的力气,她说:“流年,你不允许我喜欢你,连我喝酒你都不允许吗?”

“……”

墨以然转过头,看着初末,笑呵呵地说:“我又不是你家宝贝杨初末,你管我那么多做什么?就算我今天喝死在这里,你慕流年也不会为我掉一滴眼泪吧?”

对于她的自嘲,流年只淡漠地回了一句话:“那你又何必打电话让我过来?”

墨以然一怔,没想到他竟然会这样说,一时间大笑了起来:“是啊,是我犯贱,明明知道你心里没我,还要你看见我为你堕落的样子,想亲眼看看你是不是对我真的那么无情!”

说到这里,她站起身,歪歪扭扭地走到流年身边:“你告诉我,你看见我这副样子真的不会难受吗?慕流年,你是没有心的吗?”

“……”

“不！不是的，你不是没心的，你的心都放在——”墨以然手指了指他身边站着的初末，“你的心都在她的身上！”

“流年的宝贝……”墨以然走到初末身前，朝她笑了笑，“他那么宝贝你，你应该很骄傲才对，为什么每次看见你都是一副病怏怏的样子？这样的你，怎么配得上流年？”

初末站在原地，看着醉醺醺的墨以然，跟她第一次见到她时完全不一样，那时候的她，看起来是那样自信和高贵，宛如女神，可如今，她那么堕落颓废。

感情真是个杀人在一瞬间的东西，可初末觉得自己根本没资格去说别人，前一秒她不也是对生活对自己都绝望了么？

“这样吧。”墨以然重新拿了一瓶酒递给初末，“既然你也来了，就陪我喝一杯吧？”

刚说完，酒瓶就被流年给拿走了，流年将初末往后面扯了扯，跟墨以然保持了一段距离。

墨以然因为流年这个维护的动作，大笑起来，眼泪都笑了出来，她说：“慕流年，你不觉得自己很残忍么？你就不能稍微装一点？装一点其实你也是关心我的？你这么宝贝地护着她的时候，有没有想过我的感受？最可笑的是，你把她当成了宝贝，她把你当成什么？”

“……”

“你别忘了，三年前她离开你的时候，你每天是怎么过的！如果没有我在你身边，你觉得你还会是现在别人口中的慕医生，钢琴界的天才 Leonardo Mu 吗？为了她，你差点就将你一生的梦想，一生的钢琴事业毁了，你都忘记了吗？”

如果说之前初末对墨以然跟流年之间的关系存在嫉妒的话，那么当墨以然将这番话说出来之后，她彻底地惊呆了。她从来不知道她离开的两年，在流年身上发生过什么事情。

在她的眼底，流年一直都是很有理性的……像墨以然口中所说的那样……她是绝对想象不出会发生在流年身上的……

墨以然要的就是这样的效果，她看着初末震惊的脸，笑道：“哈！他没有告诉你吧？你瞧，不管你对他做了什么，带给他多大的伤害，他还是把你当成宝。自己承受过的痛闭口不谈。杨初末，你究竟有什么能耐，能让这么好的男人只喜欢你一个人……”

“闭嘴！”一直未吭声的流年打断她的话，他的脸色很不好看，眼眸中带着要爆发的怒气。

可是此刻的墨以然喝醉了，借酒壮胆，即使知道流年生气了，她还是笑嘻嘻地说："怎么，你怕我破坏了你在她心目中高高在上的形象吗？流年……何苦把自己弄得那么累？你也是人，会伤心会难过，你总是给别人一副难以靠近的疏离感，可是你并不知道你内心有多渴

望有一个人爱你。"说完，她又转头看着初末，对流年道，"你敢让她听你在这三年里发生的事情吗？是不是你害怕她听完之后，发现她所爱的慕流年并没有她想象中的那么完美，你怕她会再一次离开你？慕流年，没想到你也有这么不自信的时候……"

"墨以然！"她的话还未说完，初末就愤恨地打断，"不管你怎样看不起我，我都无话可说，可是我不准你这样说流年！"

"你不准？你凭什么不准？"墨以然嗤笑，"我告诉你杨初末，这世界上任何一个女人都有资格跟流年站在一起，除了你！你知道你离开之后，流年是怎么堕落的么？如果没有我，现在公司早就倒闭了！你知道他答应过我什么吗？你以为世界上真的有什么天才？就算真的有，在他自甘放弃的前提下，若不是有人在背后一直打通关系，你以为媒体都是傻逼，扒不出来慕大钢琴家在这三年里做过的事么？"

Part 7

"墨以然，你想说什么就说什么，不用这么拐弯抹角！"初末实在是受不了，她脾气也不再隐忍，直接道，"之前我一直相信了你的话，以为你真的是流年的女朋友，现在看来，我是上了你的当。你发给我的那些照片其实是你偷拍了流年然后合成的吧？也或许你们曾经真的在一起过，但现在你这样的态度，我可以相信，你跟流年之间已经完全不可能了。所以，不管你对我说这三年来，流年所发生的，对于我来讲可能很匪夷所思的事，我都想要告诉你，不管他做了什么，他都是我心中最完美的流年。"

"是吗？"对于初末的答案，墨以然似乎毫不感到意外，她说，"那如果我告诉你，我为流年打过胎呢？"

如果说之前墨以然说什么，初末都做好了心理准备，那么当墨以

然把这句话说完的时候，初末只觉得在心脏外面建立起的堡垒轰的一声，全部瓦解了。

她呆愣愣地站在那里，脑海里一阵轰鸣，眼前是墨以然的笑声，还有流年十分冷漠的脸，那一刻，她真的感受到了什么叫作绝望。

墨以然依然不放过她，她说："不过对于你来讲，应该能承受的吧？毕竟你也打过一次胎不是？如果让别人知道，流年喜欢的女人是曾经打过胎的女人，别人会怎么想？会不会觉得慕流年就是个大傻逼，喜欢别人的——"

啪的一声，墨以然未说完的话结束在初末的巴掌里。

她冷冷地盯着她，一字一句地告诉她："墨以然，你说我怎样都行，我就是不准你说流年任何一句不好！"

墨以然先是一愣，然后眼里明显都是怒气，她说："杨初末，你以为你是谁？你敢打我？"

大概是墨以然真的发脾气了，眼神跟表情都特别的凶狠，让第一次这么冲动的初末一时间反应不过来，就那样怔怔地看着她。

眼看墨以然就要还来一巴掌，流年立刻将初末拉到自己身后，伸手抓住了墨以然挥过来的手腕，狠狠地甩了下去，他斥道："你闹够了没有？"

被甩开的墨以然跌倒在一旁的桌子上，她充满血丝的眼里都是恨意，一伸手就将桌子上喝完的没喝完的酒瓶都掀了，她说："我闹够了没有？慕流年！你的良心被狗吃了吗？我对你那么好，你居然为了一个背叛了你的女人这样对我！你对得起我吗？"

看得出，从一开始流年就处于隐忍状态的，他并不想跟墨以然有什么正面冲突，但此刻墨以然的癫狂状态，让他的好脾气也消耗殆尽，他的脸色非常阴沉了，如果有人仔细看过去的话，会觉得那比阴沉更重一点的是绝情，他说："我的确很感谢你在那段时间陪在我身边，可我当初就跟你说过，别在我身上浪费时间，到最后受伤的会是你。我承认我对不起你的付出，你要我答应你的事，我尽可能地去做。可你忘记了我曾经跟你说过只要别碰初末，什么都好办，这是我的底线。"

"是啊！你是跟我说过，可我就是那么不自量力，以为这么多年，你能看清楚谁对你真的好，你不是那么聪明吗，为什么接二连三地栽倒在同一个女人的手上？"

流年似乎已经不想跟她多说了,他说:“我的事,你不用管,我打电话让人过来接你。”

说完,就拉着初末要往回走。

墨以然怎么会甘心,她忽然疯了一样冲过来,从后面紧紧地将流年抱住,她哭着说:“流年,对不起对不起,我保证以后再也不会这样了,你别离开我好不好？你离开我我真的会死的……”

墨以然从来都没像今天这样求一个人,以前的她总是高高在上,从来都不将男人和感情放在眼里。可自从遇见流年,她就像变了一个人一样,她努力地去讨好他,了解他的喜好,他说一,她不敢说二,她不懂为什么她对他那么好,他却一直忘记不了杨初末。

对于她的伤心和痛哭,流年只是轻轻地将她抱在腰间的手拿开,他转过身,看着她,很认真地对她说:“你曾经在我最痛苦的时候告诉我,这个世界没有谁离了谁活不了。现在,我把这句话送给你,希望你能坚强,何况,当初是你说的分手。”

流年说完这句话之后,墨以然仿佛被说中了什么一般,整个人呆呆地站在那里,也不发疯,也不纠缠了。

是啊,她差点忘记了,他们已经分手很久了,而且是她主动开口的。

她说:“流年,这么久了,你对我好,对我温柔体贴,可是为什么我还是感觉不到你爱我?”

她说:“流年,你是不是还是忘记不了杨初末啊？她到底有什么好,让你念念不忘?”

她说:“要不然,我去整容成杨初末的样子,这样,你是不是会多爱我一点?”

她说:“从一开始你就跟我说,你可以对我好,但是不会爱我。我还傻傻地期盼你会为了我改变,如果我不把自己当成一个例外,是不是就不会那么期待……期待你会爱上我?”

她说:“流年,我累了,我们分手吧……”

为什么在刚分手的时候,她还能接受,现在却这么抓狂？因为刚分手的时候没有杨初末,因为她想要用分手刺激他,可后来她才发现,他是真的不爱她,分手对他来讲一点意义都没有……何况,那个一直藏匿在他心间的女人出现了,她知道,自己一点机会都没有了。

Part 8

初末是被流年牵出去的，从墨以然说了上床的那句话之后，她就一直是现在这样恍惚的状态。

一直将她牵到了车内，将车开到了一个小公园的旁边，流年开了车窗，点燃了一根烟。

一路无话，此刻车厢内也是安静一片。

初末望着身边抽烟的男人，脑海里不断地回响着墨以然说过的那些话。她忽然就发现，对她从小就认识的流年哥哥，她真的没有想象中那么了解。

又或者是，她从来都没见他看透彻过。

他什么时候有的烟瘾？回国后第一次见面，别人敬酒，他来者不拒，要知道以前，他几乎都不喝酒的。还有这些年里……八卦报道，他身边的绯闻女友换了一个又一个，虽然都不能确定是不是真的有关系，但那时候的流年跟以前相比……真的变化很大啊。

初末收回眼神，心里好乱。一个能令人爆炸的事情摆在她面前，她炸得太严重，不知道自己该怎么办了。

可是看着身边的人一根接一根地抽烟，她是有些心疼的，纠结了半天，她才软软地开口："流年，你少抽点烟好不好？这样对身体不好。"

他却没有理她，头都没有回一下。

天色渐渐地暗沉了下来，流年手中的烟头变得特别的刺眼，初末一咬牙，扑上去，将流年手中的烟蒂抢了过来就往自己手腕上烫。

流年看见她的动作，立即将烟头抢过来丢到窗外，非常愤怒地朝她吼："杨初末，你疯了吗？"

初末也忍不住了，她哭着说："我就是疯了，我喜欢以前的流年哥哥！不喜欢现在看起来那么不开心的你，我知道你心里烦，有气。你可以发泄出来！为什么要伤害自己的身体？"

说完这一段，流年看着她的手臂问："那你呢？这些伤又是怎么一回事？"

初末顺着他的眼光看去，她的手臂上都是这些日子以来自虐留下的烟头痕迹，一个个的圆圈在流年的注视下无处遁形。

初末缩了缩手，有些难堪地将手放在身后："没有什么……"

"没有什么？"流年说，"墨以然去找你，跟你说了什么你就相信什么，你从来就没有想过要来问我，杨初末，我在你心里就那么不值得信任吗？你宁愿自己伤害自己，也不愿来向我证明你要的答案？"

初末摇头："我不是不愿意，我是不敢。与其让墨以然告诉我，让我相信了，我也不愿意在你口中听见你真的跟别的女人在一起了。我会受不了的。这些年，不管外界怎么传你跟比人的绯闻，我都告诉自己，我的流年哥哥不是那样的人。可是当我看见墨以然发给我的那些跟你的亲密合照……我真的快崩溃了，好像你已经离开我了……我知道我蠢我笨，我上了墨以然的当，去了商场，看见你们亲密地在一起，你一定不知道当时我有多心痛，比从电梯上滚下来还痛。可是你看不到，别人总是说相爱的人会心有灵犀的，可我那时候跌倒了，你却一点都感应不到，我就想，我们是真的不可能了，真的不可能了……"

初末有些激动，所以有些语无伦次，她根本就不知道自己要怎么说才能让流年明白这些日子以来她有多难受，如果这辈子她真的不能跟流年在一起了，她宁愿在三年前就死掉。

"这些年，我真的过得好苦，在每个我快受不了的时候，我都拼命地告诉自己，我还有你，还有你在这个世界上，我就要继续努力地活下去。我总是一遍一遍在本子上写你的名字，只有这样我才能坚持下去，我真的不敢想象没有你，我会是什么样子……流年……你能感觉到我的害怕吗？"她说，"你那么聪明，为什么不能感觉到我平时的镇定都是装出来的呢？为什么感觉不到每次我见到你就好想抱抱你？为什么感觉不到每个晚上我都好想好想你……你为什么一点都感觉不到我有多爱你……"

她余下的话被包含在忽然覆过来的唇里，她睁开眼，就对上他那么近那么深刻的眸，她欲挣扎，他却抱得她那么紧。她又难受又开心，不知道该哭还是笑，眼泪从眼眶里不断地溢出，她知道这一刻，她再也不用装作勇敢，可以紧紧地回抱着他，光明正大地吻他。

彼此隐藏了多年的情绪都在这一瞬间爆发，这一刻，谁都不想放过谁，只想抱紧对方，揉进彼此的骨子里。

流年，你知道吗，如果你真的跟别的女人在一起，我宁愿这一生都不再开口说话，也不想讲假话祝福你。

第十章　星星没有告诉你

“星星告诉我说喝酒对身体不好。”

“那星星有没有告诉你我有多爱你?”

Part 1

车厢内,初末拥吻着流年,很久都没有在他的怀里,居然感觉自己变成了小小的初末,还是那个可以待在他的怀里,让他哄着自己睡觉的小初末。

吻了很久,彼此才分开,初末有些气喘,想要静静待在流年怀里,什么都不做。就这样静静待着就行。

可她又想看看他,摸摸他的脸,确定他是真的流年,确定这一切都不是自己的幻觉。

矛盾的心情翻来覆去,最后她倏地从流年怀里起来,一时间忘记这里是在车里,头撞上了顶上的车头疼得闷哼了一声,由于动静太大,打翻了搁在车边的保温杯,里面的水迅速流了出来。初末忙将杯子捡了起来,不知道是不是太紧张,手一滑,杯子又滑到了身上,把衣服弄湿了一片。

初末忙拿起,这一回死死将盖子拧紧,递给流年,尴尬道:“对不起啊……浪费了大半瓶。”

流年递给她几张餐巾纸,道:“把身上擦干净。”

初末这才发现自己胸口沾了不少水,穿的衣服又单薄,这一湿,衣服紧紧地沾在身上,让她顿觉尴尬不已,接过流年的餐巾纸立刻擦了起来。

当她胡乱地擦完,抬头的时候,就见流年一直在看着她,那深黑的眼睛里隐隐地闪烁着火焰般的光泽。

初末被盯得有些发麻,她舔舔唇瓣,想要说话,可是嗓子哑得不行,半天都吐不出一个字。

空气中仿佛有什么在蠢蠢欲动,她心里也在期待着什么……

恍惚中,只见流年的手伸了过来,将她散落在额前的发拂到耳后,那手不经意间碰触到她的耳朵,初末只觉浑身都战栗了一下,身上的细胞一下子全都紧张了起来,嘴巴居然情不自禁地“嗯”了一声……

这一声让流年眼中的火焰更甚了起来,他忽然将她一勾,便吻了上去。

这一次的吻是那样的急切,他冰凉的唇吻着她的,初末脑海里从冰淇淋直接转化成了棉花糖,整个人都软化了,眼睛也忘记了闭上,就那样傻愣愣盯着他瞧。

流年看见她瞪得偌大的眼睛,竟轻笑了一下,然后轻吻了上去,温柔的嗓音在她耳边说:“把眼睛闭起来。”

初末便乖乖地将眼睛闭起来。感觉他的吻来到了她的耳边,那样敏感的地带,她的脸很快就不争气地通红了一片。

最最令她受不了的是,流年居然在这样的情况下还调戏她,说:“怎么脸红了?又不是第一次接吻。”

“……”不要说得这么直接,好歹也在意一下她是个女人好吗?

可是某人显然不会在意,他凑到她耳边,轻轻地在她耳边吹气,慢悠悠地说:“以前不是什么都做过了?难道你忘记了?”

初末噌地脸红上加红,仿佛要滴出血来一般。

她猛地推开他,震惊地看着眼前的流年,不知道他怎么会说出这样的话来!

要知道以前的流年很正经的……才、才不会这样!

可是……为什么她虽然很脸红,但内心里觉得这样的流年更……性感了一些?有了些男人天性中的禽兽样子?

天啊!她都要捂脸了!她什么时候变成了大色女,居然喜欢上流年禽兽的样子?

在流年眼中,害羞的初末是最可爱的,那隐藏在眸中的暗火终于在这样的时刻爆发,他扯过她,这一次,不仅止于一个吻,这样的状态很容易就擦枪走火。

Part 2

初末不知道自己是怎么被抱到后车厢的,即使现在的温度已经很低了,她身上也还是有股燥热。

衣服已经不知不觉被解了扣子,凌乱地散在胸前,她感觉到他亲吻着她的脸颊,她的唇,然后渐渐徘徊在她的脖子处。

他深知她的敏感地带,只要每次亲吻那个地方,就让她变得跟小猫一样温顺。

她忽然想起夏图以前说过的话,她说,像慕师兄那样弹钢琴的手肯定很漂亮吧?要是这样的手拥抱心爱的人,然后再少儿不宜一下的话,肯定别有一番滋味。

也许是脑子里想了一些有的没的,加上某人在她身上动作,她忍不住轻吟出声,此刻只觉身上的某人立刻化身为野兽,力道也加重了,然后……

她一气之下,狠狠咬上了他的肩膀,以其人之道还治其人之身。

然后她就看见流年的眼底一丝狠光滑过……

很久之后,初末都会后悔当时自己的那一口,因为那一口之后,她便再没了力气去实施所谓的以其人之道还治其人之身,并且最后她被"折磨"得一点力气都没有,是被流年给抱回家的……

在未来的某天,初末想起时,都会很害羞地问流年:"那天……我们是车震了么?"

流年则是很淡定地看着她问:"你说呢?"

初末被流年抱回了公寓之后,初末一直都不敢抬头,直到门关上的一刹那,她才说:"放我下来。"

等到流年将她放下来,她便一溜烟地跑到了浴室里,将门给反锁了起来。

对于杨某人这么幼稚的行为,慕先生显然已经习以为常了,便随她去了。

他来到书房,开了电脑,开始处理公务。

初末在浴室里磨蹭了很久才出来,在客厅里并没有看见流年的影子。

她裹着浴巾想要跑去卧室拿衣服,刚才一门心思想着去浴室躲流年,忘记了拿衣服。

正当她往卧室飞奔的时候,手刚刚触碰门把手的时候,客厅的灯亮了……

流年倚靠在书房门口静静看着她。

初末身上只裹了一件浴巾,明明刚才该看的都看了,不该看的也都看了……她居然还会脸红,尴尬地解释:“我、我忘记拿衣服了。”

流年表示她随意,他出来只是倒水的。

当初末换好衣服出来的时候,流年已经坐在沙发上,大金毛趴在他旁边,很温顺的样子。

初末站在沙发边说:“我要回去了。”

流年对于她的话一点都不惊讶,仿佛料到她会这么说,他说:“我送你。”

“不用了!”她立刻打断,“我自己回去就行!”

虽然流年刚才说要送她回去,但并未起身。

显然,初末要说的下一句,他也猜到了。

他只是淡淡看了她一眼,并未勉强:“好,到了发个短信给我。”

没想到他会是这样淡漠的态度……和刚才在车里的那个慕流年完全是两个人。

说不失落是假的,但她现在的心情乱糟糟的,也没心思去想那么多,跟他说了“再见”之后。她便离开。

关门声响起,偌大的公寓里就剩下流年和一只大狗,那么的安静,安静得如同每一个他在等她的夜晚。

流年站起身,走到落地窗边,看着楼下那抹纤细的身影,想起之前在酒吧,墨以然说为他打过胎时,初末绝望的眼神……

黑眸中隐藏着失落,叹息一声:“初末,你还是不信任我。”

Part 3

初末坐在回学校的公交车上,看着外面的灯火辉煌,想着方才在车上的激烈,再感觉现在的心乱与寂寞,神思渐渐把她拉回了现实。

墨以然的话始终是她心上挥之不去的梗,她可以不介意流年变成任何样子……也知道男女在一起就会必然发生那样的关系……可是墨以然亲口说书……他们曾经滚过床单的事情,还是让她难以接受。

以前她常常听别人说男人跟女人是不一样的,男人都是下半身的动物,只要关上了灯,任何女人都可以……女人则是从一而终。

可她一直觉得,别的男人怎样都行,但是她的流年哥哥是不会这样的。

他一直是她心目中最纯洁的存在,她总觉得他跟别人是不一样的……

可是现实告诉她,那一切都是她自己的幻象,她对流年的要求太高……而她,有什么资格对他这么要求?有什么资格让他为自己守身如玉?

此刻的初末是矛盾的。

她忘记了人本来就是自私的,况且还是在爱情里,不管当初是不是她先选择离开,虽然口头上没说,但心里还是希望流年能够等她。

可世界上哪有那么好的事?就算再好的一个男人,不停地被伤害也会变的吧?

何况流年从来都没有说过要等她。

初末闭上眼睛,此刻用“心烦意乱”来形容她此刻心情毫不为过。

她在自责,为什么要让自己陷入一个这样的困境中。

已经发生的事情本就不能改变,为什么她还要如此计较?

说来说去,还是因为太爱吧?因为太爱他,所以才会计较那么多……所以才会计较,她不在他身边的时候,他曾经属于过别的女人。

想来,心就好痛。

带着浑身的疲惫回到寝室,一打开门,里面漆黑一片,但初末感觉里面有人,先是吓了一大跳,但想起来可能是夏图,便说:“图图,你怎么不开灯?又在思考人生啊?”

打开灯一看,更是吓了一大跳,那里坐着的居然是墨忘。

她惊吓道:“你怎么会在我这里?”

墨忘目光闪闪:“我为什么不能在你这里?”

初末还是很惊吓:“这里是女生寝室……还有你怎么会有我们寝室的钥匙?”

墨忘说:“你话真多,我让你们校长带我过来的。”

一句话解释了所有问题……校长带的话,还有什么好问的?

初末差点忘记了他是IMB集团的高贵小王子,有各种关系。

"那你在我们寝室干吗啊?"

"等你啊……"墨忘说,"听说今晚上会下雨打雷,我是来跟你睡的。"

初末摸了下额头:"我没发烧啊……怎么会有幻觉?"

墨忘从凳子上跳起来,放大的脸凑到初末面前:"我没跟你开玩笑,我是来跟你睡的,我不敢一个人在打雷下雨的天睡觉!"

初末将他的俊脸推开:"那跟我有什么关系吗?我们很熟吗?"

"有啊!关系可大了!"墨忘说,"你把墨以然喜欢的流年抢了,就当作是补偿我吧!"

初末噎了一下,她说:"你怎么什么都知道?"

某人冷艳高贵地反问:"这世上有我不知道的事么?"

初末白了他一眼:"那也不关你的事!还有,我没有抢!我比她早认识流年的,而且他们早就分手了!"

墨忘瞬间从冷艳高贵变成了委屈:"你是嫌弃我么?你一定是嫌弃我得了绝症怕我传染给你所以才不跟我睡对不对?"

什么跟什么啊!初末快被他搞疯了:"跟你生病没有关系,难道你觉得一个男生住在女生寝室正常吗?两个见面还没几次的人就睡在一起正常吗?"

谁知道墨忘瞪大了那双带了美瞳似的漂亮眼睛,他颤抖地指着初末,惊恐地吼:"变态!谁要跟你睡在一起!我只是让你陪我睡,分床睡!"

居然说她变态!忍无可忍无须再忍。初末说:"如果你今天一定要睡在这里,我就半夜趁你睡着了把你扒光了然后拍照发到微博空间校内网,再叫全女生宿舍的人来我们寝室围观你!"

"你!"墨忘凶巴巴地指着初末,"你你你"了半天骂不出来,最后气呼呼威胁了一句:"你给我等着!我会报复你的!"然后摔门离开,整个寝室顿时又一片安静。

初末也懒得去管他,他是 IMB 小王子,既然能从医院跑到这里来,又能顺畅地找校长带路。就算半夜流浪在街头都不会有什么危险的。

她今天实在是太累了,去浴室洗了个澡,倒头就睡了。

第二天,初末是被敲门声吵醒的,她睡眼蒙眬地去开门,就见管理员阿姨指着寝室门很严肃地问她这是怎么回事。

初末看去,只见门上贴了一张白纸,上面写着几个奇大无比的字:“打开此门走出来的是傻B。”

初末:“……”

这就是墨某人昨天临走时威胁要报复的手段吗?可以再幼稚一点吗?

Part 4

在精神与心灵的双重折磨下,初末顶着一对熊猫眼去医院做翻译。

每次都是翻译枯燥无味的医学术语,平时初末还能当成一份工作认认真真去完成,今天她实在是太累了,有好几次在听国外友人说话的时候听错了,把双方搞得莫名其妙。

好在国外友人都很大度,何况初末还是个中国美女,他们自然是不会真计较的。

好不容易到了中午,初末打算好好睡个午觉,刚趴在桌子上就被人用手指戳头,她愤怒地抬头,就看见拿着苹果在啃、一脸无辜的墨忘。

他凑近她愤怒的眼睛仔细研究了一番。得出结论:“看吧!昨天没有我在身边陪你睡觉,你睡眠质量变差了吧!”

初末懒得理他,看着他手上咬着的半个苹果,这家伙好像很喜欢吃苹果的样子,三次在医院,两次都在吃。

墨忘见她瞧着自己的苹果,慷慨大方地问:“要不要一起吃?”

“……”

“我知道你不会吃的,所以随便问问。”

“……”

初末重新趴回桌子上不理他。

却不想他不依不饶:“后悔了的话,可以趁我现在在这里求我晚上陪你睡觉啊,这样你就不会失眠了!”

初末有些无奈地抬头:“我失眠跟你没有关系,请不要这么自作多情好吗?”

“切!”墨忘说,“开个玩笑而已,你以为我不知道你是为了流年么?不过你这人也真奇怪,现在每天睡不着的不应该是墨以然么?

还是你其实是兴奋得睡不着?”

“你管得会不会太宽?”

墨忘最后终于恶狠狠地说了一句:“你这人真没趣!”然后咬完苹果走人。

世界终于又安静了,初末累得趴在桌子上,很快就睡了过去。

她昨天其实没有失眠,但在不停地做梦,脑海里都是马不停蹄、走马观花的梦境,比失眠还令人痛苦。

本以为中午能补个好觉,谁知道睡过去之后还是不断地做梦。

她梦见墨以然拿着刀指着她,说慕流年是她墨以然的,谁跟她抢,她就用刀捅死谁。

初末是被惊醒的,手心都是冷汗。

她伸手想揉揉额头,发现披在身上的衣服掉在地上,她捡起,才发现是一件黑色外套……熟悉的 Armani 风衣……淡淡的柠檬清香……是流年的。

她捧着外套,在会议室里看了一圈,里面一个人都没有,她还以为是自己睡过点了,看了一眼时间,才一点,不禁感到有些奇怪,平时这里在这样的时候是很多人在聊天休息的。

带着疑惑,她开门出去,楼道上有些人站在那里,见她出来都露出好奇的表情,像在看珍稀动物。

有个跟初末在医院里认识的女生刚好要去洗手间,见她出来,手上还捧着男人的外套,脸上露出一脸幸福的笑容,她说:“初末你太没义气了,我们虽说没认识几个月上百年,但好歹也认识了几天,你怎么能隐瞒你是慕医生女朋友的事情呢!”

初末刚想说“我没”……

那人一脸崇拜地说:“初末你真的好幸福啊,你知道我们这里有多少人想嫁给慕医生吗?这会儿结婚梦全碎掉啦!你都不知道当你睡着的时候,慕医生亲自脱下外套披在你身上那温柔的样子!我们看见那么温馨的一幕都没好意思待在会议室里面打扰你休息好吗!慕医生就是我们心窝里的宝贝呀!你是慕医生的宝贝,那对于我们来讲就是宝贝中的宝贝啦!”

Part 5

被宝贝一词绕得头晕的初末等对方说完之后，只问了一句话："流年呢？他在哪里？"

那人愣了一下，才道："刚才跟人出去啦，好像开车走掉了。"

"噢……"初末应了一声，心里有些失落……是因为他离开了失落，可是如果真的见到了，她又要以怎样的姿态面对他？

一直到下班的时候，初末都没见流年回来。

就在她凝望了一个下午，又一次往大门外看过去的时候，一张脸出现在她面前，高贵冷艳的墨忘说："别再看了，再看下去都要成望夫石了。今天流年要参加一场演奏会，不到晚上是不会回来的。而且就算回，也是直接回公寓。"

"为什么你没有回去？"初末白眼，这家伙一般来医院不是打个五分钟的酱油么？怎么今天还没走？

墨忘可怜巴巴："我一直在等姐姐带我去吃饭啊……"

"噢，那你慢慢等，我要回去了。"

转身，衣袖被扯住，初末回头，墨忘依旧可怜兮兮："末宝姐姐带忘忘去吃饭……"

双方都诡异地没说话，初末被那句"忘忘"给雷到了，下意识地问："你要等的姐姐……是我吗？"

"对啊！"

"你想吃什么？"

"西餐！"

"好……"初末说，"医院附近刚好有家麦当劳，走吧。"

"……"

初末走了两步，见某人没跟上，便回头催他："快点呀，早点吃完早点回家。"

"……"

被心不甘情不愿带进麦当劳的墨忘坐在椅子上，看着初末端来了两份套餐，他嫌弃地说："你不知道这些是垃圾食品吗？"

"知道啊。"

"知道你还吃！"

初末感到有些奇怪:“不是你自己要吃西餐的吗?”

“……”

后来,墨忘大概是真的伤心了,在吃汉堡的过程中一直没说话。

初末虽然嫌这孩子平时太吵闹,但看他不说话的时候又特别寂寞可怜无助。便主动问:“为什么不回家吃饭?”

提起这个,墨忘小俊脸更苦了。

他说他本来约好流年一起吃饭的,因为流年已经连续推掉了他一周的邀约了。

结果中午流年就已经放了他鸽子了。

好吧,他是大忙人,墨忘能理解,他就一直在医院等流年下班,晚上总可以了吧?谁知道就他找一个空了的 VIP 房睡个午觉的时间。流年就被别人叫走了。

他打电话给流年的时候,流年说他没有答应要跟他一起吃饭。墨同学感到非常沮丧,甚至怀疑人生。

初末问他:“那流年究竟有没有答应要跟你一起吃饭?”

墨忘嗯嗯啊啊了半天说:“没有很明确地答应……”

“那就是没答应了。”

“……”

初末又问了一个自己一直很好奇的问题:“墨忘,为什么你那么喜欢缠着流年啊?”

墨忘吹胡子瞪眼:“你什么意思啊?你不会以为我是个 gay 吧?”

他的声音特别的大,引得旁边的客人纷纷往这边看,初末低着头,真想假装不认识他。

“墨忘。”就在这么个尴尬的时候,忽然一抹女声出现,两人抬头一看,居然是墨以然。

Part 6

从麦当劳到酒吧,初末一直在想为什么她要答应过来,每次跟墨以然见面总会有点什么事发生。

可是当墨以然来麦当劳站在她面前,公主一样地睥睨她说“杨初末,我有事想跟你谈谈”的时候,她还是跟着来了。

墨以然点了一排红酒,给自己倒了一杯,又要给初末倒,但被她拒绝了。

她笑了笑说:“我总觉得你什么都不如我,连酒都不喝,无聊无趣,为什么流年会喜欢跟你待在一块?”

初末没吭声,在心里感到奇怪,难道会喝酒,就有趣了么?

“你把我们叫来这里不会就是为了看你喝酒吧?”墨忘懒散地靠在椅子上问。

墨以然叫初末过来的时候。墨忘一直嚷嚷着要跟来,说是什么情敌见面格外眼红,怕她们会想不开拼个你死我活的,他也好打电话报警。

对于墨忘的抱怨,墨以然丝毫没放在眼里,她稍微掀了一下眼皮子,道:“我有请你来吗?不耐烦可以走。”

墨忘也掀了掀眼皮,说:“你以为我想来吗?我还等着末末请我吃烧烤!”

初末:“……”我什么时候说过要请你吃烧烤?

墨以然喝了一口酒,对初末说:“其实叫你来也没什么事,就是想你陪我喝喝酒。”

初末觉得挺有趣,她们两个什么时候熟到可以喝酒谈人生的地步了?不过既然人已经来了。她也不好意思说现在就走。

墨以然说:“你知道么,自从上次之后,我就再也没见过流年了。每次打电话,他都说在忙。请他吃饭也说没空……我就那么让人讨厌吗?”

“跟讨不讨厌没什么关系吧?”墨忘感同身受地说,“我约流年吃饭他也没空。”

对于墨忘时不时的插嘴,墨以然已经习以为常地当成空气了,她继续自饮自言:“我总觉得不管怎样……我们做不成情人,总还是能当朋友的吧?可想不到他那么绝情。”

初末依旧沉默地坐在那里,看着她喝酒,不发表任何感叹。

后来墨以然也习惯了,一直都在自言:“这些天我老是梦到以前,我跟他刚认识的时候。你知道我们第一次见面是因为什么?因为流年的公司快倒闭了,余生找我谈资金周转问题,那时候的流年是被他硬拉过来的。看起来,冷漠得好像快要倒闭的不是他的公司。后来我才知道初慕传媒是流年一手创立的,别说余生是副总什么之类的。其实就是一摆设。不然为什么流年心思不在公司之后。公司就不行了?”说到这里,墨以然呵呵地笑了,“我以前最讨厌的就是那种为了感情萎靡不振的男人了,可是你知道吗,当这样的事情发生在流年身上,我居然会感觉世上竟还会有这么痴情的男人。我看他冷傲的眼神,一点都感觉不到啊……后来,我才知道原来这样的男人,总是隐藏得很深,如果不是最亲密的人,最铁的哥们根本就察觉不出他和平常有什么不同。”

是啊,初末会跟着墨以然来这里,就是为了从她嘴里听到流年的过去。原本已经做好了心理准备,却不想真正听到竟会如此难受。

墨以然说:“在国外的那些日子,流年真的很糜烂跟堕落,你知道吗,偏偏是那种男人最令人着迷,你见过他喝醉之后抽烟眯眼性感的样子吗?你见过他拿着高脚杯一个人站在阳台上看着星星发呆喝酒的样子么?你见过他连睡着了都眉毛紧锁让人心疼的样子么?”

这些初末都没有见过,在她心里的流年一直都是理性的、稳重的。

可那又如何?即使流年在墨以然口中糜烂的那些年也依旧不能改变她对流年的崇拜与爱。

她记得很久以前,她有事回家,晚上的时候跟流年打电话,那时候也是繁星满天,她问流年在做什么,他说在喝酒。

她就说:“你知道我在干什么吗?我在看星星,好多星星一闪一闪的,星星告诉我说喝酒对身体不好。”

那边沉默了一下,然后问:“那星星有没有告诉你我有多爱你?”

回去的时候,墨以然喝多了,初末让墨忘把她送回家,墨忘苦着一张脸还不忘记他的烧烤。初末只有答应以后再请,墨忘这才喜滋滋地上了车,那模样跟没吃过烧烤似的。

初末目送着他们离开,自己才走到不远的公交站台去坐车。

回学校的时候已经很晚了,寝室没人,夏图之前跟她说找了一份工作,离学校比较远,就在外面租了个房子,偶尔周末才会来学校。

大四本就是分离的季节,只是她们寝室分离得过早了些。

在没有上大学之前,总是很期待大学的生活。相对于高中每天都是书和试卷,传闻中的大学就是天堂。但那时候的初末,想考大学的原因,只是慕流年,她想跟他念同一所大学,想把自己变得更好,这样才能跟随他的脚步,才能离他近一点点……

只是没想到,大学四年发生了这么多事,改变了她和他,也使他们的距离越来越远。

可,流年,你知道吗,你可以不完美,因为我不希望你活得那么累。

第十一章　你一定要幸福哦

原来我们都生活在一个我羡慕你，你羡慕她，她羡慕他的循环世界里。

Part 1

第二天凌晨，初末好不容易睡着的时候，手机响了，她迷糊接起，那边传来冰冷的声音："过来一趟。"然后报出了一个地址。

挂了电话后，初末才反应过来，刚才那个声音是流年！

女人的第六感，脑海浮现一抹不太好的预感，瞬间了无睡意，从床上爬起来，洗刷完之后，她便下楼了。

也许是那一抹不太好的预感，让她没像平常一样坐公交而是打车。

一路开到电话里说的地址，初末才发现这一带是 B 市有名的别墅区，住着一群在 B 市有钱有势的人。

初末那种不好的感觉更严重了起来……

一直开到初末要去的地址，站在外面敲门的时候，初末的心情都是忐忑的。

门很快开了，是个看来三四十岁模样的大婶，看见她时，眼神里是怨毒的恨意。恨不得将她千刀万剐："你就是杨初末？"

初末点头，那大婶朝她呸了一声："倒是长得人模人样的，心怎么就这么坏！像你这样的人就应该下十八层地狱！"

初末无语地看着她："大婶，好好说话。"

好在那大婶也就说了这么一句，就把她往里面领……看得出是心不甘情不愿的。

一直拐弯来到了二楼，听见了有人哭泣的声音。

来到一间卧室门口，初末看见裹着被子靠在床上擦眼泪的墨以然，身边坐着一个与她年龄相仿的女人，初末见过，是墨以然的闺密余婷婷。

余婷婷不停在安慰墨以然。

房间里还有……站在落地窗边背对着她们的修长身影。

听见有人走进来的声音，他转身，黑眸里尽是冷意。

那坐在床边的女人率先开口："你就是杨初末？果真让我见识到什么是蛇蝎心肠！"

初末怀疑自己究竟做了什么杀人放火天理不容的事情，竟能被别人这么说……

那女人继续很愤怒："真没想到你抢了我们以然的男朋友也就算了，我们以然没跟你计较，还把你当成朋友一样约出来聊天……可是你居然那么有心计，设计她！你的良心是被狗吃了吗？世界上怎么会有你这么恶毒的女人？"

初末简直感到莫名其妙，一早被叫来这里，就被人骂，这是凭什么啊？她说："我怎么就恶毒了？我做了什么？"

"你做了什么你自己心里有数！昨天灌以然喝酒的人是你吧？把她灌醉了之后丢在了酒吧也是你设计好了的吧？那个男人也是你一开始就找好了的吧？"

这是什么跟什么啊？

初末无语……却见原本止住哭声的墨以然更加难过了起来。

好像初末真的对她做了什么天理难容的事。

初末沉着一张脸："虽然我看起来很好欺负的样子，但那只是表象，你们最好有事先把话说清楚，不然别怪我脾气不好骂人。"

余婷婷尖叫了起来："你还骂人？你有什么脸骂人？你对以然做了这么过分的事。你等着坐牢吧你！"

初末皱眉："你声音这么难听，心里没点数？非得喊这么大声？"

"你！"

初末说完，看向一直沉默的慕流年："你让我过来，就是为了听一个女人哭泣，一个女人尖叫的吗？"

慕流年沉默地望着她没说话。

后来，初末才知道昨天晚上墨以然并没有安全到家，醉酒的她跟别的男人发生了关系……是被强奸的。

所以大家会觉得初末天理难容,眼神看她想把她千刀万剐。

对于他们的质问,初末坦然地问墨以然:“昨天不是墨忘送你回去的么?你怎么会跟别的男人?”

“你开什么玩笑呢?”墨以然没说话,余婷婷便咄咄逼人,“东窗事发了就把责任推到墨墨身上了是吧?墨墨人在美国,怎么可能跟你们待一块?你见到鬼了?见过不要脸的女人,没见过你这么不要的女人!你就直接说你嫉妒我们家以然会死啊?我们家以然要什么有什么,你要什么没什么,除了长了一张狐媚的脸,你说你还有什么?”

“……”

初末看向墨以然,她始终都是低着头哭得很伤心。

这一刻,初末才知道自己落进了墨以然的圈套,昨天她约自己出去就是不怀好意的!

可是墨忘呢?那么单纯的墨忘也是跟墨以然一起设计她的吗?

Part 2

初末知道自己现在是百口莫辩,整件事如果是个阴谋的话,她措手不及。

按着时间推理,昨天墨以然把她约了过去,假装喝了很多酒,让墨忘送她回去……

除了墨以然和墨忘,没人知道他们离开后发生了什么事,墨以然可以借助这一切编造一个谎言……

墨忘也是这场戏的证明人,可是他去了美国……也就是说,现在要么就相信墨以然,要么就相信她……可如今的情况再明显不过——

没有人会相信她!

她望向落地窗边的流年,墨以然陷害她没关系,被别人指着鼻子骂也没事。她根本不在乎别人信不信她,她只在乎他是怎么看待她的……

可是,为什么她在他的眼神里看见的全是冷漠?

此时此刻,面对她被别人冤枉,他并未站出来为她说一句话……

流年哥哥……你以前不是这样的……以前的你最看不得的就是我受委屈不是吗?

带着一抹期待的心,她走上前,仰头问他:“如果我可以解释,你信不信我?”

流年以漠然的眼神看着她,问:“昨天你是不是跟她在一起?”

初末点点头:“但是墨忘也在……是墨忘送她回去的……”

流年说:“墨忘是昨天下午三点飞美国的航班,航空公司有记录。你们见面的时间是晚上。”

初末一怔,随即明白了过来,她笑出了声:“所以你不相信我说的?你们有你们的说法,我也有我的说法,你们说墨忘是昨天下午三点飞美国的航班,但晚上我们的确见过面了……难道我昨天见到的墨忘是鬼吗?我要跟他打电话!让他亲口告诉我究竟是他跟墨以然联合设计我,还是昨天的一切都是我的幻觉!”

说完她拿出手机要拨电话。

流年的声音依旧淡淡的,他说:“不用打了,他这几天都在美国治疗,不能碰手机,所以你联系不到他。”

所以这一切都是一个局?墨忘不在,就算她可以解释,也没有人会听她的。

在众人眼里,墨以然是受害者,没有一个女人会用被人侵犯这样的事情来诬陷她的!

何况墨以然还是名门闺秀,千金大小姐!

而她杨初末,只是一个什么没有的女人,所以只有她能因为嫉妒陷害墨以然,墨以然,含着金钥匙出生的大小姐,怎么会陷害她这么一个小人物?

初末转身,冷视着一直低头伤心的墨以然,她说:“亏你还是出身名门,居然能昧着心做这样的事情,他们没看见,你还不知道昨晚究竟是怎么一回事吗?”

初末刚说完,在床边的余婷婷立刻气势汹汹地冲了过来,本意是想甩初末一巴掌的,却不知为何手在半空中变成狠推了她一把,她呵斥道:“你说什么呢?欠揍是吧?你就等着收法院通知书吧!我们一定要告你串通同伙害人!以然的爸妈一定不会放过你的!”

初末冷笑:“你以为考大学?要不要跟我发一份高考录取通知书?有本事就告,怕的就是你不告!”

说完,初末头也不回地离开。

她用那么高傲的姿态离开,只是不想被看不起。

她以为流年会追出来的,可是没有。

直到她站在别墅的大门口,那大婶哐当一声将她关在门外,她都没见流年的影子。

失望离开。

走到别墅大院门口时,不知道门口何时多了一只大狗,冲她汪汪大叫,吓了她一跳。心底的委屈更甚,她怎么会沦落到连一只狗都能欺负她的地步?

初末不知道自己是怎么回到寝室的,整个人都浑浑噩噩的,她打过墨忘的电话,那边的确是关机状态。

初末对墨忘的印象很好,单纯,善良,虽然他任性倔强了一点,口是心非了一点,但还是个很讨喜的孩子。

如果连墨忘都是那样的人,这个世界上还有能相信的人吗?

一个人在寝室里坐了一会儿,她拿出手机打了夏图的电话。

不一会儿,那边接起:"末末?"

初末用低低地声音问:"图图你能回来吗?我在寝室,特别难过。"

什么叫好朋友讲义气?虽然平常初末跟夏图大家各忙各的事情,见面的次数都不算太多,但是在关键的时候不管多忙,只要一个电话,对方就会出现。

夏图很快到了寝室,贯彻了她一向风风火火的作风,她砰的一声推开了门,冲到初末面前,上上下下检查了一番,紧张地问:"末末你怎么了?又遇上劫匪了?没事吧?难道木槿那丫头还缠着你不放?"

原本难受的初末看见夏图这样子,忽然笑了出来,笑了之后,更难过了,一直忍着的眼泪噼里啪啦就流了下来,她摇摇头说:"没有,我就是很难过……图图你肩膀借我靠一下。"

夏图懵然地"噢"了一声,坐在初末的身边让她靠着。

看她哭得那么伤心,夏图也没有多问什么,只是静静地陪着她,让她知道不管发生了什么事情,她都不是一个人,还有个好朋友在背后支撑她。

Part 3

不知道哭了多久，初末的眼泪干了，一双眼睛红红的。

夏图帮她倒了一杯热水，问："好一点了么？"

初末点点头。

夏图说，"我也不问你发生了什么，等你想说的时候自然会告诉我，但你要知道，不管你发生了什么，我夏图都会无条件站在你这边！"

"嗯。"初末应了一声，说："图图，你今天忙吗？"

"本来有点事，不过不重要了，怎么了？"

初末说："我们出去玩吧？"

"好！你想去哪里？"夏图问。

这一问，初末一时间还真想不到去处，只觉这个城市虽大，但细想起来，竟没有她想去的地方。

眼见初末眼中的茫然，夏图提议："不然去我家吧？我说过要带你去我家看看的。"

其实跟夏图认识是在同寝室之前，那时候初末在最后一站波兰旅行，偶然遇见B城土生土长的夏图，她性格活泼开朗，两人兴趣相投，便携手游了一路。

跟初末做朋友的过程是这样的——

有一天，她们在同进的一家旅馆租房，初末正在订房的时候，夏图满心欢喜凑过来问她："你是中国人吗？"

初末点头。

"我也是中国人，真是太有缘分了！我们做朋友好吗？"

"……"

于是夏图非常迅速地退了自己刚订的单人间，非得跟初末同住一个双人间。

初末被这个太过于热情的女孩子弄得有些不知所措，可是她却并不排斥，因为她在夏图的身上，看见了久违的罗希的影子。

初末跟夏图一起坐地铁去夏图的家。

秋天的黄昏，天色暗得很快，可这里整天街巷都热闹非凡。

这一条被人称之为"平民房"的街道开了不少发廊，已经快到六点了,有的发廊已经开始营业,门前站了一些衣着鲜艳的女人,脸上都画了浓厚的妆,看不出实际的年龄,时不时地和过往的男人搭讪。

初末虽然知道有这么一个地方存在,但真实见到还是第一次。

路过一个个发廊时还能闻见一股股刺鼻的劣质香水的味道,让她不自觉地皱了皱眉头。

夏图已经习以为常了,走到一个破旧的房门前的时候,夏图说:"你在这里等我一下,我进去看一下瘸子在不在,要是他在的话可能就不能去玩了。"

说完一溜烟儿跑进一家发廊没了影。

初末站在一边的台阶上等她,头顶是被街道两边的屋檐遮住只剩下两条平行线的天空,像一个没有尽头的长方形,一直绵延到路的尽头,远远地还能看见来时路上的高耸的那栋高级小区的楼房。

刚才下地铁的时候,夏图就指着那栋高楼羡慕地对她说:"能住到里面的都是有钱人,初末,待会儿你可千万别被我家的气势给吓到了哦!"

起初,她还奇怪,难不成夏图的家有什么三头六臂的守门神么?现在才知道她所说的"气势"里的自嘲之意。

正呆想间,屋子里面传来的尖叫声把初末吓了一大跳。

她条件反射往发廊里面冲,在后院子里,一个老男人正一瘸一拐地追着夏图打:"我叫你乱跑,我叫你乱跑,老子没给你吃没给你穿?整天只知道往外跑……"

夏图轻车熟路地往后院跑,在一个凸起来的山丘后面躲起来。

初末一看,倒吸一口气,那竟是一座孤零零的坟墓!

坟墓旁边有棵桃花树,因为夏图的摇晃,落了一地的桃花。

老男人追到这里便不追了,像发疯的神经病人被打了镇定剂般安静。

安静片刻后,一个人对着那座坟丘哭了,哭得特别的迷茫。

后来。初末跟夏图走出来时,夏图歉疚地说:"不好意思啊末末,本来还想带你来我家看看的,没想到瘸子在家,吓到你了吧?"

初末还未从刚才的场景中回过神,只觉太诡异了,从没见过谁家会把坟做在自家后院里的。当她问夏图的时候,夏图的口气淡得像在聊天气:"那是我妈。我妈死了,那个瘸子不舍得就把她埋在这里。"

初末问:“谁是瘸子?”

“就是我爸啊。那个夏瘸子。”

说完这一句,她顿了顿,改了口气:“算了,那个瘸子虽然可恨,但毕竟是我爸爸,有时候我还是觉得他挺可怜的。”

那是初末第一次认真看着这个与她认识这么久却乐观异常的女孩,她的脸上泛着淡淡倔强的光,和碑墓上那个女人容颜相似,眼长,眼尾往上翘,秋波清澈,是叫人心荡意牵的桃花眼。

不知道是不是随着年龄的增长,初末开始相信所有在她命运中出现过的人其实都是上天早就安排好的,就比如夏图,若不是今天的这一趟,或许她还以为夏图是她印象里整天没有忧愁,可以为了心爱的人早起煲汤无怨无悔的乐观少女。

可如今,她却在她身上看见了布满阴霾的命运和向日葵般的微笑交织在一起,仿佛是她与罗希的合体。

那天夏图对她说:“末末,其实有时候我特别羡慕你,不管你身世如何,至少你还有个慕流年对你不离不弃,而我的他,从始至终都没有正眼瞧过我。”

初末想起在墨以然家里,流年的不信任,只能苦笑。

原来我们都生活在一个我羡慕你,你羡慕她,她羡慕他的循环世界里。

Part 4

晚上两人在学校后面的烧烤店点了几瓶啤酒对着烧烤吃,已经忘记有多长时间没有这样放肆过了,初末拿着酒瓶就往嘴巴里灌,灌了一大口后,举着瓶子说:“图图,今天我们俩不醉不归!”

夏图心知她心情不好,当然不会跟她一样喝太多,但表面上还是很配合地说:“好!你想喝多少我就陪你喝多少,喝醉了之后就把那些不开心的事情都忘掉!人生嘛!开心和不开心都是自己选择的,为什么我们要舍弃开心,选择那些让人烦恼的事情让自己过得郁闷?”

“说得好!”初末呵呵地笑,“让自己不开心的人就是傻子!”

话虽如此说,但她眸中的心伤掩盖不住:“可你知道吗,我真的很爱流年,把他放在最心底……只是,我在他心里算什么啊?他居然不相信我,我们是普通人能比的关系吗?我们难道不是从小一块长大的吗?他居然不相信我的人品!”说到这里。她又灌了自己好大一瓶酒,“还有墨忘那小子,他怎么能这样对我?他姐姐是他姐姐,我就不是他朋友吗?亏我那么信任他,居然和他姐一起设计我,他们心里就不会不安吗?我就是没有背景,我就是一小平民,如果今天我家像墨以然家那么有钱有势,我爸妈会任由他们欺负我吗?可是我爸爸老早就死了,我妈妈又失踪了,我靠我一个人活到现在,谁不是父母捧在心里的宝贝啊?就她墨以然是吗?如果可以的话,我爸爸一定会从坟墓里跳出来找她拼命的!”

“墨以然就是个渣渣!”夏图说,“我们别跟他们一般见识!俗话说清者自清,我们只要问心无愧,总有一天会水落石出的!”

“可是我委屈啊!”初末难受地指着自己的心脏说,“你知道吗,我这块地方就跟压着什么东西一样,透不过气,好想对全世界说,我他妈的是冤枉的!我真的是冤枉的!可是有人会相信吗?”说到这里,初末沮丧到不行,她呜咽地说,“没有……没有人会相信我……图图……你知道吗,没有人相信我……”

夏图看她这样真难受,她说:“我相信你!就算全世界都不相信你,我都相信你!”

初末就是在这样的话里嚎啕大哭了起来,她趴在桌子上,哭得那么难受,仿佛天要塌下来。

那是怎样的一种委屈和痛苦,让她这样隐忍而强大的女孩哭得这么伤心。

夏图从来没见过这样的初末,如果说被人冤枉的确委屈,但这样的委屈远比被心爱的人不信任要惨得多……

夏图想,其实让初末难过的不是被墨以然设计,让她难过的是在谁都不相信她的情况下。连慕流年都不站在她这边。

最后两个人都喝得有点多了,烧烤店的老板娘看见这样的情况有些忧心忡忡地走上前,道:“姑娘们,就算再难受也不要跟自己的身体做对,喝多了酒伤身体啊……”

初末迷茫地看过去,然后拉着老板娘说,“我们不喝多,不喝多哦!”随后举着酒瓶对老板娘说:“阿姨……我敬你!我们马上就要毕业啦,也许就再也见不着了……我要敬你一杯!”

老板娘好脾气地接过酒杯,笑道:“怎么会见不着了呢?只要你们常回来看看，总会有机会见面的。”

“我才不要回来。”初末忽然愤怒地说，“这个破学校，当初我是带着多好的梦过来，我以为我跟流年在同一所学校了，终于能接近他了……可是……可是这么多年我活得一点都不快乐，我还被冤枉……呜呜呜……我好难受……”

说到最后她有些语无伦次，自己都不知道在说些什么。

这边一个乱不算，那边喝得醉醺醺的夏图也走过来说：“我也不喜欢这里……你们、你们知道吗，从我开始追他，他对我说的话永远都是：‘夏图，你能不能不要再熬汤给我了？’‘夏图，你能不能不要老缠着我？’‘夏图，你离我远点行吗？’‘夏图，你能不站在教室门外吗？’‘夏图……你能不出现在我面前吗？’我不就是喜欢他么？不就是想追他么？追他不就要天天缠着他么？他为什么就不喜欢我？为什么宁愿跟别的女人在一起也不愿意喜欢我？”

说完后，她抱着初末哭得更惨了。

初末哭着说：“图图，我本来以为自己已经很惨了，没想到你比我还惨，呜呜……”

夏图摇摇头：“不……你被慕流年不信任，你比我更惨，呜呜呜……”

这时候店老板走过来，看着比谁更掺抱团哭成一堆的两人，问自己的妻子：“怎么回事？”

老板娘叹了口气：“都是在感情里受了伤的孩子啊……”

更青涩时，我们被冤枉过，委屈过，在不被信任的时候，还好有那么一个人，你可以在她面前没有出息地痛哭，可以毫无形象可言，可以像个白痴一样全身都是弱点，不管你是怎样的，那个人都不会笑话你，因为她是你最好、对你最真的朋友。

Part 5

那天晚上初末和夏图是被烧烤店的老板和老板娘一起送回寝室的。

初末是中午的时候被手机吵醒的，打开手机，里面是罗子嘉发的一行信息：“我在楼下等你。”

然后上面有十多个未接电话，都是罗子嘉的。

初末放下手机,揉了揉剧痛的头,坐起身,才发现寝室又只剩下她一个人,夏图已经不见了踪影。

她起床,想要洗漱,经过桌前的时候,发现上面放了一碗汤还有夏图熟悉的字,大意是让她起来之后把汤喝了,头疼会缓和一点,上面还画了一个大大的向日葵笑脸。

初末心里暖暖的,虽然还有些难受,但相较于昨天,已经能控制好自己的情绪了。

洗漱、喝完汤之后,初末才下楼,本来就没想着罗子嘉会一直在楼下等自己,她只是下去看看的……毕竟短信和电话,她也没有回复。

没想到下楼的时候就看见罗子嘉停在那里的车,楼下人来人往的,他倒是淡定极了。

初末打开副驾驶座的门坐了进去,对于她无声无息的动作,罗子嘉并不吃惊,只是看了她一眼,道:"没睡好?"

初末摇摇头,说:"带我去吹吹风吧。"

罗子嘉"嗯"了一声,便发动车子离开。

车厢内彼此都没说话,对于罗子嘉会来找自己初末也不感到奇怪,他跟那群人也算是熟悉的,这样的事情,以墨以然的个性,巴不得谁都知道是她杨初末陷害她的,罗子嘉自然也会知道的。

她很感谢罗子嘉一见她并没有问究竟是怎么回事,而是给了她一个安静的思考环境,让她有足够的放松余地。

车开了好一会儿,初末才主动开口:"罗师兄,我能不能拜托你一件事情?"

"你说。"

"就是关于医院翻译的事……能不能拜托你找一个人代替我?我想这段时间,我可能做不好这份工作了。"

她敢这样对罗子嘉说,一是因为罗子嘉是院长公子,自然好办事;二是,原本这份工作就是学校枪手的热门,所以不怕没有人愿意代替她。

罗子嘉没问原因,只说了句:"好。"然后又说:"如果心情不好,可以出去散散心,反正最近课程也不紧。"

初末说:"我会考虑的。如果没事的话就在B市周边转转。"

罗子嘉"嗯"了一声便没再说什么。

那天罗子嘉陪在她身边很久,她没说话,子嘉也不作声。有时候她想着自己的委屈,忍不住趴在副驾驶座位上掉眼泪,他就将车停在路边,用手轻拍着她、哄着她。

仿佛他永远都知道她要的是什么,不想说话的时候绝对不会多话,想说话的时候也会静静地陪她聊天。

后来罗子嘉带初末去吃了东西,让她点餐,初末说自己真的没胃口,子嘉就点了几个菜,然后静静地等着菜上桌。

菜被端上来,初末才发现全是平时她喜欢吃的。

初末看着罗子嘉,原本擦掉的眼泪仿佛又要涌出来似的,但她还是控制住了,哽咽地对他说:"谢谢。"

尽管她知道这两个字根本起不到任何作用。

吃完饭后,罗子嘉把车一直开出了B市,来到一座有名的山上,初末看着下面一片枫树林,笑问身边的人:"带我来这么高的地方,是方便我想不开自杀算了么?"

罗子嘉笑看着她:"还能开玩笑说明离想不开还很远。"

初末撇撇嘴巴,看着山下面,忽然就将手卷成筒状,对着山下狂叫:"啊!啊!啊!"

然后整个山里都回荡着她的叫声。

"虽然我知道这样叫很不文明,但我真的忍不住了,想着是从这里跳下去,还是尖叫发泄自己心里的郁闷,我还是觉得后者比较靠谱一些。"

罗子嘉凝视着她,问:"初末,有时候何必让自己活得这么累?如果可以的话,我……"

"罗师兄!"罗子嘉的话未说完,初末便及时打断,她笑了笑说,"你说的对,路都是我自己选择的,所以到了今天这样的境地,也是我咎由自取,怪不得别人。"

其实初末那么聪明,怎么不知道罗子嘉在那时候要说的话是什么?

只是自己不能承受的事情,还是不要摊开来说明会比较好。

最后她微笑地对罗子嘉说:"罗师兄,你放心吧,虽然心里还有些难过,但已经比之前好很多了,有你们这些朋友站在我这边相信我,我自己怎么能怀疑自己呢?何况我相信真相总有公开的那天,只是时间早晚的问题。"

坚强原本就是一件很难做到的事,但当你在绝望的时候挺过去了,回头再想时,你会发觉时间是最好的药,能缓解所有的伤痛。

我们年轻的时候被人冤枉,总是怒气冲冲,性格暴烈,想要还给自己一个公平,那时候表面上坚强,背地里躲着哭泣,替自己委屈。后来我们会想办法解决,我们的情绪不那么容易触动,我们的表情淡然,好像练就了一身铜皮铁骨,再也不会哭泣。

因为那个时候,你已知道眼泪是世上最没用的东西。

Part 6

晚上班上再次发出了聚会的邀请,这一次是在 B 市某家著名的酒吧里。

本来就想好好放纵一下的初末自然是没有拒绝,下午跟夏图两人在寝室的时候,夏图提议说:“不然我们化个浓妆惊艳一下全场吧?话说初末你整个大学太低调啦,最后的时刻就让自己高调一回,以后回忆起来肯定很值得纪念!”

初末想着也是,既然要放纵就彻底放纵吧!

于是整个下午两人都在寝室里捣鼓化妆,最后两人都化了深沉的烟熏妆,夏图照镜子的时候就在那啧啧感叹:“魔镜魔镜,快告诉我,我是不是这个世界上最美丽的女人?为什么化了个妆,就这么妩媚了?我都快被自己迷死啦!”

初末笑看着在镜子面前自我陶醉的夏图,很感谢自己身边永远都有一个这么乐观的女孩。

晚上两人到达酒吧包厢的时候,里面已经 high 了起来。

原来不止她们两人,其他同学也一样突破了往日的风格,女生们化起了浓妆,男生们打扮得帅气,仿佛大家都知道,以后相聚的时间不多……就算能相聚都不可能像现在这样了。

那天初末跟以前不太熟的同学玩得很疯,虽然外面风言风语,但毕竟是自己班上的同学。不会像其他班一样将她视为情敌或者怪胎。

当初末在跟班上一群好玩的人喝啤酒,学玩骰子的时候,放在口袋里的手机振动了起来,她拿出来看了一眼,是流年……

愣了一会儿,那边有同学喊她继续玩,她笑了一下,说:“我去接个电话。”

便匆匆地出了包厢。

酒吧一向都很吵闹,她对这里也不熟悉,只能尽量找一个比较静的地方接。

可即便是静也能听到大厅那边的劲爆音乐。

所以刚接起,那边就问:“你在哪里?”

换成平常初末被这样问一定会很心虚的,但是现在她怕什么啊?在她被冤枉的时候他都没站出来替她说一句话,现在干吗要管她在哪里?想到这里,初末的脾气就上来,对着电话懒洋洋地说:“我在酒吧呀……”

“……”

那边沉默让初末有些心不安,毕竟她从来都没有像现在这样……居然敢挑衅流年。

但竟然挑都挑了,难不成还能反悔吗?

她想了想又说:“你打电话给我做什么?不会是想跟他们一样骂我吧?反正我没做错,如果你骂我的话……我就……我就……”“就”了半天,最后憋出一句,“我就挂你电话!”

那边人似乎挺无语,他说:“你在哪里?我去接你。”

“才不要!”初末马上拒绝,“我在这里玩得很开心!我不要回去……我……”

她的话还没说完,那边便传来嘟嘟声……他居然挂了电话。

初末心虚地想,流年肯定生气了啊……他都很少直接挂她的电话……

初末觉得自己真是个大变态,明明前一秒还很气流年不相信自己,现在见他因为自己而生气,居然很心疼……

她深呼吸一口气,决定暂时将这些纷扰的情绪抛在脑后,今晚,就让她痛痛快快地好好玩一场吧!

Part 7

初末很少有放纵自己的时候,所以这一晚,她跟同学们玩得很疯,就当她正因为玩骰子输了被罚酒的时候,忽然包厢的门被推开,她还未反应过来,手就被人拉着往外面走。

她本能地反抗,待到看见拉她的人是流年时,挣扎的动作渐渐地缓了下来。

那时候初末脑袋晕乎乎的,直接感觉自己完了……流年肯定很生气……因为他居然来找她了……

一直被拉到酒吧外,被丢进车里,初末的眩晕还没有结束。

在这之前她就喝了不少酒……虽然害怕,但是对着流年阴郁的脸,居然还能傻傻地笑出来,她说:"呵呵……流年哥哥……你在生气呀?"

流年阴郁地看着她醉醺醺的模样,浑身的酒气,他问:"为什么不接电话?"

"我接了呀!"想了一下"噢"了一声,"你后来还打电话给我了呀?唔……估计我没听见吧。"

说完还慢吞吞地掏出手机来看,只是那手机刚拿出来,就被一只手夺过去丢出车窗外。

初末惊呼了一声,那不是他才帮她买的手机么?怎么说丢就丢了?

可能是喝了酒的缘故,加上这些天对流年憋着的怨气,初末的脾气也不好了起来,她说:"你生气就生气啊,干吗丢手机啊!"然后看了一眼流年黑着的脸,她的脸也塌了下来,她说:"你放我下车!我要去捡手机!"

流年就真的停了车,看着初末气呼呼地下车去捡手机。

好在晚上这条路上的车辆并不多,但等到初末找到手机时才发现手机已经四分五裂了,初末好委屈,把手机捡起来,想要某人赔。

她气呼呼地转了个身,走到驾驶座位窗口,清了清嗓子,故作没事般对流年说:"手机砸坏了,你的手机借我一下,我要打电话。"

流年指了指车厢上面的黑色手机,初末看了一眼,伸手进去拿来,猛地丢到草地上。

流年:"……"

初末咬着唇,等着他的爆发。

那时候她心里是这样想的——

反正都惹火了他,还怕再惹火一点吗?就算再生气,也不能吃了她,那她怕什么?

所以做好这样的心理准备的初末,本以为会引来流年的怒火,却没想到流年并没有生气，而是轻叹了一声，那叹息中包含了多少无可奈何……

初末咬唇，看了他许久，最终又扭身，去草丛里把他的手机给捡了回来。

虽然她很生气，但是也有理智，她是故意丢到草丛里，所以手机毫发无伤。

流年看着她的动作，失笑，她总是这样，明明很生气，却不敢真的做什么，他顿了顿，道："气撒完了，可以上车了吗？"

初末："……"

车子依旧稳当地在开着，车厢里也没有初末想象中的那么沉闷。

也许是车窗摇下来的关系，风从外面灌了进来，将她的脑袋吹清醒了不少。

她巴巴地说："你就那么放心让我丢手机么？万一丢到找不到的地方，被别人捡了去还能用，用手机上的信息做什么坏事怎么办？"

流年轻笑："现在这么害怕，刚才扔手机的那股劲去哪了？"

初末吸吸鼻子，理直气壮地说："刚才明明是你先把我手机丢了的！"

流年说："那又怎样？那也是我买给你的。"

没想到他会这样说，初末一时间被噎着，想了半天，气呼呼地回敬他："是你买给我的！送给我之前是你的，送给我之后就是我的了！"

流年被她那样子弄得笑出声来，从车后拿了纸巾给她："擦一下你那张花猫脸。"

你才花猫脸！你全家都花猫脸！

初末在心里哼了一句，扭头看向后视镜时，着实吓了一大跳！

天啊！那是大花猫吗？整个一女鬼好不好？唔……她有些后悔今天的大胆行事了，早知道出门就不化烟熏妆了，现在整个眼睛都是黑的也就算了，连脸上都是乌黑一片，跟从煤渣里面冒出来似的。

真是……她怎么会让流年看见自己这么丑的一面？

当初末自我懊恼的时候，流年似乎知道她心里在想什么，淡淡地说："你小时候在床上大便我都见过。这个比起那个……"

"别说！"初末下意识地就用手去捂住他的嘴巴，只觉这男人真是坏透了，明明知道她现在尴尬得要死，居然还说以前让她更想钻进地洞的羞臊事。

流年似是没想到她会忽然扑过来，连忙拐了一个方向才稳住了车。

他看着前方皱眉，驱赶某人："回去乖乖坐好。"

初末吐了吐舌头，乖乖回去坐好。

这一闹，她酒也醒了很多，之前的郁闷也相对减少了不少。

Part 8

流年将初末带回了公寓，下车时，初末仰头看着满天繁星，还有熟悉的公寓，哼哼两声："干吗把我带到这里来？我说过会上去吗？我要回寝室！"

流年睥睨她一眼，怎会不知这小丫头心里在想些什么？如果她本身不愿意来的话，刚才开到一半的时候就会嚷嚷着要下车了，现在到了目的地倒矫情了起来。

他也不回她，径自下了车，往公寓的楼道走去。

初末见他不理人，只能巴巴地跟在后面，走了几步，她在后面叫道："慕流年！"

记忆里，这应该是她第一次连名带姓地叫他吧！

过去，在每个想念他的晚上，她都会自言自语，慕流年、慕流年，这个名字真好听，她一定要喊一辈子。

流年转身，她已经走上前，仰着头，眯着眼对他说："我们在这里坐一坐吧？"

这么晚，小区里都没有人。

流年陪她走到一个草地边的长椅上坐下，初末看了看满天繁星，再看了看流年，说："流年，你的眼睛跟星星一样漂亮，可是每次我看星星都不会动情，只有对着你的眼睛的时候就会好想抱抱你，亲亲你，希望一辈子都跟你在一起。我最喜欢看你的眼睛，每次失落的时候，只要看着它，我就会好有勇气，仿佛它会说话，会帮我加油打气。可是……你知道吗，就在墨家的时候，我第一次发现我喜欢的这双眼睛再也不会给我加油打气……它带着怀疑，带着满满的不相信……我甚至害怕与它对视。"

流年没有说话，只是静静地听她说着："那时候我真的好失望好伤心，因为我觉得就算全世界的人怀疑我，你都会站在我这边……可是你什么话都没有说，你只是看着我，好像在对我说：'初末，明明是你做错了，为什么不道歉？为什么还要逞强？'我从墨家回去之后，很多天都睡不着，我拼命地用工作来麻痹自己，可是都不行，我一想起那天的委屈，就很难受。有时候我会安慰自己，其实你是相信我的，因为当初木槿冤枉我的时候，你那么坚定地站在我这边，沉默地在背后替我出气。所以我想也许你只是一时间没有想透？可后来，我的自我催眠没有用，我就告诉自己，也许是因为那个人是墨以然，所以你才选择相信她不相信我……毕竟曾经，你们也在一起那么好过，不是吗？……有时候，我真的好想知道，在墨以然跟我之间，谁对你比较重要。我知道自己也许没有资格问这样的问题，但是……流年，我在你心里真的就一点位置都没有了吗？"

初末问这个问题的时候，并没有看流年，她一直仰着头看着天上最亮的那颗星星，就像每个没有他在的夜晚，她总是这样跟星星说话，只是星星不会回答她。

许久，身边才传来平静的声音反问："那你呢？在怀疑我不信任你的时候，你信任过我吗？"

"……"

没想到流年会这样问，初末愣愣地转过头凝望着他。

流年深沉的眸定定地锁住她，他说："在检查出怀孕的时候为什么不告诉我？你怕我会不要他，所以离开我。为什么你不相信我，只要是你想要，就算付出一切，我都会保住他？"

"可是那时候……"初末想说什么，可喉咙口像被卡住了一般，说不出来。

也许是气氛太沉闷，流年起身走到车边，拿了烟出来点燃，静静靠在那里。

初末远远地看着他在黑暗中的身影，心里说不出的酸楚。

忽然觉得……那年她做的决定是不是真的错得离谱？

第十二章　我只想喜欢你

爱人之间，说喜欢那么容易，信任却是那么困难的一件事。

Part 1

流年站在车边不过来，初末便走过去。

像是个做错了事的孩子，怯懦地看着他："那时候，因为我身体的原因，我怕你会选择我而放弃他……那段时间，我总是做梦，梦里小宝宝很可怜地问我，为什么妈妈不要他。每次我都是哭着醒过来的……我不是不相信你，我只是不敢跟你说……"

"所以你就可以站在我的立场，帮我决定？"

"我不是——"

初末想解释，可她根本就解释不出。

流年说得没错，她当初就是这样想的。因为她当时的身体不适合生孩子，理所当然怀疑流年会选择她而不要孩子，所以一意孤行选择离开。

这两年，她承受了许多痛苦，根本无法怪在别人身上。

都是她自以为是的选择，都是她不成熟的想法。

流年说得没错啊，从很早开始，她就不信任他……而现在，她有什么资格要他相信自己呢？

想到这里，初末根本就无颜再站在流年的面前，她匆匆地说了句"对不起"就想离开。

身后，传来冰冷至极的声音，他说："杨初末，每次做错了事，你除了会说'对不起'和选择离开，你还会做什么？"

初末的脚步僵硬在原地。

身后冰冷的声音依旧毫不留情地直戳她心的最深处："你知不知道，我有多厌恶这样的你？"

当"厌恶"两个字从他嘴里说出的时候，初末的身体狠狠的颤抖了一下。

然后她听见他说："如果你这次再离开，就别再回来，永远别再出现在我眼前！"

这句话说完，初末就听见身后车子开关门的声音，然后是车子发动，离开的声音。

全世界在这一秒静止了下来，她转过身，面前空空荡荡，流年已经离开。

初末缓缓地蹲在地上，眼睛直愣愣地看着流年离开的方向，像个灵魂被抽走的人，面无表情。

这个世界上最悲伤的时候不是流眼泪的时候，而是你眼泪都流不出之时，这时你才知道什么是真正的痛。

爱人之间，说喜欢那么容易，信任却是那么困难的一件事。

初末并不知道，不管发生什么事，流年一直都站在她那边，他不作声，冷眼相待，看着她难受，只是想让她尝尝被心爱的人不信任的那种滋味。

初末蹲在地上，呆呆的，直到一抹身影走到她面前，蹲下，轻轻地擦了擦她的眼睛，发现没有眼泪。他轻叹了一声，说："想哭就哭出来，会好一点。"

初末摇摇头，她说："子嘉，我真的错了对不对？是我的自以为是，害了我跟流年的孩子，如果那时候我跟他说……也许流年就会有办法保住我跟孩子……不会像我那么没用，连孩子都保不住……"

罗子嘉想安慰，可这一刻的初末是任何言语都安慰不了的，她说："我真恨我自己，总以为能做得两全其美，却不知道自己是最大的白痴。什么事情都做不好，伤了自己，更害了别人。"说完，她狠狠扇了自己一巴掌，"我就是个蠢货！"

"初末！"罗子嘉及时拉住她的第二个巴掌，他说，"这不是你一个人的错，你别把什么事情都往自己身上揽。那种情况下，不止是你，谁都不知道怎么办，何况那时候你只不过是大一的学生，怎么能怪在你自己身上？流年是学医的，在这方面的安全措施没有做好，也有一半的责任，你别总往死角里钻！”

尽管站在旁观者角度的罗子嘉将问题分析得很透彻，但初末依旧听不进去，她呆呆地蹲在那里，仿佛要保持这个姿势到天荒地老。

罗子嘉没办法，只能将她抱进车内，先带走再说。

当车子发动离开之后，他们没有看见，那原本走了，却又返回来，停在黑暗中的白色卡宴，卡宴上的主人冰冷的一张脸。

Part 2

罗子嘉本想送初末回寝室的，但目前她这样的状况，他还是放心不下，便将她带回了自己住的地方。

也许是在外面待得太久了，凉风吹得她面颊和手都冰凉冰凉的。

罗子嘉便打了一盆热水，帮她擦手和擦脸，又倒了热水给她捂着。

之前初末一直都像个木偶任他摆布，当热水放在她手中的时候，她忽然触电般缩回了手。

那水杯便倒在了她身上，滚烫的水染上她裤子，她却像没有感觉一样呆呆看着。

罗子嘉一惊，欲将她抱起向浴室走去，初末却疯了一般推开他，道：“别碰我！”

罗子嘉一愣，初末盯着他的眼睛，说：“我不值得你对我这么好！”

“……”

空气一瞬间凝结，仿佛积累了许久的沉默要在这一刻爆发出来。

子嘉握着的双拳紧了紧，最后还是松开，他说：“你烫伤了腿，要立刻用凉水冲，不然会严重。”说着就要弯腰去抱她。

初末往后一退，说：“严重就严重，即使毁了这双腿，我也不在乎——”

“可是我在乎！”初末的话刚说完，罗子嘉便重重地道出了自己隐忍了许久的话，“这么长时间以来，每次想要对你说一些话，想告诉你我心里的想法，你都找各种理由委婉拒绝听……这次初末，我要告诉你，我就是喜欢你！每次看见你为了流年做那些事，为了他伤心，我就很心疼。我总是在想，要怎样做，才能让你不那么难过；要怎样做，你才会开心一点。”子嘉那么聪明，怎么会不知道？“只有流年对不对？不管我为你做什么，就算把全世界都放在你面前，也抵不过一个慕流年对不对？”

初末咬着唇，用倔强的眼神看着他，不想自己在这一刻落泪，更不想再说一万遍根本就没用的“对不起”，她说：“罗师兄，我真的很感谢你在我最无助的时候陪在我身边，可是如果有天我知道这样的感情会转化成爱情的话，我一定不会打扰你。小希是我最好的朋友，她离世了，我希望我能尽到做妹妹的责任……可是没想过会这样……所以……罗师兄，以后我们尽量别见面吧……如果小希能看见的话，一定不希望你为了我而难过的。”

对于不能喜欢的人，初末太明白，如果不能全部给予他，那么就全都别给他，一次暧昧的机会也没有。

“所以即使是你现在跟流年这样了……也不能给我一个乘虚而入的机会？”子嘉苦笑，“难道你对他就这么死心塌地？你有没有想过，也许你们只是因为从小认识才以为彼此是对方的另一半，其实你们并不是那么合适？”

“即使是不合适，我也只喜欢他……”初末坚定地说，“我就是喜欢他。从出生开始，从来都没有变过。”

我们在感情里总是在做同一类选择题，究竟是选择我喜欢的，还是喜欢我的。

在初末的心里，如果有一道题目是：从以下 ABCD 中选择一个你要跟一辈子的人，那么 ABCD 永远都是相同的三个字——慕流年。

Part 3

后来，初末还是回寝室了。

在路上，罗子嘉向她道歉，并且告诉她，从今以后都会将她当作妹妹对待，让初末别乱想。

初末自然是点头说好，其他乱七八糟的她也不愿去想。

最近她的生活真的太乱了，已经没有任何心思去想那么多了。

回到寝室的时候，初末已经习惯了里面一个人都没有漆黑一片，洗漱了一番，她便躺在床上，发了一会儿呆之后，逼自己睡觉。

闭了好一会儿，还是睡不着。

她便拿了笔记本躺在床上上网，登陆了许久未上的 QQ，改了自己空白了许久的个性签名:你是我隔着银河都能感受到的太阳。

后来,她又跑到楼下去买了一包烟,犹记得店老板看着她,意味深长地说:“小姑娘,年纪轻轻可别老抽烟,上瘾了不好。”

她笑了笑,拿着烟一口气跑回了寝室。

她不会抽烟,只是想体会流年在烦恼的时候抽烟的那种感觉。

都说会抽烟的人,都是心里藏着事的人。

刚才她在看烟的时候,那么多品种,却一眼就看见了流年抽的那个牌子。

初末忽然想起一首歌,歌词说,你抽的烟让我找遍镇上的店,才发现原来自己一直没改变对你的思念。

恋上香烟的女人,大抵是迷恋空气里弥散的烟草味道,那便是,他的味道。

电脑里放着一半的电影,电影上的主角伤感地说:“如果有一天我忍不住问起,你一定要骗我,无论你心里有多么的不情愿,也请你一定要说,你最喜欢的人是我。”

初末就是在这样的悲伤中沉睡过去的。

第二天,寝室的门被敲得砰砰直响。

初末睡眼蒙眬地去开门,门外出现了一张比她还疲倦的脸。

在看见那张脸的下一秒,她下意识就要将门给关起来。

那人显然比她速度更快地挤到了门缝间,硬生生将门给挤开了。

墨忘生气地说:“你这个人怎么这样啊? 都不给人解释的机会就关门!”

初末径自往里面走,根本就不理他。

墨忘屁颠屁颠走到她面前,笑着说:“生气了? 如果我跟你说我没有跟墨以然串通,我也是受害者之一,你信不信?”

初末依旧不说话。

墨忘叹息了一声:“你看看我……身上还穿着病号服,脚上踩着拖鞋,就这样从美国赶回来,只想给你一个解释,你就算还生气,也看着我这么真诚的分上,听我解释一番再考虑要不要生气。”

初末终于将目光转移到他脸上,这才发现他的确跟平常打扮得光鲜靓丽的墨忘不同。他身上穿着病号服,踏着拖鞋就算了,还满脸胡楂。眼睛里都是红血丝……如果说之前的墨忘打扮得跟每天都准备着去结婚一样,此刻的墨忘应该是奔着去离婚的吧……

见他这副样子,初末淡淡地问:"你想要解释什么?"

墨忘扁着一张嘴,别提多委屈了,他搬了一把凳子坐在初末面前:"我跟你说啊,那天晚上我们分开了之后就有辆车开了过来,我一看这不是墨以然的车么?就问她既然开了车过来,为什么还要我送。谁知道她二话不说,背后就伸出一只黑手把我给迷晕了!我墨忘这辈子还没被迷晕过好吗!之前有个粉丝想要绑架我,也只是用棒子敲晕我好么!"

"……"所以用棒子敲晕是更值得骄傲的事情吗?

见初末兴致不高,墨忘清了清嗓子继续说:"结果我第二天醒来,发现我已经在美国的医院里!墨以然断了我跟外界的一切联系!凭我这么聪明的脑袋,当然知道事情不会这么简单!所以都是想尽办法逃出来的!直到回来的路上,我才知道墨以然干的那些缺德事!以后我再也不会承认这三八是我姐姐了!反正我跟她也没半点血缘关系!"

听到这里,初末的表情算是缓和了一些,她问:"那你是怎么逃出来的?"浑身上下都是病服,钱是哪里来的?

"你猜!"

"把医院的医生杀了之后,抢劫了医院的财务?"

墨忘翻了翻白眼:"你就不能往好的地方想?发生这种事情,谁会第一时间站在你这边帮你的?"

"……"

"当然是我们家慕男神把我救出来的!不然我此刻还被关在美国的医院里被你当成共犯了呢!"

Part 4

初末之前还保持冷淡的面孔,在听见这句话的时候,情绪就有些失控:"你说什么?是流年放你出来的?"

"可不是吗?除了流年,谁还有这么大的能耐?就我爸那白痴,还相信墨以然,以为你真的设计她,把她怎么了。估计我没出来之前,所有人都在想法子要怎么治你呢!可流年聪明多了,他多淡定啊,把我这唯一的证人给救了出来!"说完,他拍了拍初末的肩膀,道,"你放心,在我来这里之前,我已经把所有的事情都解释清楚了,大家都知道一切都是墨以然自己设的局,让你掉进去!跟他们解释完之后,我就马不停蹄地跑过来跟你说了,生怕你想不开,你瞧我对你多好!"

墨忘刚说完,初末就噌的一声站了起来。

墨忘被她吓了一跳,问她做什么。

"我要去找流年,我一直误会他,以为他不信任我,没想到……"说到这里,她再也说不下去,拿了外套就要往外面跑。

幸好墨忘及时拉住她,他说:"你别去找他了,就算去了也找不到。"

初末迷茫地望着他,问:"为什么?"

"你傻了啊!如果他没去美国,怎么可能把我给弄出来?现在我回来了是没错,可是他还没回来呢,听说是从美国直接飞去了C市那边,参加什么义务演出去了。"

初末有些着急,问:"那他要什么时候才回来?"

墨忘想了想说:"最少都要十天半个月吧……"

听到这里,初末心都凉了……

墨忘瞧她那样子,感到有些奇怪,问:"难道流年没有告诉你么?你们之前的关系不是很亲密么?"

初末难过地摇摇头:"都是我不对,错怪了流年……现在他不在,我都不知道该怎么办……我真是笨死了!"

墨忘顿了顿,才问:"你们在我不在的这段时间里发生了什么?"

于是,初末就将昨天发生的事情还有在墨以然家发生的事情都一五一十地告诉了墨忘。

墨忘当时一副恨铁不成钢的样子对着初末狂摇头,他说:"你说流年智商那么高的人怎么就喜欢上了你这么个智商低的女人呢?"

"……"

这次,初末没有跟墨忘顶嘴,她心里难受死了,不管墨忘这时候怎么骂她,她都不会还嘴。

墨忘叹了一声:"算了,现在流年都走了,你再难过也没用,还不如等他回来再说。如果他真的生气不想理你的话,也不会去美国把我弄回来,说明他还是很在乎你的!"

墨忘的这句安慰的话又给了初末一点点的希望,她眼睛晶亮亮地看着他,问:"真的?你觉得流年还是在乎我的?"

墨忘被她晶亮的眼睛看得浑身一抖，下意识地点点头："肯、肯定是这样的！"然后迅速地转移话题，"看在我马不停蹄地来跟你解释的分上，你是不是得请我吃饭啊？我都快饿死了。"

虽然初末此刻没什么心情吃，但因为墨忘给了她一点点信心，所以此刻的她格外好说话。

"我带你去我们食堂！"

"……"

虽然墨忘自从念完大学之后就发誓再也不要吃食堂了，但此刻真的是太饿了。不得不委曲求全了。

当初末在前面带路的时候，墨忘忽然说了一句："小末末，你知不知道你现在像什么？"

初末疑问地看着他："像什么？"

"导航犬啊！"

初末："……"

导你妹！

来到食堂的时候，因为时间尚早，里面极少人。

但即使少人，墨忘那一身病号服的穿扮也引起了其他人的注意，尤其是打饭的大婶，看着墨忘，笑眯眯地说："这是哪家医院跑出来的病号小帅哥啊，长得可真俊呀！"

墨忘笑眯眯地看着大婶，指了指初末说："姐姐说我是延桥路1000号(精神病医院地址)出来的……"然后又指了指放在柜台上的白粥说，"我要喝这个！"

Part 5

直到帮墨忘端着白粥离开，身后都能听见几位大婶遗憾叹息的声音："真是可怜，这么个俊俏的小伙子，居然是个神经病……"

墨忘吧唧地喝着粥，看着什么都没吃的初末问："你怎么都不吃东西？"

初末摇摇头："没胃口。"

墨忘啧啧地摇头："你这样不行，瞧瞧自己都瘦成什么样子了！再瘦下去都要变形了，怎么跟那些女人争流年？"

初末看了眼他，说："你自己不也瘦骨嶙峋的，还有理说我！"

墨忘摸摸自己的脸,叹息了一声:“没办法,人家有病。”

“不孕不育?”

墨忘刚要反驳,只听噌噌的高跟鞋声音,两人同时转过头,见墨以然拿着一杯水飞快地走到这里,把杯子里的水泼在了初末的脸上。

这毫无防备的一泼,让四周都诡异地寂静了下来。

墨以然趾高气昂:“杨初末,我还真能耐,我把人弄去美国了,你还能把他给弄回来。现在你开心了是吧?全世界的人都知道我自导自演了一出好戏!”

墨忘蹙眉,不赞同地看着她:“在家里闹就行了,你在这里闹了这一出,是想干吗?”

这一说,把墨以然的矛盾直接转移到墨忘身上,她说:“墨忘,你到底站在哪边?我才是你的姐姐!你跟这个女人才认识了几天,就跟别人掏心掏肺的?要不要也把IMB的资产整个掏出来,双手奉给这个女人?”

墨忘显然也不是个好惹的主,他直接顶回去:“我就算要把IMB的资产掏出来给她,你能拿我怎样?别忘了你们要我回来的目的不就是让我继承IMB,以后这些都是我的,我爱给谁,你能有什么意见?要怪就怪你墨以然投错胎,没有继承家业的能力!”说完他又冷笑一声,“噢对了,像你这样恶毒的女人就算是投对了胎,估计也是投成毒蛇啊毒蝎子吧?不然怎么能体现出你的恶毒?”

之前初末就已经领略过墨忘的毒舌,此刻才发现自己领略过的只是一些皮毛而已。

墨以然心寒:“我当时就不应该站在爸爸那边把你给接回来,墨忘,别忘记今天你有的一切都是谁给你的!如果不是我找到你,你以为你现在能站在这里对我大吼小叫?你早就被别人活活给打死了!”

墨忘皮笑肉不笑:“别说得好像我双膝跪下求你把我找回来的,不过你这话倒是提醒了你自己,我可不是你的亲弟弟,所以最好别在我身上有多大的期望。到时候别怪我把IMB给卖了,把老墨的一生心血都毁了!还有,别怪我揭了你的老底!”

墨以然脸色一变,但依旧态度蛮横地瞪着墨忘:“你在这里说什么胡话!我有什么底?”

墨忘继续皮笑肉不笑:“你做的那点事,别人不知道我还不知道?”

“墨忘你别血口喷人!”

“我有没有血口喷人你自己心里清楚!”墨忘说,“你骗初末说跟流年上过床,实际上是什么?你勾引流年没成功,别说上床了,就是床角都没有碰到。你明知道在流年跟初末分开的这两年,两人之间出现了隔膜,流年是不会解释的,所以就更加挑拨他们之间的关系!”

墨忘这句话一出,全场安静,初末感到不可思议地冲上前,抓着墨忘说:“你刚才说什么?”然后转身对着一旁面色十分难看的墨以然问:“那天在酒吧里,你骗我?”

大抵是事情已经到了这样的地步,墨以然觉得再装下去也毫无意思,她冷笑:“骗你又怎样?就你这么蠢才会上我的当!如果你对流年信任的话,会仅听我的一面之词?呵!像你这样的人怎么配得上流年的爱?”

“那就凭你这样又配?”墨忘笑道,“一个从来都没得到过自己喜欢的男人正眼瞧的人,有什么资格嘲笑被你男人正喜欢,并且会一直喜欢着的女人?”

“你!”墨以然用手指虚指了指墨忘,如果眼神能杀人的话,墨忘估计已经被杀死了,然后再被鞭尸一百遍啊一百遍!

就在两人冰火不相容的紧张时期,站在一旁看了许久的大婶有些看不过去,走上前对墨以然说:“这就是你做姐姐的不对了!”

墨以然感到莫名其妙地看着突然冒出来的大婶。

但听大婶叹息地凝望着墨忘:“这么一个俊俏的小伙子得了神经病就已经很可怜了,你为什么还要跟一个神经病过不去呢?”

“……”

墨以然看那大婶像看神经病一样,转身就要走。

“等等!”一直未吭声的初末忽然叫住了她。

墨以然听见声音,下意识转身,迎面就迎上了初末泼过来的白粥,原本趾高气扬的女王在这一刻变成了狼狈的婢女。

初末冷冷看着她。说:“这是还给你的!”

然后转身就往食堂外面走。

Part 6

一直走到操场上,才听见墨忘在背后的鬼哭狼嚎:“杨初末你等等我啊太没良心了啊你只顾着一个人跑把我丢给那个恐怖的母夜叉……”

初末无奈转身,见墨忘气喘吁吁的,她忽然笑出声来:“我可是领略过你毒舌起来比母夜叉还恐怖!”

墨忘瞪眼:“你以为每个人都跟你一样。碰见事情都忍气吞声?”

“我没有忍气吞声啊!我都当着那么多人的面泼她一脸白粥了,还要怎样?杀了她,然后上新闻联播吗?”

“……”

初末想了想又说:“话说你好像很看不顺眼你姐的样子,再怎么说她也是你的姐姐,你这样,回去好交差吗?”

墨忘嗤之以鼻:“我要交什么差?我巴不得他们一辈子都别来找我,就墨以然那人精,跟她爸爸一样,诡计多,不过她如果有她爸爸一半聪明,做事滴水不漏,这次也轮不到我们占上风了……话说我现在得罪了墨以然,没地方住了,你是不是应该收留我?”

初末说:“我自己都住寝室,怎么收留你?”

“我陪你住寝室啊!我不介意的!”

“我介意!”有时候初末都怀疑这家伙是不是有住女寝室癖。

“哎,你怎么能这样呢?你看我现在为了你得罪了墨以然,家里人肯定也不会放过,你现在倒好,撒手不管了,你对流年家的那只狗都有同情心,怎么老不把我当人看呢!”

“嗯,你是八戒。”

“你还大师兄呢!”

“二师弟你好!”

墨忘翻了个白眼:“虽然你是流年的女人,可要不收留我,也别怪我对你狠起来!”

初末挑眉看着他,想看他能怎么对她狠起来。

但见墨忘忽然露出一抹神秘的微笑,然后忽然指着初末大哭大吼:“大家快来看啊!你这个狠心的女人,我为了你从家里逃跑出来,又出了车祸被送进医院,你居然背着我跟你的奸夫同居了,你怎么能这样对我!我要诅咒你!我要让大家都知道你是怎样的人,希望你今年毕不了业!”

初末:“……墨忘你别闹了!”

“哼!我没闹!我说的是事实,你不敢承认吗?你害怕了吗?心虚了吗?”

为了防止操场上越来越多怀疑的眼神,初末直接拽着墨忘的病服往寝室的方向走,边走,墨忘还在那里大吼大叫:“救命啊!杀人灭口啦!快点报警啊!”

初末只能边走边向投过来的眼神解释:“不好意思,我弟弟是从精神病医院跑出来的,我现在送他回去!”

墨忘:“……”

对于墨忘的死搅蛮缠,初末真是一点办法都没有,最后只能将他往女生寝室领,反正这家伙顶着一张IMB小王子的脸,在女寝室进出也是畅通无阻。

就在两人走到寝室楼下的时候,墨忘忽然喊住了她:“等等!”

初末以为他良心发现,想通了,连忙放开他。

墨忘说:“我得回去换套衣服,再整理好这几天的行李搬过来。”

是要在这里一直住下去吗?

见初末不语,墨忘噘了噘嘴巴,做出一副你反悔我就要精神病发的样子。

无奈,初末只能跟着墨忘去拿衣服。

他是开车过来的,一辆帅气的兰博基尼。

跑车就是跑车,开起来快得卷起一地尘埃……

初末有些心脏受不了,埋怨道:“开这么快赶去洞房啊?”

“跟你吗?”

“……”

当她没说好吗?

墨忘在收拾的时候,初末就站在门口看着,当看见他又换上了一套“结婚礼服”,再将几件备用“礼服”放进行李箱的时候,她脑子里一行乌鸦飞过。

然后看见他将洗发水沐浴露什么的都放进行李箱,她也忍住了。

但当她看见他将搁在床桓上的相框装进行李箱的时候,终于忍不住:“不用这么夸张吧?”

哪知道他可怜兮兮地转过头说:“你那么穷,洗发水肯定是廉价的,我才不要用……何况像我这种很少出远门的人,当然要带着相框在身上时刻保持对自己的思念……”

初末说:“挂在我们寝室门口辟邪吧!”

第十三章　请别对我这么好

这世上有些人注定是心上的劫，有些人注定是要被辜负的。

Part 1

没上大学之前，感觉大学是甜的，是梦想开启的地方，上了大学之后，发现大学酸甜苦辣俱有。

离开了大学踏入了社会，感觉学了四年的东西，有用的很少。

但我们最怀念的还是那段校园时期，因为那是生命中最纯粹懵懂的时刻，也是最难得清闲的时光。

毕业典礼的时候，夏图一大早就把初末拉起来，穿着毕业服去拍照，说等到下午天气太热出去会中暑。于是校园的各个角落都有了两人的身影。

最有趣的是，一大早就不见踪影的墨忘居然不知道从哪弄来了两个巨大的皇冠……像电影里欧洲城堡里的公主戴的那种。

他说："毕业这天你们就是女王，可要享受现在的生活，工作了之后，一切都不一样了。"

墨忘在寝室里住的事情，夏图是知道的。

她对这位 IMB 小王子可好了，不但把自己的床铺贡献了出来，还将自己收集的唱片全掏出来让墨忘签名，全程一副脑残粉模样。

那天学校很热闹，大家最后一次聚餐，这一次初末很正常，没有多喝酒，她静静地看着大家闹成一片，心里想着，如果这样的时候，流年在该有多好。

差不多快结束的时候，初末接到了罗子嘉的电话，问她能不能出来一下。

当初末下楼的时候,见罗子嘉的车子停在外面。

因为两个人在之前把什么都说开了,再见面初末稍尴尬,表面上她还是和往常一样微笑地问子嘉:“你怎么来了?”

“替你庆祝毕业的。”说着就递了一个盒子给她,“打开看看。”

初末没想到里面竟是个大相册,打开,从第一页开始,就是她的照片,她看书的样子,教室里学习的样子,食堂吃饭的样子,还有偶尔参加聚会时候的图片,毕业的时候穿毕业服的样子……很多都是抓拍的,看得出制作这本相册的人有多用心。

初末的照片不多,这个相册里都是宝贵的记忆,一瞬间居然有想掉泪的冲动,声音有些哽咽:“这些都是……”

“大学时光是人生中珍贵的一段记忆。”罗子嘉解释,“之前本来是想帮小希做一份。在她毕业的时候送给她给她惊喜。可是做了一半之后再也不可能完成了,所以……说好从今以后把你当成妹妹看待,所以给你作为妹妹所有最好的待遇。”

“对不起……”不知道为何,到如今,她脱口而出的好像只剩下道歉。

之前对流年是这样,对罗子嘉又是这样。明明以为做的都是对大家都好的,却不知道到了最后错的好像只有她,“我欠你的实在是太多了。”

子嘉却笑:“什么欠不欠的?你忘记了,我答应过小希要好好照顾你的?看见你越来越坚强,我很开心。”

初末低头沉默了许久,最后终于鼓起勇气,说:“以后不管你要我做什么,只要我能做到的,一定义不容辞!”说完后,看着子嘉觉得好笑的神情,她的勇气顿时扁了下去,喃喃地说:“我说这话是不是特别幼稚啊?像我这样的人能帮到你什么呢?你本身就那么优秀,我不要你回头来帮我就好了……”

“怎么忽然这么不自信?一点也不像我认识的杨初末啊。”子嘉说,“你能帮我的可多了,比如说每天帮我多笑一点,多对自己好一点,比任何帮助都有用。”

初末抿着唇,拼命的忍着,她本来就很感动了好吗,再这样下午,她一定会忍不住嚎声大哭的。

“好了,别这样了。”子嘉像大哥哥一样拍拍她的肩膀,道:“初末,其实我一直有个问题想问你。”

初末吸吸鼻子:“你说。”

“如果我在流年之前认识你的话,你会喜欢我吗?”

“……”初末本来是打算很认真地回答他的问题的,只是没想到他问出的问题会是这个,一时间又只剩下沉默。

过了片刻,还是罗子嘉释怀地笑笑:“好了,你不用说了,我已经知道答案了。其实我也只是随口问问,明明知道你跟流年从小就认识,我能怎么早?打从娘胎就认识你吗?那不成你亲哥哥了?”然后他又道,“既然是这样的话,那么是不是应该给我一个兄妹间的拥抱?”

初末愣了一下,笑着点了点头,然后就抱了他一下。

分开后,子嘉站起身:“好了,你进去吧,我要走了。”

初末抱着相册,点点头:“那……再见……”

“嗯。”

目送她上楼的背影的时候,子嘉忍不住又叫了一声:“初末?”

“嗯?”

初末回头,便看见子嘉站在路灯下,黄晕的光线打在他身上,仿佛周身都在发光,她听见他说:“初末,一定要让自己幸福,别再委屈自己。如果真有不幸福的时候不要忘记了,我一直都在你身后。”

初末想,虽然她不爱罗子嘉,但一辈子都不会忘记这个总是在她最低迷的时候出现的男人。

这世上有些人注定是心上的劫,有些人注定是要被辜负的。

Part 2

跟罗子嘉见面之后,初末没有再回包厢,而是直接坐公交回了寝室。

每天晚上睡之前她都会上一会儿网,了解一下流年在C市的情况。

有时候初末真庆幸流年是公众人物,因为这样,她才能时时刻刻地知道他的讯息。

今天,如同往常一样开电脑,搜索那个熟悉的名字,当电脑屏幕上显示“泥石流”三个字的时候,初末吓了一大跳!

C 市郊区发生了泥石流！那个郊区就是流年待的地方！

几乎是下一秒，她倏地从椅子上站起来，拿了背包就往外面冲。

当一直开着车跟着她到寝室楼下的罗子嘉看见她飞快地往外冲的身影时，眉头微蹙，他发动车子跟了上去。

墨忘和夏图回来的时候，已经是很晚了，寝室里只有电脑显示屏透露出的光线，墨忘叫道："姓杨的，你真是不够意思，居然一个人回来，也不叫我们！"

半天里面都没有回应。

夏图开了灯，看了空荡荡的寝室，感到奇怪："初末人呢?"

墨忘率先走了进去，里里外外包括洗手间也找了，都没发现，"电脑都开着，莫非穿了隐身衣，我们看不见?"

夏图看了眼电脑，道："初末走的时候没关电脑，应该不会去太远的地方……可是她的包怎么不在?"

在她说话的同时，墨忘按了鼠标，看了一眼屏幕上的内容，惊叫："这白痴不会跑到 C 市去了吧?"

"为什么?"夏图刚问，就看见屏幕上显示 C 市在三小时前发生严重的泥石流，目前已经有一百多人下落不明。

她将那句"为什么"收回，因为只要涉及慕流年的事，别说遥远的 C 市，就是北极，她也会毫不犹豫赶去。

夏图噼里啪啦地在键盘上打出一行字，搜索了一下，道："这么晚已经没有去 C 市的航班了，但是十一点有一辆去 C 市的火车，现在已经十点五十了，除非能飞过去。不然就算在马路上飙车也赶不到火车站。"

说完后，没听见身后有回音，夏图感到奇怪地看去，寝室里哪还有墨忘的身影！

从 B 市到 C 市，两天两夜的车程，初末赶得急，买不到卧铺，只有硬座。

当她决定咬牙坐两天两夜车的时候，居然有个好心的大婶跟她换火车票，说原本她是去 C 市看儿子的，但临时有事就不去了。说完就把火车票塞在初末手里，初末低头掏钱给她的时候，一抬头……眼前哪里还有大婶的影子。

如果不是手上的火车票，她几乎以为刚才的事情是幻觉。

不远处，罗子嘉将小费拿出来当作是对大婶的感谢，大婶忙说

“不用了”,她说:“那个小丫头是你的女朋友吧?两人吵架了么?小丫头长得挺漂亮的,要是知道你这么用心,肯定就原谅你啦!”

罗子嘉笑了笑,他的手上也拿着一张去C市的火车票。

这些初末自然是不知道的,此刻她坐在靠窗的角落里,恨不得立刻就飞奔到C市。

怎么会突然就发生泥石流了呢?偏偏还是在他待的地方,也不知道流年现在怎么样了,电话也打不通……不知道上次她丢了他的电话之后,他有没有买过一个。如果没有电话在身边的话。别人怎么能找到他?

一路上初末的脑子都不平静,一心只想赶紧到目的地,那时候她心里只有一个念头,如果流年有什么事,她一定不会独活!

两天两夜的车程对于她而言不亚于一个世纪,当好不容易快要到的时候,火车却临时停车在靠近C市的一个小站台上,据说是遇上了泥石流,暂时停车。

这一停就是大半天,对于心急如焚的初末来说,别说是大半天,就是一个小时都是煎熬。

火车临时停车,车门是打开的,方便乘客下车呼吸新鲜空气,顺便买吃的。

所以初末在无尽的等待中,终于忍不住收拾包下车准备离开。

谁知道一下车,就看见站台那边许多举着牌子的人,大多都是女生,有专门的工作人员在维持秩序。

初末上前一问,才知道这些都是Leonardo Mu的粉丝,知道Leonardo Mu被困在这里,大家都自发地来找他的,想知道他是不是安全。

但由于人太多,前方情况又不明,工作人员自然不能将他们都放出去,所以粉丝们集体抗议。

初末眼睁睁看着前面的门被关起,为了安全,大家都只能暂时留在这里。初末庆幸没有跟这团粉丝在一起,也许是他们的目的太明显,所以工作人员才将他们留下,听说他们的目的地是泥石流现场,更有人扬言要亲自去将Leonardo Mu救出来。

初末跟着这一站下车的人一起离开,忽然觉得不管这些粉丝最终有没有到现场,老天看见世上有这么多爱流年的人,也不舍得他有危险吧?

出了火车站，初末看了一眼这一站的名字，在地图上搜索了一下，离她要去的地方并不远，所以她打了一辆车，要往她去的地方赶。

那司机一开始很热情，听说她要去泥石流现场，便有些犹豫，说："小姑娘，不是我有生意不做，听说那边情况很恶劣，我们载客的都没人敢去那边，要是又一个泥石流下来，命可就没了。"

初末听着，眼泪就吧嗒一声掉了下来，她说："很严重吗？我的家人被困在那里，我好担心。我刚看见泥石流的新闻就坐火车赶了过来，可是不能去找他，我……"说到这里，她竟哽咽得再也说不下去。

初末是真的很用心在哭，所以那我见犹怜的样子让司机受不了了，他说："哎，小姑娘你别哭啊！你一哭我就想到我那女儿，每次送她去上幼儿园，就像送她去刑场一样，哭得我那个揪心……这样吧，我载你过去，那边是山区，所以我只能把你载到山区外面，剩下的路，你自己考虑怎么整吧！"

初末眼泪瞬间跑光光，她抓着司机的手一通感谢："真是太谢谢您了！"

眼泪虽然是世界上最没用的东西，但是偶尔也能发挥它的价值。

初末并不是一个会用眼泪去装可怜的人，但这一次是真的没有办法……她想要找到流年的心太迫切，无论以什么方式，只要能再看见他，要她怎样都行。

Part 3

去目的地的距离并不远，司机做了好人，也只敢开在山的外面，初末从窗外望去，前面就是大山里，路应该是后来人工开出来的，左右两旁都是巨大的山石。

初末付了钱下车，正要往里面走，身后传来司机的声音，他问："小姑娘，你真的打算就这样进去啊？"

初末转身，微笑："是的啊，我喜欢的人就在里面，我已经迫不及待地想要去见他了。"然后她又对司机说，"谢谢您送我过来，至于之后的路，我自己会小心的！"

说完，她便离开。

她从来都没有像现在这样，可以明目张胆地，接近流年。

虽然她保持很乐观的精神，但往回开的司机却忧心忡忡，觉得自己是将一个小姑娘往火坑里面推。一路上他也不断劝阻她,让她别独自一人去。可那小姑娘也不知道着了什么魔,怎么劝都不听。

司机一路开着一路不安,就在他快要开回到城里的时候,忽然又见出动了许多武警、消防车往他来时的方向开,一抹不安的感觉浮在心头。

心下一喊,糟了!该不会说什么就来什么,这边也发生泥石流了吧?

越想越不安,将车掉了个头,就跟着那群救护车开,越开到背后,冷汗越多,这越来越接近方才的地点,再往下一段路,如果是右拐的话,就绝对不会错了!

虽然司机才跟初末见过一次面,但也希望这小姑娘没事,不然他可称为间接的杀人凶手了。

可即便在心里祷告千万次,跟在救护车背后的司机还是眼睁睁地看着那些车往右拐,到达了他方才的目的地。

刚才还好好的路,现在已经被封住,看不见尽头,也找不到半个人影。

初末怎么也没想到,自己只是走了几十分钟,就听见后面传来轰隆隆的声音,还未来得及回头,就看见了她这辈子都忘不掉的疯狂场景。

那原本坐落在两边山上的石头飞速而下,带着大量的泥沙蜂拥冲下,来势凶猛。

她吓呆了一般站在原地一动不动,眼看着就要被泥沙覆盖,一股巨大的力量扯着她跑,她本能跟着。

耳边传来震耳欲聋的声响,仿佛在下一秒,她就会被那稀释的洪流给掩埋。

不知道跑了多久,她觉得呼吸越来越急促,仿佛下一秒心脏就会承受不住这样的负荷停止。

鼻息间掠过淡淡的烟草香夹杂着泥土的味道,初末只觉自己被抱在一个结实的怀抱里,耳边噼里啪啦石头砸下来的声音,令人胆战心惊。

仿佛过去了一个世纪那么长久,初末抬头的时候,就看见令她根本想不到的面孔出现在眼前:“子嘉……”她轻声叫道,待到看清时,才发现罗子嘉的额头上在流血,“你……”她噎住,一时间不知道该说什么。

他一定是刚刚在护住她的时候被石头砸伤的。

初末连忙在背包里翻了一通,结果除了找到纸巾,其他什么都没有。

见她那么慌乱的样子,罗子嘉安慰:“我没事,不过小伤而已。”然后接过她受伤的纸巾,把血暂时止住,黑眸上下打量了她一番,道,“你没事就好。”

初末咬着唇,不知道说什么好,在这样的时候,他居然关心的还是她有没有受伤。

她问:“你为什么一直跟着我?你那么聪明的人一定知道很危险,为什么不阻止我而是跟着我?”

罗子嘉笑了笑说:“你别这样跟我说话,让我感觉像是在兴师问罪。”

她看着他,不说话。

罗子嘉只能妥协:“如果我一开始阻止你的话,你那么担心流年,会听我的吗?所以我一直跟着你,想着虽然这边经常发生泥石流,但应该不会那么凑巧吧。谁知道还真的被我们碰匕了。”

他说得轻松,仿佛这恐怖的泥石流不过是刚好翻过的海浪。

初末垂着脑袋,看着自己的脚尖,她说:“子嘉,你别对我这么好,我怕我还不起。”

Part 4

酒店的会议室内,穿着一身白色衬衫的男子站在窗前,外面是灰蒙蒙的天空,仿佛下一秒就会有暴风雨降临。

身后的经纪人在说话:“平安的报道已经发出去了,据说已经有很多粉丝自发地阻止去泥石流现场,而且要去那边,这个镇子是目前唯一能过去的渠道……所以我在想,是不是不要告诉媒体,我们已经在这里暂住,不然到时候粉丝一拥而来,场面会失控,也会引起一些不必要的麻烦。”

“如果他们以为报道是假的,还是去了泥石流现场,到时候发生什么事情,你负责吗?”男子声音淡淡的,却给人一种莫名的压力。

于是著名钢琴家 Leonardo Mu 平安的消息便第二次被放了出来,

经过一番舟车劳顿,Leonardo Mu 暂时在郊区镇边的一家酒店休息。

司机在收音机里听到这则消息的时候,忽然想起早上那小姑娘说要救的人不就是那个 Leonardo Mu。

现在倒好,要找的人被救出来了,原本平安的人却不知道踪迹。

司机想了想,立马驱车往录音机里说的地址跑。

在得知 Leonardo Mu 就在镇上的酒店,几乎半个小时的时间,酒店门外就聚集了无数粉丝。

助理正在会议室跟经纪人商量什么的时候,接到了前台的电话,挂了之后,她有些犹豫地说:“刚才前台打电话来说外面有个本地的司机想要见流年……好像说是一个粉丝为了去现场找他,结果遇上了泥石流,至今下落不明。”

经纪人掀了掀眼皮:“那人是他女儿吗?现在的人最喜欢用这样那样的借口,为的只是见流年一面,如果不是司机的女儿,他那么热心肠做什么?肯定在撒谎!”

那助理听了也不敢多说什么,要说以前参加过那么多演出,这样的事情不是没有发生过。更有一些疯狂的粉丝,为了想见流年一面,站在 B 市最高的楼顶上威胁,若是流年不出来,她就从那上面跳下去。

如今太过于被人喜欢,也是一件令人烦恼的事。

如同往常一样,这样的事大多都会被当成耳边风一样,左耳听,右耳就出了。

两人继续商谈着别的事。

就在这时,外面忽然传来急促的敲门声,助理把门打开,就看见来人急急忙忙地说:“姐!你快去拦住流年,刚才他接了墨少的电话,听说那个杨小姐过来找他了,可现在一直都联系不到人,电话也接不通,流年现在要亲自去找她呢!可现在外面的粉丝那么多……”

她话还未说完,经纪人就立马冲了出去。在过道拐弯的时候将流年给拦下。

他说:“流年,你别太冲动,先了解下具体情况再做决定,现在外面那么多人,你出去不安全!”

对于经纪人的话,流年只给了冷漠的两个字:“让开!”

经纪人叹息了一声,知道就算自己想拦也拦不住,这男人只要碰到杨姓的那位小妹妹,什么理智都没有了。

Leonardo Mu 的出现,必然引起轰动。

那司机就是在这样拥挤的情况下,再加上自己奋勇向前的精神挤到前面的。

因为都是女粉丝,所以他一出现……还是个中年大叔,让周围的人都愣了一下,也是在这样的空当中,司机操着大嗓门喊:"你就是那个 Leonardo Mu 吗? 你快去救救你的女粉丝,她现在还下落不明啦!"

他话刚一出,就有其他女粉丝嚷嚷:"大叔,你认错人了吧? 我们粉丝都是组团来的,听到男神没事,我们都是点完名,确定没人失踪才一起来这边的,怎么可能有人落单?"

那司机一听被人怀疑了,赶紧说:"大闺女,我没骗你呀! 我说的都是真的,那小姑娘一个人啥也没带,说是要去找什么什么慕,还哭得很伤心,说是他的亲人! 如果不是听了广播,我也不知道她其实是追星追来这里的……"

那司机话还没说完,流年就忽然问:"她叫什么名字?"

男神一开口,现场立马就安静了起来。

那司机想了想,道:"她没告诉我名字啊……就一小姑娘嘛,挺柔弱的样子,性子却倔,我说了那里不安全,她非得去……"

听到这里,流年的脸色都变了,他说:"她下车的地点在哪里?"

"就是刚发生泥石流的那个地方……"

话还没说完,流年便迅速穿越人群,坐上了最近的一辆跑车,风驰电掣般离开。

要测试你喜欢的人有多重视你吗? 只要你生个病,可能只是一个小感冒,或者只是下楼梯崴了一脚,让他知道。他用多快的速度赶到你身边,就证明你对他有多重要。

但对于初未来讲,从来都不用这样的测试。

因为即使生活风平浪静,只要她开口,他都会陪在她身旁。

从来,先离开的那个人,都是她。

Part 5

流年到了泥石流现场的时候,大部队已经撤离了,因为这里是郊区,旁边没有房屋,平常也没人会在这里活动,所以在做完现场勘查,确定没人之后,他们设置了显眼的封路标识,便离开。

司机是跟着流年背后到这里的,看见面前空荡荡的,一个人都没有,奇怪地张了张嘴,欲说什么,然后似是想到什么,狠狠捶了一下双腿:“我刚才居然忘记跟他们说这里之前有人进去了!他们肯定是看这边荒凉不可能有人进入,所以早早撤退了!”

毕竟人力有限,一部分小部队还要去援助灾难更严重的现场的大部队。

他看着站在前方眉头紧锁的流年,问:“现在该怎么办?”

流年沉默了一会儿,说:“大叔,急救电话麻烦你来打,我先进去救人。”

司机“哦哦”了两声,立刻就掏出手机打电话,没想到自己这么大岁数了,居然还不如一个年轻人那么镇定……刚拿出手机拨电话,又觉得不对,转身道:“小兄弟,你怎么能一个人去救人?万一没救出来,另一个……又陷、进去……”

眼前哪里还有流年的身影。

司机走上前看着那泥石流,没有脚印,也不知道他往哪里离开的,莫非这里还有其他去里面的途径?

来不及多想,他赶忙拿出手机拨电话。只希望两个年轻人都平平安安才好。

不过……他还是第一次看见,一个著名的钢琴家居然会为了一个女粉丝连命都不要往危险里钻。

流年将车绕了一个大圈,试图从山的背后进去。

从地图上可以看出,山前面开了路,山背后却是灌木密集。好在这边没发生什么情况,流年看了一眼天气,从后备箱里拿了雨衣穿在身上,再将后备箱里一块没用的布带在身上。

从前面靠一个人的能力是不可能走到山中间,唯有往这里试试,只希望初末命大,能够被他找到。

山上的路本就难走,可以看出这里从未被人开发过,树木密集,灌木丛生,如果不看仔细很容易会被不知道哪里窜出的藤条给划伤。

此刻乌云更加黑压,低矮,空中闪电不断,不一会儿,倾盆大雨便落了下来,让本来就难走的路更加难走。

流年目测了一下前面根本看不见的路,在路旁捡了一根粗壮的树枝探路。每走一段,他都会撕下一小段布条绑在树枝上,这样的环境,迷路的危险太大,即便是曾经有过野外求生经验的流年也不得不做防备。

这是一次根本就没有准备的“探险”，即便是在别人眼中无所不能的流年，在经过了一小时的行走，也变得狼狈不堪。

好在雨总算是小了一些。因为下了一场雨，泥泞的路特别的滑，当流年好不容易走出一片树林的时候，就看见前面不远处，有一个泥人。

没错，是泥巴堆成的一个人，球一样圆滚滚的肚子和脑袋，石头是它的两只眼睛，树枝是它的一双手。

当流年走过去的时候，就看见一身都是泥，已经看不见原本面目的人靠在泥人身上，沉沉地闭上眼睛。

他蹲在她身边，第一次，如此害怕地伸手在她的鼻前轻轻地试探了一下。

当那微弱的呼吸触碰到他的手指尖，那一颗担忧的心，才彻底地安了下来。

“杨初末，你这只猪！”

当初末迷迷糊糊地睡着时，便听见这一抹冷漠又恼怒的声音。

她睁开眼，看着眼前那张熟悉的脸，眨了一下眼，又感到不可思议地眨了一下，她激动地伸手，却又缩了回去，摇摇头，自言自语：“我肯定又是在做梦，刚刚也是这样，梦见了流年，可是一伸手，摸到的都是空气。”

也不知道她这句话哪里触怒了流年，他忽然起身，将她堆好的泥人用力一推，泥人便倒在地上，烂成了一摊。

初末先是一愣，然后竟然哇的一声哭了出来，她说：“我本来就好惨了，被困在这里，只有个泥人陪我，为什么你还要跑到我梦里来把它给砸了……呜……”

流年眉头一皱，似乎是终于受不了她的智商，他走上前，抓住她的手往自己脸上按：“杨初末，你给我看清楚了，我现在真实地站在你面前，你不是在做梦！”

Part 6

初末被他忽然抓手的动作给吓到了，她愣愣地瞅着他，感受着他身体传达而来的温度，感到不可思议地伸手在他的脸上、身上乱摸，最后兴奋地扑进了他的怀里："流年流年，你真的是流年，不是我在做梦！我就知道，你一定会找到我的！我只要在这里等，你就一定会找到我的！"

流年虽然气她的鲁莽行事，但在这一刻，找到她胜过一切，他用力将她紧紧抱着，那么大的力道，仿佛再也不会放开她。

似乎抱了一个世纪那么长久，两人终于分开。

初末这时候才有空仔仔细细打量他。

相比自己的惨状，流年似乎也没好到哪里去，一向爱干净的他身上都是泥土。即使穿了雨衣，身上也被淋湿了好大一片，那白色的衬衫湿漉漉地沾在他壮硕的胸膛上，竟然有种道不明的性感。

初末觉得自己真是花痴不分场合……这样的情况下，居然还能用"性感"二字来形容此刻的流年……

"怎么脸红了？"此刻的流年完全没有往那方面想，他担心着，她一个人在这里待了这么久，又下暴雨，冷风吹，不禁伸手去探她的额头："生病了？"

被流年这一关心，初末觉得更窘了起来。

她脸红地摇了摇头，使劲地想让自己脸上的红晕褪下去，不禁转移话题："流年，你怎么来的？怎么只有你一个人？"

还好意思问！流年将她扯到一边，将带来的雨衣帮她穿上，触碰到她冰凉的肌肤时，俊脸上的不悦更明显了，他冷着一张脸教训："杨初末，如果你以后再敢做这么危险的事情，我再也不会来找你。让你自生自灭！"

刚才还柔情款款的人忽然变得这么凶，初末一时间接受不了，她嘴巴习惯性一扁，辩解道："我以为你被困在里面，所以才跑来救你的……"

"救我？"现在究竟是谁救谁啊？流年简直哭笑不得。

"我承认自己没用，但是你也不能看不见我有多担心你啊！一句话不说就跑到这么远的地方来……你都不知道我听说这里发生了泥石流那种担心得快要死了的心情。"

什么是恶人先告状？估计杨小姐已经练得炉火纯青了。

见流年没说话，初末也有些自知之明，她想到之前的事情，抱歉地说："你跟墨以然之间，我都知道了……你们并没有……反正，对不起，是我蠢才会上了墨以然的当。现在我终于能体会当时我被墨以然冤枉的时候,你不出来帮我的心情了,是我活该,我应该承受的。”

她吧啦吧啦地道歉了这么多,对方却始终沉默,让她有些心凉,想着流年是不是还在怪她。

应该是的吧,毕竟受了那么大的冤枉,要原谅的话,也不是那么简单的事。

只能怪她没有大脑!

就在初末在脑袋里构想,以后要努力对流年好,要努力把流年追回来,做个有大脑,不能一碰到流年就智商失常的女人的时候,流年问:“要说的话都说完了?”

她疑惑地瞅着他。

流年看了一眼天气,道:“有话回去再说。”

初末顺着他的视线看过去,天还是黑压压的,她刚才只顾着说话,完全忘记了他们现在的处境,张了张嘴欲说什么,然后又忽然扭头跑到塌了的泥人旁边,弯腰将泥人给扶了起来。

流年不赞同地问:“你在做什么?”

初末说:“我好不容易滚出来的泥人,你给我一分钟,我把她恢复原样就可以走了!”

“……”

一分钟后,初末看着和方才一模一样,修补得未有任何漏洞的泥人,微笑地对流年说:“我只是看不得它塌在这里的样子,也许我们走了之后,它最终还是会被雨水冲掉,但至少在我最后的印象里,它是完整的。”就像他们的感情,如果能修补得没有任何隔膜,那该有多好。

流年沉默地看了她几分钟,最后问:“要不要我帮你跟泥人合个影?”

初末嘴角抽了抽,明明是这么煽情的一个场景,为什么流年如此不配合。

当初末因为流年的出现而忘乎所以的时候,没有发现不远处,手上拿着几个果子的罗子嘉站在那里许久,那眼里的失落,是在任何人面前都不会表达而出的情绪。

当初末看见他并且叫了一声的时候,他眼中的失落很快便被抹去,恢复过来的眼中是如往常一般的清明沉静,他微笑地走过来,将果子递给初末:“这里没什么吃的,将就一下吧。雨停了,差不多可以走了。”

与流年对视,两个男人眼中的思绪只有彼此才明白。

好在这样的尴尬并没有持续太久。

这时,远远地有人在喊,三人朝远处望去,竟是救援队威武雄壮、浩浩荡荡地往这边走来。

墨忘充分发挥了 IMB 小王子有钱有势的背景,带着一千专业人等来救援了。只是他自己也掺和进来,在人森林的时候,没注意脚下被雨水冲洗了的泥泞路,一个不慎就滚了下去。

于是被困在里面的三人都成功被救出,墨忘住院了……

Part 7

流年、子嘉和初末三人从医院出来之后,子嘉率先开口:“今天还真是凉心动魄的一天,现在没事了,流年,你照顾好初末,我就先走了。”

说完对初末笑了笑,便转身要走。

“子嘉。”初末忙叫住,其实她也不知道自己要说什么,可就是觉得心里很内疚,他额头上伤口包扎了,他的后背上都是为她挡住乱石而砸出的红肿,可是他却一直提都不提,若不是医生发现,可能他会一直瞒着她。

初末心里很难受,想说很多话,却无从说起,最后只说了声:“子嘉,谢谢你今天救了我。”

“不用。”他始终都是温柔地笑,“以后不管遇到什么事,都别再这么冲动就是对我最好的感谢。”

“嗯,我以后都不会的。”

其实罗子嘉都知道,这姑娘也只有碰见流年的事情才会这么冲动,即使现在口头上答应了,下次再发生,她依旧会如此。他笑笑:“回去好好休息吧,我走了。”

这一次,初末没有拦住他,只是看着他转身离去的背影,忽然觉得他是那么孤独。

这世界上最难偿还的就是情债,初末在心底偷偷地问她的好友:“小希,你告诉我,我该怎么对你哥哥,他才不会这么难过?”

站在一旁沉默的流年自然是将初末的纠结看在眼里的,他依旧选择沉默，只是轻拍了拍她的肩膀，拉回她的神思，道："走吧。"

"嗯。"初末点头应了一声。

月亮高高地挂在天空中，冷清的色泽，它总是那么沉默地看着人间的悲欢离合，却从来都不会在人们为难的时候，告诉他们该怎么做。

流年没有送初末去寝室，而是去了他的公寓。

初末有心事，也没有想太多。当流年让她去洗澡的时候，她也乖乖拿了衣服去洗澡。

在浴室里泡了个舒服的热水澡，她觉得自己整个人都清爽了不少，心情也好了些许。

出来的时候，客厅里没有流年的身影，她到处找了一遍，最后发现流年在卧室穿衣服。

也是刚洗完澡，腰间只系了一条白色浴巾。初末第一个反应是愣了一下，随后痴傻地站在门口看。

流年的身材真好啊！该有的地方有，不该有的地方没有，那每一寸都仿佛是精心雕琢的艺术品，在如今这样一个男色当道的时代，像流年身材如此好，光看上半身就足以大饱眼福。

流年换好衣服径自从卧室走出来，对她花痴的目光已经习以为常，他说："你在家里好好休息。"

初末看他的样子，似乎要出去，便问："你要出去吗？"

"嗯，去医院。"

"是去看墨忘吗？"初末说，"那你等等我，我也跟你去！"

说完也不等流年答应，就飞速地跑到卧室里面去换了衣服，站在流年面前说："走吧！"

虽然知道墨忘摔得很惨，但到医院的时候，看见墨忘浑身都被绷带包了起来……初末才真正体会到什么叫作很惨，她心有余悸地抓着流年的手臂，紧张地说："流年，你说墨忘是不是以后会变成残疾人啊？他肯定会怪我害他成这样的……"

流年瞥了她一眼："知道就好，所以以后别再任性了。"

虽然墨忘的伤跟初末压根没半点关系，但流年还是顺着她的罪恶感说下去，不然她一直这样任性，总有一天会出事的。

听流年这么一说，初末顿觉万分沮丧，甚至怀疑人生。

并且，让初末更怀疑人生的是，人生居然安排她跟墨夫人，也就是墨以然和墨忘的妈妈在这样的情况下……见面了。

其实墨夫人是来看墨忘的。

远远地,初末便听见高跟鞋的声音,墨以然挽着一位气质高贵的妇人往这边走来,初末虽然心里对墨以然有些疙瘩,但依旧有礼貌地朝她们笑了笑。

只是墨以然高贵冷艳样子,眼神特别冷地瞥了她一眼,就像是在看一只蟑螂一样嫌弃,然后转脸对流年,瞬间笑得跟花朵一样美丽,她说:"流年,你没事真的太好了,你不知道,听说c市发生泥石流,我好担心,本来我想要跟墨忘一起去找你的,可我妈不让……"

被她挽着的墨夫人瞪了她一眼说:"你去做什么?去了也是添乱!"然后转头对流年微笑,像个慈母:"流年啊,我这个女儿平时是任性了一点,但性格好,人也好,年轻人谈恋爱,哪里有不吵架的?你也就别跟她一般见识,多让让她。"

初末忽然就想起墨以然在食堂与墨忘对骂,还有对她使的那些心计,如果这也叫作性格好,人也好的话……算了,初末叹息了一声,对于一个母亲来说,自己孩子再怎么不好,也是世界上最好的吧。

正想着,便感觉到墨夫人的目光转移到了自己身上,初末这才仔细地打量了一下这女人,眉眼间跟墨以然有些相似,尤其是脸型,简直一模一样,反倒是墨忘一点都不像她,初末想,可能是像爸爸比较多吧。

在初末呆想间,墨夫人看着她,问:"你就是那个让墨墨着急着要去救人的杨初末?"

初末心里想,这是要来跟她算账了吗?

正要勇敢承认,就听她继续说:"我们家墨墨是不是喜欢你啊?不然怎么从来没见过他对一个女生这么好?我之前还怀疑他喜欢男人呢!"

"……"

有这样想自己儿子的么?初末心想,墨忘其实你是你妈充话费的时候送的吧?

初末刚想解释自己不是,墨夫人忽然很喜悦地说:"我看着你也不错,既然我们家墨墨那么喜欢你,你就接受他吧!你看吧,我们家墨墨也是一流帅哥啊!你们俩要是在一起,以后生下来的宝宝也肯定漂亮可爱!而且墨墨性格又好,人又好,以后是要继承墨家产业的,有钱!绝对不会让你吃亏的!"

初末终于体会到果真是自家的孩子啊,墨家出品,全都性格好,人也好。只是既然这么好,为什么她感觉这女人比较像在卖儿子,巴不得儿子赶紧找个女孩子娶了算了?

初末说:"阿姨……我不是墨忘喜欢的人,我们之间是很纯洁的关系。"比白开水还要纯好么……

莫夫人先是一愣,接着捂嘴笑道:"小姑娘你是在害羞么?其实承认又没什么啦,我不会笑话你的对不对?"

初末:"我真的不是……"

"嘿!你们瞧瞧这孩子多害羞啊……"

墨夫人的话还未说完,初末就觉得自己肩膀被微微地往后一带,她整个人便被带进了流年的怀里,流年淡漠而有礼地说:"伯母,不好意思,这是我老婆。"

"你说什么?"然后感到不可思议地扭头问墨以然,"然然,这是怎么一回事?"

墨以然因为流年这话,原本布满笑容的脸立刻就黑了下来,她说:"慕流年,她是你老婆,那我算什么?"

墨夫人看她那么不镇定,有些担心地看着流年道:"流年,你这玩笑开得有点大,你明明知道然然很喜欢你,怎么……"

"我没有开玩笑。"流年看着莫夫人,一字一句认真地说,"初末曾经怀过我的孩子。"

第十四章　有你真好

那时候的他话不多，不喜欢跟除了她以外的小孩玩，只对她杨初末一个人好。

Part 1

后来，莫夫人的表情还算正常，可墨以然的表情……真是不提也罢。

原本他们的初衷，都是来看墨忘的，结果墨以然被气走了，莫夫人不放心自己的女儿，跟着追了出去，两人连墨忘的面都没见着。

初末有些无奈地看着流年："你这样把她们气跑了好吗？"

流年反问："你想跟她们一起待在病房里？"

初末忙摇摇头："当然不是，我还打算他们进去之后，我们先离开，下次再来。"

"这样不是省事得多？"

"……"

流年说完之后便推门进去了，留下初末一人呆茫……什么叫作"省事得多"？意思就是他刚才是故意说那样的话，把墨母女气跑，然后他们就能单独探病？

初末想通了之后，冷汗狂流，这世上还有比慕大神更腹黑的吗？

不！

她一定不能得罪大神，不然什么时候被黑死都不知道！

推门进去的时候，墨忘拉着流年的手在诉苦："总算有人来看我了，我都快要发霉了，流年，你快把我治好，我不要一直待在这种地方！"

初末看着他抓着流年的手，说：“谁让你自己走路不小心，摔成这样就要乖乖躺在这里，要急着出院，只会留下后遗症，万一以后要躺一辈子不是损失更多？”

墨忘不满地瞪着她：“你怎么可以这样诅咒我？冷漠的女人！我还不是因为要去救你这个白痴，才变成现在这样？”

初末语塞，本来她就有些同情墨忘，觉得自己的任性害他变成现在这样，可当她进来，瞧见他拉着流年的手撒娇诉苦，那些话就情不自禁地说了出来……

谁让流年魅力太大，连男人的醋，她杨初末都吃！

想到这里，她的语气缓和了许多：“墨墨，其实我不是这个意思……”

这一句“墨墨”引得两个男人的眼神都望了过来，让她想要说出来的话止在喉咙口。

她巴巴地问：“你们为什么这样看着我？墨忘……别人不是都这样叫你的么？”

“那是别人，可从你口中叫出来就觉得奇怪。”墨忘说完，像想到什么似的，忽然瞪着她道，“刚才我听见门外有人说喜欢我什么的……难不成你移情别恋，因为我这一次的英雄壮举，而喜欢上我了？”

初末翻了个白眼：“墨忘你别太自作多情。”

墨忘哼一声：“希望是我自作多情，反正这辈子我是不可能喜欢你的，如果有来生的话……”

“有来生你也别喜欢我！”他还没说完，初末就打断他，“别说来生，就是来生的来生我都不想你喜欢我！”

“大婶，你能别这么自恋么？我想说的是，如果有来生我也不可能喜欢你！”

“哼，来生能不能投胎成人都还不知道呢，还谈什么喜不喜欢。”

墨忘眼里忍着一泡泪，对一直没吭声的流年说：“流年，你看看她，在你面前那么柔弱温柔无害的样子，在我眼前却原形毕露，太可怕了！”

初末没有因为这句话而生气，反而笑了，她说：“那也是针对你，流年这么好，才没你那么讨厌！”说完又拉着流年说，“流年，我们去吃饭吧，反正墨忘这么精神十足，肯定吃得饱睡得着，我们就不用替他担心了！”

流年黑眸瞥了一眼她拉住自己袖子的爪子，心情很好地答应："好。"

有比慕大神还更重色轻友的吗？

没有哦！

Part 2

在墨忘强烈的抗议下，初末还是拉着流年飞速离开病房。坐在车上的时候，想起墨忘一脸怒气却因为双脚被绑着不能下床的憋屈神情，她觉得之前被他毒舌给欺负的过去都讨回来了。

流年看着她偷笑的表情，问："有这么开心？"

初末这才发现自己竟然傻傻地笑出声，她说："是啊，你都不知道墨忘平时多自负，吵架也吵不过他。而且有一次，他非要来我寝室睡觉，我把他赶出去，结果你猜他做了什么？他居然在我寝室的门上贴了一张纸，上面写着：'此人已死，有事烧纸！'真是太幼稚了！"

"所以，你对他印象很好？"

初末被这样一问，愣住了。然后像想到了什么，连忙解释，"没有，流年你千万不要误会，我跟他根本就没什么，一点什么都没有，我对他完全是像对小弟弟那样的……不是你想的那样……"

却不想流年眉梢微挑，似是不相信，问："我想的怎样？"

"就是你想的那样……那种喜欢的关系……"解释到最后，她发现流年微微上扬的嘴角，才发现原来自己被耍了！

她一瞪眼，抓着流年的手臂，愤怒地说："你骗我！"

流年失笑："我只是随便问问，是你自己太认真。"

初末哼哼两声："你才知道啊……只要是有关你的事，我都很认真。"

这句话说出口之后，车厢里变得万分安静了起来。

可初末觉得自己没说错啊，虽然她总是做一些不靠谱的事情，但她说的这句话是事实。

人总是这样，越是想要在最重要的人面前做得好，往往越是糟糕。这样的感觉，从一开始她就知道，本来以为有了之前的教训，她会学着变成熟一点，可到了关键的时刻，还是掉链子，用墨忘的一句话总结就是，智商不高，情商更差。

最后流年问:“不是说饿了？想吃什么?”

“西餐好不好?”

其实初末也算不上很爱吃西餐,只是为了化解那么尴尬的气氛,正巧车子经过一家有名的西餐厅,她便这样提议了。

流年自然是随她的,在吃这方面,他向来都不讲究。

将车停在地下,两人进了西餐厅。

点餐的时候,初末心痒痒地点了一瓶红酒。

在服务生不断地夸流年是她工作以来见到过的最帅的帅哥,然后被初末很客气地撵走了之后,流年问:“什么时候学会喝酒?”

初末摇摇头:“没有学会,只是想庆祝。”

“庆祝?”

“是啊,庆祝我们经历了泥石流却安然无恙。”

这算什么值得庆祝的事？流年不能理解,但也随着她去了。

于是那天初末便喝了不少酒,醉酒的她显得特别可爱,她很认真地对流年说:“我告诉你哦,我从来都不在别人面前喝这么多酒,因为你是流年,在你身边,不管喝多少我都很放心。”

这句话其实是有歧义的,若是敏感的男人听了会被怀疑是不是自己那方面不行,居然受到小女人这么强烈的鄙视……

但慕大神是什么人？既然她这样说的话……那么他就安全给她看。

Part 3

初末完全不记得自己最后是怎么回家的,醒来的时候是第二天早上,躺在偌大的床上,闻着清新的柠檬香气,有一瞬间,她真想赖在软软的床上再也不想起来。

只是当视线触及胸口的时候,看见被换上的睡衣,她噌地一声从床上坐了起来。

昨天她是喝醉的,醉得不省人事,怎么会自己换衣服？也就是说昨天是流年帮她换衣服的？可是……她有些害羞地看着身上的衣服,仔细寻找身上的感觉……一点都没有酒后乱性那种酸痛……

也就是说昨天流年在帮她把全身衣服都换了的情况下,居然……没、有、碰、她!

初末感觉到一股危机感降临,她飞速下床想要找流年给个解释,刚打开门,正巧遇上刚来敲门的流年。

顿时,初末想要的解释飞在了脑后,她尴尬道:“早、早安。”

“早。”

初末想了想,还是忍不住问:“昨天晚上……呃,是你帮我换的衣服吗?”

“嗯。”流年解释说,她昨天晚上喝得太醉了,把她从车上带下去的时候,吐了一身,不得不换衣服。

初末脑袋里立刻就浮现出昨天自己被换衣服的场景,那么意乱情迷的夜晚,对着一个手无缚鸡之力醉酒了的女人,为什么流年一点冲动都没有?这不科学啊!小说上不是总说男女主人公在分手了很多年后,再见面,感情总容易一触即发,一夜情之后就重归于好的么?

流年显然没有察觉面前的小女人身心有多受打击,他说:“收拾一下自己,然后下来吃早餐。”

初末扁扁嘴巴“哦”了一声,刚要转身的时候,竟然仰头问:“难道我不漂亮了么?”

“……”

流年倚靠在门边,双手环抱,定定地看着她,反问:“想知道?”

“……”期待的目光望着他。

“浴室里有镜子。”

“……”

所以说慕大神绝对是全职腹黑,腹黑中的战斗机!

她就不应该问这样的问题,明知道会被损的……凭着流年的阅历,这些年,他什么美女没见过啊!亏她还问得出这样的问题!活该被羞辱啊!

觉得自己被羞辱了的初末反身进了浴室,看着镜子中的自己。

虽说她没有漂亮到倾国倾城的地步,但好歹也没有那么差吧?居然光溜溜地在男神面前,男神都不动情的……她干脆考虑去变性好了!真是太打击人了!

这样被打击的情绪一直蔓延到吃早餐,初末都是心不在焉的,把盐当成了糖倒进了牛奶里,咸得一张小脸皱成了一团。

忽而,手里的杯子被移走,她抬头,但见他倚靠在桌角,伸手将她从椅子上给拉了起来。

初末不知道他要干吗,顺着他的动作木偶般地走了过去,被他揽在怀里。

她曾经在书上看过,说大多数女人都喜欢被心爱的男人从身后紧紧地抱着自己,不管是浓情蜜意的时候,还是在……“揉兔子”的时候。

正这么想着,就发现那双修长的手不规矩地在她胸前“揉”。

她顿时脸羞红了一片,脑海里不断飞过横幅一样的文字:“难道大神有特异功能,知道她脑袋里在想什么?”“难道大神也知道‘揉兔子’是怎么回事?”

也许是想着这么让人脸红的东西,再加上那样的动作,初末浑身都酥软一片,倒在流年的怀里,嘴里情不自禁地哼哼出声。

正想着应该会发生一点什么吧……

然后感觉前面的手放开,他以低沉的声音稳定地说:“好了,吃早餐吧。”

“……”

初末如被一盆冷水淋透一般,愣愣地看着他将自己推开,脸色淡然得仿佛刚才根本就没发生过那么暧昧的事。

Part 4

初末生气了!小烈火在心里熊熊燃烧,她忽然一手将筷子小勺什么的丢在一边发出哐当的声音,以泄自己的愤怒。

流年依旧倚在桌沿边,深色的眸里有些玩味的笑,他问:“生气了?”

初末气呼呼地不说话。

然后就见流年伸了手过来,戳她气鼓鼓的腮帮子……

初末抬眼狠狠地瞪他,他也笑得风轻云淡,他说:“不是你自己说喝醉了在我身边很有安全感?”

初末一愣……想起昨天自己好像的确说过这样的话。

所以……这个腹黑的男人,就真的很“安全”给她看么?

初末扁了扁嘴:“我就是说说而已……”谁知道他居然这样较真,真是小心眼的男人!

“所以……”流年顿了顿,忽而一手将她给拽了过来,初末简直要被他近距离的颜给秒杀,她略微惊慌地问:“你、你要做什么?”

流年嘴角微勾,沉默没说话,一个深吻回答了她的疑问。

寂静的房间,床上的小人儿熟睡着。

流年看着眼前这张恬静的脸,有片刻的失神。

那一刻,他什么都没有做,只是静静地看了她许久,而后起身。

刚要站起来,手指被抓住,他看去,本以为她醒了,却不想依旧是闭着眼睛,睡得并不安稳,也不知道梦见了什么,喃喃道:“流年哥哥……流年哥哥……我在这里,再也不会离开你……”

原本站直的身子重新坐了下去,他任由她的小手抓着,好像就算她想抓到天荒地老,他也不会介意。

初末一直睡到中午,睡梦中被流年叫起来吃午饭。

也不知道是不是之前亲密过了,所以有些懒洋洋的,和很多年前一样伸出双手,要流年给抱起来……

当流年嘴角勾起一抹漂亮的弧度,将她抱起时,初末从内心深处发出一抹知足的叹息。就这样吧……不要再去想那些已发生过或是尚未发生过的事情,只要珍惜此刻,只要他还陪在自己身边,就够了。

吃饭的时候,流年说下午有会要开,问初末要不要跟自己去。

初末想了想,虽然心里很想天天跟流年腻在一起不离不弃,但想到医院里还有个受伤的墨忘……想到他好歹也是因为他才弄成这样的,便说想去看看他。

流年“嗯”了一声,说:“毕业之后,想做什么工作?”

被他这一说,初末才想起自己终于毕业了,之前都是零散地打着工,倒是也没有什么正式的工作。

她想了想说:“应该会找关于钢琴方面的工作吧……”毕竟流年另一个身份也是这个,当初她学习英文也是为了能出国在弹钢琴方面有更好的交流。

“有没有想继续考试?”

“啊?”初末愣了愣,说,“当个钢琴家吗?我觉得我肯定到不了那样的程度……当个钢琴老师还勉强可以。”

“既然这样,就来我公司做钢琴老师。”

“……”

初末没想到他就这么笃定地帮她决定了毕业后的未来,一下子没反应过来。

“不喜欢?”他问。

“没、没有……”只是觉得……就算她刚才说自己到不了做钢琴家的程度,慕大神也不要这样连安慰一下她的话都不说,就直接赞同她当钢琴老师的想法啊,这样多打击人啊,嘤嘤。

当初末在内心里泪奔的时候,流年说:“下午跟我一起去公司,正好晚上有个饭局。”

初末想着为什么有饭局她要参加啊,就是应聘一个老师也不用参加饭局吧?而且……她刚才说自己要去看墨忘的,像流年这样记性好的人不应该这么快就忘记才对啊……

想着,初末只觉此刻的流年不对劲,非常不对劲!

Part 5

流年吃完饭后,便发现对面那双圆溜溜的眼睛一直在盯着自己。他有些无奈地问:“你又在想什么?”

“呃……”初末想了想,还是将自己心里的话说出来,“流年……呃,刚才我说要去看墨忘……然后你让我陪你去公司……你……是不是……在吃醋?”

没想到她思考了许久才说出来的话,流年一个字淡定地回复了:“是。”

“……”

初末只觉,大神,你要不要这样……与众不同啊!别人即使是吃醋了都不会承认,你这承认得也未免太直接,太理所当然了一点呀!

反倒是弄得她这个问问题的人有些……不知所措了,她脸红地说:“吃、吃什么醋呀……我一直把墨忘当成小弟弟一样……你……”

话还未说完,流年便站在她面前,俯身看着她,认真地说:“任何异性都不行,小弟弟也不可以。”

慕先生,你什么时候变得这么霸道?

可天知道,我杨初末爱死了你这样的霸道!

下午初末重色轻友地跟流年去了公司,两人一出现在公司,便引来了各种眼神。

在来之前初末就做好了心理准备。所以很坦然地面对。

流年去开会了之后,初末便坐在办公室里自己玩自己的。

她知道流年把自己带来这里的目的并不是参与工作,所以整个人都放轻松了很多。

以前她是来过这里的,所以对办公室有种既陌生又熟悉的感觉。

陌生是因为太久没来,熟悉是因为它依旧是流年喜欢的风格,简单低调,任何一个地方都收拾得非常整齐。

光是这样看着,她脑海里就能想象出流年每天在这里办公的样子。

在流年的办公桌上左翻翻,右翻翻,看见流年在合同上的签名的时候,她拿了一张白纸,临摹了一下午。

中途,流年发短信,让她把抽屉里的一份文件给他送到会议室门口。

初末找了一下,刚想问他放在哪个抽屉里,便看见了躺在最底层抽屉里的一个户口本。

她一怔,心里想到什么,拿出来翻了一看,第一页是户主慕流年,第二页……熟悉的笔记让她瞬间悸动。

那是她的字,很久之前,她拿着流年的户口本玩,看着上面就只有他一个人,便在他不知道的情况下,偷偷地用铅笔把自己的名字给加在了第二页,在与户主关系那一栏,她写上了“妻子”。

后来她都把这事给忘记了,没想到……流年居然一直将这个本子放在了办公室。

他一定是看见了吧? 不知道当时他会是怎样的表情,会不会觉得她的脸皮好厚啊,竟然背着他做这样的事情。

唔……想到这里,初末便觉得自己好幼稚啊……

她拍拍脸,把找到的文件给流年送过去。

走到会议室的时候,流年已经在门口等着她了,她将文件递了过去,流年转身进门的时候,她忽然叫了声:“流年!”

他转过身:“怎么?”

“没、没……”她傻傻地笑了笑,“就是,想叫下你而已。”

流年失笑,拍拍她的小脑袋,说:“无聊了就玩下电脑,我开完会就带你去吃饭。”

宠溺的口气,温柔的动作几乎将初末的心都给融化了,她乖乖地点头:“好,你快去忙吧!”

“嗯。”

竹马钢琴师.2

流年进去了之后，初末在门缝里偷偷看他开会的样子，他坐在最上面的位置翻看着文件，听着员工的报告，偶尔会说几个字，大多数时间都是沉默。

初末忽然想起小时候流年的样子，那时候的他话也不多，不喜欢跟除了她以外的小孩玩，只对她杨初末一个人好。那时候的她就知道她的流年哥哥长大后，一定会成为一个成熟稳重、充满魅力的男子。

第十五章　她是全世界“最幸运”

如果没有你,当一个万人瞩目的钢琴家也没任何意义。

Part 1

下午初末被流年带去一起吃饭,去了之后,初末才知道,饭桌上都是流年在国外留学的时候认识的同学。

可以看出一开始大家的交谈都很正常的,等他们来了之后,饭桌上就变得有些沉静。

初末以为是自己想得太多了,后来在吃饭的时候,才发现并不是自己想太多。

这里都是流年的同学,初末表现得比较矜持一点,吃菜也只夹了一点点。

大概是被流年意识到了,所以后来他帮她夹的菜比较多,而且他本就知道她的爱好,夹的都是她喜欢吃的菜。

其实这样的情况在以前是经常发生的,男朋友帮女朋友夹菜也是很正常的事情。

可在这场席间,初末明显感觉气氛更加僵硬了起来。

果真,坐在她对面一直玩手机的一个男人头也没抬,冷哼一声:“从没见过慕流年对哪个女孩子这么体贴啊,我当是个什么宝贝女人,原来就是这个呀!”

然后气氛冷硬了起来,大家都没吭声,似乎有什么隐隐攒动,等待爆发。

坐在那手机男旁边的女人也笑了笑说:“是啊,这要是让慕的小粉丝们都知道了,那还得了?这现任也比前任差太多了吧?一个是富家千金,一个是……”

剩余的话她没说出来。

初末是明白人,知道她口中的前任说的是墨以然。估计这两个人跟墨以然的关系很好吧,今天这顿饭就是来教训她的。

难怪他们刚进来,饭局的气氛就变得奇怪,她还以为是自己的错觉,没想到还是真的。

对于这样的情况,她知道自己最应该做的就是保持沉默,毕竟她不想让流年为难,一面是她,一面是他的同学,她宁愿自己委屈一些,被别人说,也不想自己说不好听的话去反驳,让他为难。

那女人见她没说话,估计以为她就是个好欺负的,便又朝周围的人说:“要不然我们大家来投票,究竟是慕的前任好,还是眼前这任好。”

说完还当真跃跃欲试,但其他人都没有动作。

初末默默翻了个白眼,她以为这是美国总统选举吗?找个女朋友还需要经过民众的同意?

直到一抹冰冷的声音响起:“我想要跟谁在一起,不需要你们过问。今天来这里是看在大家都是同学的分上,如果是这样的话,恐怕没有下次吃饭的必要了。”

那玩手机的男人脸色僵了僵,抿着唇,不再说话。

倒是那女人看了他一眼,自以为善解人意地出来解围:“慕,你先别生气啊,我们这还不是为了你好么!谁都知道你在国外的那几年,是怎样的颓废,这一切不都是现在坐在你旁边的那个女人造成的么?怎么一次经历不够,你还想再来一次?你瞧瞧她娇滴滴的样子,夹菜都还要你帮她……我们只是觉得,像你这种身份的人,站在你身边的应该是可以帮助你的女人,而不是影响你的情绪,时刻要你包容、妨碍你、给你带来麻烦的女人!”

却不想当这个女人说完,流年并未生气,而是当着众人的面,看着初末,深情款款地说:“无论她怎么影响我,我都心甘情愿。”

初末怔怔地看着他,被他眼里的神情触动。

然后流年将她牵起来,朝众人道:“既然这里不欢迎你,我们走吧。”

很久之后,初末问流年:“如果那时候,就像那个女人说的,你是万人瞩目的钢琴家,千千万万的人都在看着你,他们也不希望你跟我在一起,你会不要我吗?”

“不会。”他说,“如果没有你,当一个万人瞩目的钢琴家也没任何意义。”

Part 2

她跟流年好像就这样和好了?

这句话出现在初末脑袋里的时候是打了问号的。

流年一大早就去医院了,上次她辞了医院的翻译,流年还是得过去的。

没错,昨晚她是在流年的公寓里睡下的,晚上,两人并没多说什么,也没做什么,只是单纯地相拥入眠,初末觉得比什么都温暖。

初末很久都未有过这样安心的一个晚上,待在他的怀里,幸福得让人心醉,生怕自己是在做梦,第二天醒过来,发现他不在身边。

可这不是梦,他是真实存在她身边的。

只是真实得让她需要花太多的时间来相信而已。

在她靠在床上发呆的时候,手机响了起来,她拿起一看,是个陌生的号码,疑惑地接起,那边便传来墨忘激动的声音:“杨初末,你有了流年就忘了为你受伤躺在医院里的我!真是有异性没人性!早知道我就不去救你了,任由你在荒郊野外被狼啃好了!狼都没有你那么没良心……”

听着电话里连珠炮似的说话声,初末一头雾水,根本不知道自己做了什么得罪了这位正在养伤的祖宗。

“墨忘,你怎么了?在医院里待出精神病了么?”

“你才精神病,你们全家都精神病!”

“……”

“杨初末你摸着你的良心问问你自己,有多久没来医院看我了?”

初末很认真地想了想,也就昨天一个下午没有过去看他吧?

没有得到初末的回答,墨忘更激动了,他说:“你知道吗,你知道吗!是一个下午加一个晚上!你知道我一个人在这里有多无聊,多寂寞吗?我这样还不是你害的!你还竟然敢不来陪我!你居然、居然这样伤害你的救命恩人!”

初末无言了许久,最后说:“那救命恩人,我待会就去看你好了吧？”

“这还差不多！”墨忘立马恢复了大少爷盛气凌人的架势，“你还要去流年公司对面的水果店帮我买苹果吃，我只吃那里的苹果！”说完啪的一声挂了电话。

初末很头疼，大少爷真讲究啊，吃个苹果还要吃流年公司对面水果店的，她真怀疑，他打这通电话是不是只是想让她去流年公司对面买苹果。

初末简单将自己收拾了一下出门了，坐了公交去给墨忘买了苹果然后提到医院去看他。

进门后，见墨忘拿着一个红彤彤的苹果很忧愁的样子，看见她来了，立马将手里的丢掉，眼睛晶亮：“快！洗一个给我吃！”

初末无语，将袋子放在一边，拿了一个苹果洗完后给墨忘。

那家伙仿若吃到什么人间美味一般美滋滋地吃着，还不时发出满足的一声长叹。

初末这才发现，病房里别人送来的礼品都是跟苹果有关的……桌子上水果篮里面的苹果，甚至还有放在地上一大箱子的富士苹果……

初末汗颜，问：“这里不是有这么多苹果么？为什么还要我带苹果过来？”

墨忘一边啃苹果一边说：“不是都跟你说了，我只吃流年公司对面的苹果么？”

初末无言，见过挑食的，没见过还挑苹果吃的。

她指着地上桌上的苹果问：“这些都是别人送来的？”

“嗯。”墨忘说，“他们都知道我喜欢吃苹果。”

真是有钱人家的大少爷，这么特殊的癖好，别人都打听得一清二楚。不过她以前见墨忘的时候也微微地感觉到这家伙很喜欢吃苹果，每次见面，都拿着一个啃着。

Part 3

初末找了个沙发坐了下来，在心里掂量了一下，然后对墨忘说：“墨忘，你说要吃苹果，我就千里迢迢地买苹果来给你吃，对你好吧？”

“嗯嗯嗯！”吃得心满意足的墨某人很好说话，“说吧，你有什么想问的?”

初末诧异,没想到自己只是稍微奉承了一下,这家伙就知道她有事要他帮忙。看样子,平常一定是遇这样的事情遇得多了,有经验了吧?

既然他都已经开口了,她也没什么不好意思说的了:“呃……我就是想问问你,知不知道流年在国外留学的时候,发生过的事情。”

墨忘忽然“哎呀”一声,初末奇怪地看过去,他泪眼汪汪:“我咬到自己舌头了。”

“……”初末瞪着她。

“好吧。”在初末的瞪视下,墨忘自知今天自己是逃不掉,谁让他嚷嚷着要她买苹果来吃?就知道天下没有免费的午餐!

他说:“流年在国外一开始是很不好的!”

初末因为这句话心一紧,认真地问:“怎么不好?”

“抽烟酗酒,反正他待的那个圈子本来就不好。也只有堕落的人才会一直在里面待着,不过他比别人好多了,虽然玩女人……但也不算是玩女人。”

什么叫“虽然玩女人,但也不算是玩女人啊!”

初末瞪他:“后面的话什么意思?”

“意思就是,有些人抽烟酗酒还吸毒,玩女人就是真的玩女人,而流年只是不停地换女人,身边的女人络绎不绝,但他从来都没有碰过。”

初末想问:“你怎么知道没有碰过?”但这样的事情,她还是不太好问。毕竟那时候,是她害流年变成那样的。

“可是你知道吗,”忽而,墨忘又神秘兮兮地说,“如果我告诉你一个流年的秘密,我下次想吃苹果,你都得跟我买。”

“……你说。”

“秘密就是……流年在这样堕落的情况下,成绩还是非常好,在高数全班平均分都只有 45.7 分的情况下,他居然拿到了满分!至今都没有人知道他是怎么做到的!”

初末问:“所以你觉得这个怎么就是秘密了?”

“因为大家都不知道那时候的流年很堕落。”墨忘说,“毕竟他公众身份在那里,要不是墨以然的势力在背后遮掩,估计那时候漫天的报道都是流年的负面新闻。虽然说我不喜欢墨以然这个女人,但对于流年,她是真心的。”

“嗯。”初末低落地应了一声,她知道以流年的魅力,即使一开始有目的地接近他,最后都会付出真心的吧?

墨忘瞪着圆溜溜的眼睛观察着初末的反应,看见她眼里的失落,如他所料,他说:“我只是客观说事实,但我觉得你比墨以然更适合流年。”

虽然知道是安慰自己的话,但初末还是忍不住问:“真的吗?”

“废话。”墨忘翻了个白眼,又恢复了高贵冷艳范,“我有必要骗你吗?你哪点值得我骗?虽然比起墨以然,你智商低了点,但论长相,你可比她漂亮多了。偷偷告诉你,墨以然隆过鼻子,不然她以前鼻子塌塌的,难看死了。不过就算整容了,她那样的长相也配不上流年!”

初末说:“流年本来就不是只喜欢别人表面的人好么?”

墨忘瞥了她一眼,呵呵一声冷笑,反问:“难道她是看上了你的身材?”

初末怒眼瞪他:“为什么就不能是看上我的内涵?”

却不想墨忘忽然哈哈大笑:“杨初末,你现在的表情太逗了,就像一只愤怒的小鸟!”

“……”

Part 4

未免自己一怒之下将墨忘打伤再住几天院,初末走出了病房门。想起流年也在医院里,她便想去看看他。

往医院大厅走的时候,意外地看见一个熟悉的身影:“夏图?”

她叫了一声,只是那身影并没有回头,初末仔细看去,只觉她身影有些不对劲,失魂落魄的,仿佛随时都会走不稳倒下去。

初末快步走上前,轻拍了拍她的肩膀,刚叫了一声“夏图”,目光就落在她手上的单子上,顿时愣住了。

夏图也没想到会在这里遇见初末,转头看见是她的时候,也愣住了,再循着她的视线看向自己手中的单子,嘴角慢慢浮起一抹自嘲,她说:“末末,我怀孕了。”

那天回寝室里,夏图终于对初末说了自己隐藏了许久的心事。

当初末从夏图的口中听见“苏邺”这两个字的时候，顿时一片心惊。

苏邺，他是B大学生最欢迎的外语系教授，混血男子。三十多岁，一直单身，他单身的原因，别人不知道，但是初末知道。

苏邺曾是她杨初末最好的朋友罗希喜欢的人，他们互相喜欢，但苏邺因为年龄的原因一直退缩，直到罗希病逝后，才追悔莫及。

他们没有在一起，但苏邺在罗希去世之后，便决定后半辈子独身。

而这些，夏图都知道，她说：“可是我就是控制不住对他的喜欢。我一直没有告诉你，我喜欢的男人就是他，是因为他的过去我都知道，我也知道他一直忘不掉的人是你曾经的好朋友。但是初末，你知道的，喜欢一个人是没有理由的。如果罗希跟苏邺幸福地在一起，我是绝对不会做第三者的。可是苏邺一直都是一个人，所以我就想试试。明知道他不可能会喜欢我。也想努力一次。”

夏图说：“你一定不知道，自从罗希走了之后，苏邺的生活有多糟糕。他经常不按时吃饭，又抽烟喝酒，把好好的胃都弄坏了，好几次都胃出血，差点丢了命。可是他一点都不在乎，好像随时都做好准备随他爱的人一起去了。我看着好心疼，就想着每天都煲养胃的汤给他喝。”

这些初末都是知道的，从一开始把汤熬干，端汤的时候烫伤了手指，到后来煲了一手不止自己寝室，连其他寝室的同学都赞不绝口的汤，如果不是真的在用心，如何能做到这般？

可即便是这样，“他不喜欢我，所以不管我煲的汤有多用心，他也不喝一口。有时候，我真怀疑他是不是没有心的，为什么可以对一个死去的人那么好，对我却那么狠心？我每次抱着汤去他家门口，他都不会开门，无论我在门外等多久，就算从白天等到晚上，他都不会开门。他生病住院，我去照顾他，他当着医生的面让我滚。他对我说的最多的话就是：‘夏图，你真是我见过最不要脸的女人……’因为我每天都缠着他。守在他身边。其实我要求的不多，只希望他能让我陪在他身边，照顾他就可以。我甚至不需要他爱我。可即便是这样，他都不许”。

说到这里。夏图有些哽咽，但她并没有哭出来，可能是失望得太多，疼到麻木，难受到了极致，就不会有眼泪，她说：“所以后来，我就在汤里下了点东西，我告诉他，只要他喝一口我为他熬的汤，我就永远不再出现在他面前。”她转头看着初末，是真的很难过，“那时候我其实心里还是期望，他并不是真的那么讨厌我，只是觉得这辈子只能喜欢罗希一个女人，不能接受我。却不想，我说了那句话之后，他二话没说就将汤给喝了。当我躺在他的身下，看着他迷乱地把我当成罗希的时候，我的心就像被人疯狂地撕扯了一般，在那一刻，我觉得自己前所未有地下贱。”

“可你知道吗，我喜欢的苏邺不应该是这样子的。还记得第一次跟他见面，那时候我因为逃课逃多了，辅导员把夏瘸子请来办公室，夏瘸子二话不说就抡起椅子砸我。是苏邺救了我，那时候他也在办公室，他对夏瘸子说，不管孩子做错了什么，都不应该用暴力。然后他就把我带走了，他问我有没有吃饭，我说没有，他问我想吃什么，我毫不客气地说我想吃比萨。他就笑笑说，小孩子都喜欢吃这种大饼。我第一次听人形容比萨是大饼，后来想想，比萨那么一大块，可不就是大饼么？

“就是那个笑容，我从来都不知道一个男人能笑得那么好看，那么温柔。好像就在那一瞬间，我就喜欢上了他，我心目中温润如玉的男子。”

说到这里，夏图顿了顿，嘴角有抹不自量力的笑：“只是，没想到原来他可以对陌生的学生那么温柔。对真正想要接近他的人那么残忍。不过已经没关系了，反正我也不会再去见他了，这是我的汤换来的承诺。”

一生中，总有那么一次奋不顾身地爱一个人，那时候天不怕地不怕，以为只要自己愿意，谁也不能阻挡我们的爱情。可后来我们才发现，最害怕的竟是发现自己深爱的那个人爱的并不是你，然后你努力过了还讨不到他的心，你的爱会变成恨，你会变得很极端，你会大胆地用心计将他留在身边。到了最后，伤害了他，更伤害了你自己。

从那时起，夏图没有再去打扰过苏邺。

某天清晨，苏邺醒来的时候，看见书架上不起眼的角落里，一张沾了灰尘的纸，上面是夏图熟悉的笔记，她说：“其实我一直都忘记了，最深最重的爱，是放你自由。如果有天偶遇身边有人牵着的你，我会远远看着，不打扰。因为只有我知道，她是全世界最幸运的。”

Part 5

最后一次回寝室的时候,是寝室大清理,把该搬的东西都搬走。

前天晚上睡觉前,流年问初末,要不要他陪她一起。

初末本来是想说要的,毕竟大学毕业,别人都是有人来帮忙搬东西。

在上大学期间,她跟流年错过了,从来都没有享受过男朋友为自己打水,在楼下等的待遇,毕业的时候总会奢望一下的吧?但是又想到夏图是自己一个人,她带男朋友去就不太好,所以摇摇头说:"不用啦,我的东西也不多,一个人就可以。"

刚说完,放在床头边的手机响了有短信,初末奇怪这么晚了还会有谁跟她发短信,打开一看,表情微愣。

流年见状,便问:"怎么了?"

初末放下手机,躲回流年的怀抱,她说:"让我感到有点意外,是王纯的信息,说毕业了,明天寝室的四个人聚一聚。"

"如果不想去就别去。"

"没有……我不是这个意思,只是没想到她还惦记着我们。其实大学能在同一个寝室本来就是一种缘分。毕竟没有到杀人放火的地步,只是以前有一些矛盾,如果能在大学毕业的时候,大家都不计较了,其实也挺好的。"

"嗯,有什么事随时跟我打电话。"

"好……"初末仰起头,看着流年棱角分明的下巴,喃喃地叫着,"流年……"

"嗯?"

"流年哥哥……"

"嗯?"

"流年……"

"……"

在流年对她一个劲地叫称呼却不说话而无奈的时候,初末笑眯眯地坐起身。捧着流年英俊的脸,道:"我就是想要叫叫你,把我没叫的这几年全都补回来。"

流年说:"叫吧。"

流年这样说,初末反而没有叫了,她说:“流年哥哥,你哼《流年》给我听吧?我想睡觉了。”

“嗯。”

还记得那是很小的时候,有一次,她跟隔壁的小胖子打架,因为小胖子说流年的坏话。那时候她个子小小的,自然是打不过,打不过就咬。结果牙齿咬出血了。晚上疼得睡不着,就赖着流年,要他哼歌给她听。

《流年》是 Leonardo Mu 小时候创作的第一首钢琴曲,从未在公开场合演奏过。也是 Leonardo Mu 的粉丝们最期待最感觉神秘的曲子。谁也不会想到,这首曲子,竟会是初末从小到大的摇篮曲。

Part 6

第二天,流年把初末送到了寝室楼下,下车的时候,初末明显地看见了流年眼里的不放心。

她拍拍胸脯,握握拳头,说:“你放心,我已经不是当年那个任人欺负的杨初末了!如果他们还敢耍什么花样,我一定会回击的!”

“嗯。”流年嘴角微勾,他说,“完事之后打电话给我,我去接你。”

“好!”

目送着流年的车子离开,初末心间洋溢着满满的幸福。

一口气上了楼,掏出钥匙开门的时候才发现寝室的门是打开的,并且有某男声正在飙高音:“啧啧啧,夏图,怎么才几天没见你就被虐得跟非洲难民似的,减肥等着政府救济吗?”

然后就是夏图凉凉的声音:“也总比你这种没事就往女寝室跑的变态要好一点!”

“我怎么变态了?我跟初末是好朋友,我怎么不能来她住的地方看她了?”

“就算是好朋友,你见过哪个男性好朋友天天往女生寝室跑的?”

“嘿!我就是天天往女生寝室跑怎么了怎么了?女生寝室你家开的呀?”

“……”

对于这种无赖的话,初末觉得夏图真的不需要跟墨忘这种小孩子计较。

为免夏图被气得动了胎气,初末忙走进去,对着坐在椅子上大爷们一样啃着苹果的墨忘说:“你不在医院乖乖躺着,跑这里来做什么?”

墨忘晶亮的眸子瞅着初末:“末末你怎么可以这么没有良心?我在医院待得都快发霉了,我昨晚跟流年打电话,他说你今天会来寝室搬东西,我就过来帮忙了。”

初末一愣,才发现,原来大神还是不放心她一个人,派了墨忘过来看着她呀!

真是心思缜密的大神。

不过既然这家伙来了,初末当然不会放过免费的苦力,她对墨忘说:“你来得正好,图图的那份,你就帮忙整理了吧!”

墨忘说:“凭什么呀!我才不整理。”

初末瞪着他:“你不是说你来帮忙的吗?”

“是呀!我来帮忙看你们搬的嘛!”

“……”

在初末无语之时,夏图拍拍她的肩膀以示安慰:“算了算了,我可不敢劳烦大少爷动手,我的东西本就不多,稍微收拾一下就可以。这大少爷平常肯定是十指不沾阳春水的,这要是不小心弄伤了他,我可赔偿不起。”

夏图这话成功地激起了墨忘的小脾气,他说:“谁十指不沾阳春水呢!我吃苦的时候你还在你娘肚子里吃脐带呢!”说着就从椅子上站起来,袖子一挽,“说吧!都要收拾什么?哥让你见见什么叫作居家好男人!”

夏图与初末对视一眼,两人默契地微笑,墨忘这家伙成功被激将!

其实要收拾的东西真的不多,有些直接可以留在寝室,给清理寝室的阿姨卖了或者留给下一届的学妹。

当视线扫到书架上那些花了那么多钱买的没什么用的课本时,只觉得大学真是个烧钱的天堂。

差不多收拾完了的时候,初末才想起昨晚王纯给自己发的短信,疑惑地说:“怎么王纯她们没来吗?昨晚她还跟我发短信说今天大家一起聚一聚,图图,她们没跟你说么?”

“咳……”墨忘清了清嗓子,“我先把东西拿到楼下,你们收拾完就下来吧！”

等到墨忘走了之后，夏图才说：“别提了，王纯跟木槿还没踏进寝室门呢，就被墨忘那家伙给轰走了，说什么‘心机女你们来这里又想害人么’吧啦吧啦的，你也知道他那张嘴巴有多毒。王纯她们也就是纸老虎，见到墨忘这样的躲都躲不赢，最后只能巴巴地走了。”

“墨忘这人还真是！”初末无语，“本来还想趁这个机会大家聚一聚，不管以前发生过什么，毕竟大家同学了这么久……都被那家伙给弄乱了。”

夏图却不这么认为，她说：“我倒是觉得墨忘这次没错，末末，你别太善良了，有的人害了你一次，就会有第二次。我觉得只要有流年横在你们之间，王纯跟木槿是不可能真的跟你和好的，所以还不如以后当陌生人，彼此不来往更安全些。”

夏图说的不是没有理由的，初末也知道即使四个人见面了，表面上能维持比较好的关系，但一转身，谁说谁的是非，是不是真心和解，谁也保不准。所以她也不斤斤计较于此，也许墨忘做的并不是对大家都不好的。

两人收拾好东西，彻底告别寝室的时候，还是忍不住回头看了一眼。

曾经带着巨大的希冀来到这所大学，总想着它会是人生中最精彩的一部分，虽然在这四年里，哭过也笑过，悲伤的情绪比开心多，但在这最后的时刻，竟然还会对它恋恋不舍。

两人下楼之后，看见宿舍楼下有即将毕业的情侣难舍难分，看得让人难受又感动。

难怪有人常说，毕业就是分手的季节。

第十六章 最美的笑容

明明不是我诅咒自己,才变成现在这样子的啊……

Part 1

回去的路上,是墨忘当司机。

即使坐在前面开车,这家伙也安静不了,一个劲地在跟初末耍贫嘴。

贫到最后,初末忍不住说:“作为一个男生,墨忘你的话怎么那么多啊?好像每次都要把一辈子的话给说完似的。”

初末说完这话就后悔了,果真如她所料,整个车内变得非常安静,墨忘眼神闪烁了一下,原本飞扬跋扈的笑慢慢塌了下去。

初末懊悔自己口不择言,忙尴尬道歉:“墨忘,我不是那个意思……你别多想……”

夏图也连忙上来打圆场,说:“墨墨那么聪明肯定知道初末不是那个意思的对吧?墨墨不但聪明长得又帅,就算生病也会好的,我们都相信你会有好起来的一天!”

话刚说话,墨忘就“哎哟”了一声,道:“夏图你节操都碎了一地好吗?你说这样违心的话不担心晚上被自己恶心得睡不着觉么?而且初末说的一点都没错,我就是喜欢说话,生怕以后不能说话了,我会闷死的。”

初末从来都没见过像墨忘这样的人,总是这样乐观,就是他这样的乐观让别人经常以为他是一个正常的人。并不是得了不治之症。

他欢快的声音立刻就将方才的尴尬稀释得一干二净,初末说:“你这小屁孩,说什么傻话呢!什么叫生怕以后不能说话了?你要对自己有信心，现在医学这么发达，怎么可能会治不好你的病?”

墨忘笑了笑:“明明就是你们自己神经紧张，我只是随口说说而已，你们自己当真了——”

墨忘的话还未说完，夏图忽然大叫了一声“停车”，吓得墨忘下意识地踩了刹车。初末诧异地看去，就见夏图呆呆地看着窗外，眼神里有泪水。

初末顺着她的视线看过去，但见不远处，白衣蓝眼的男人站在楼梯间跟一个女生说话，眼神里满是温柔。是苏邺。

初末想起夏图说的话，她说:“苏邺对每个陌生人都温文尔雅，但一旦有谁要接近他，他就变得非常的冷漠无情。他深爱的人离开之后，他便不给任何人走进他心里的机会。”

看着夏图伤心却拼命忍住掉泪的面容，初末有些担心地问:“图图，你没事吧？要不要我去……”

“不用!”夏图说，“别再打扰他，让他过他想要过的生活，这是我最后能为他做的事情。”

初末“嗯”了一声，知道这个时候无论什么安慰的话都没有用，只能静静地陪着她，借给她一个肩膀用。

坐在前面的墨忘朝车窗外看了一眼，道:“那个男人就是夏图喜欢的人啊？这丫头眼光不错啊，挑男人还知道挑个混血儿。”

“……”

初末翻了个白眼:“墨大少爷，快开车，我们要回去了。”

在这之前，初末问过毕业后夏图打算怎么办，当时夏图笑了笑说:“刚怀宝宝，不管怎么说，还得休息十个月把他生出来，再去找工作。”

初末当初还担心以夏图父亲的脾气，知道夏图未婚怀孕肯定会大发雷霆，建议她先在外面租个房子，却不想夏图坚持要回家，她说:“纸是包不住火的，要瞒也瞒不了多久，夏瘸子也就剩下我一个女儿，就算他再生气也不可能真对我做什么的，虎毒还不食子呢！所以你放心吧!”

话是这样说没错，但初末还是有些担心，所以这一趟初末跟墨忘一起把夏图送回了家里。

Part 2

夏图的家,初末只来过一次,那样的环境令人印象深刻,实在是想忘都忘不了。车子一开进来,两旁的红灯便明目张胆地告诉了别人一些秘密,街头两边站着穿着暴露的女人,看见墨忘的车,一个个露出贪婪的神色,恨不得扑过来才好。

她本来还有些担心小王子墨忘会受不了,却不想车子一直从那个狭窄的小巷开到夏图家门口,他都未抱怨一句。下车的时候,面对隔壁发廊女人围观国宝一样的眼神,他也没有丝毫不耐烦,帮着夏图一起把东西给拎了进去。

对于进去之后,一群喷着劣质香水染着黄发的女人也跟了进来,这群女人什么男人没见过?像墨忘这样具有高级贵公子气质的还当真是第一次靠得如此近,有些人已经忍不住朝里面喊:“夏瘸子,快出来看看你女儿带宝马男回来了!看不出来你女儿真行啊!这小帅哥长得白白嫩嫩的,俊俏得过分哪!”

不一会儿夏国成一瘸一拐地出来,看见门外一群人先是一愣,接着用拐杖开始赶人:“谁让你们这些女人进来的?赶紧跟老子出去!不然别怪老子拐杖不认人!”

说完就用拐杖轰人,轰得那些女人骂骂咧咧的:“以为自己是老几!老娘稀罕呢!”

“难怪老婆死得早!活该孤独一辈子!”

“……”

难听的话都说出来了,也估计怕夏国成手上的拐杖,大家都心不甘情不愿地走了。

劣质的香水味淡了少许,空气也好了不少。

夏国成关上门,转身一瘸一拐地走了过来,看了夏图一眼,冷道:“总算知道要回来了?我还以为你死在外面了!”

对于夏国成的话,夏图只是轻笑:“不好意思,我还真没遂了您的愿,这一趟我回来是常住的……”说完,她又道,“对了,我怀孕了。”

本来以为夏国成听见这话肯定会动怒的,就算他下一刻用那个拐杖把夏图赶出去都不足为奇,却不想他只是抿唇久久不语,然后对着一旁的墨忘说:“你跟我来。”

“……”

三人你看我,我看你,皆不知道夏国成这一举是为何。

墨忘的脾气倒是很好,二话没说就跟了过去。

四个人一直跟到后院那棵桃花树下的墓碑前,夏国成对着墨忘说:“这是夏图的母亲,在夏图刚出生的时候,她就离开了。说实话,每年夏图的生日就是她母亲的忌日,所以我从小对这个孩子就不好,我也承认自己不是一个好父亲。这孩子被我放养长大,能考上那样的名牌大学,应该是她母亲在保佑吧!如今她跟你在一起,我也不要求什么,只希望以后你好好照顾她,既然现在已经有孩子了,就找个时间把婚事给办了。我们家穷,什么嫁妆都没有,我们也不需要什么彩礼,只希望结婚以后,你能对她们母子俩好,就够了。”

原来夏国成把墨忘当成了夏图肚子里孩子的那个父亲,一时间,三人都有些尴尬,夏图本来想要解释的,可还没开口,就听见墨忘说:“叔叔你放心,我一定不会让夏图受苦的,不过婚期的话可能还要过一段时间,你看夏图现在正怀着孕,要是结婚的话,会累着她,你看要不先让她在家安心养胎?养胎期间的费用我负责。”

“墨忘……”夏图万万没想到墨忘竟然会顺着自己父亲的误会说下去,一时间看着他,有种无措之感。

而墨忘只是用眼神对她示意,轻摇了摇头,让她不要多话。

夏国成显然没有想太多,既然墨忘这样说了,他也点点头说:“好吧,暂时就这样。”说完,他又对夏图道:“你带你的朋友去里面坐坐,我去买菜,晚上做饭给你们吃。”

说完,就转过身,一瘸一拐地朝外面走去。

等到夏国成离开了之后,夏图才对着墨忘抱怨:“你这个傻瓜,干吗承认我肚子里的孩子是你的?你知道以后会给你带来多少麻烦吗?”

“能有什么麻烦?”墨忘撇撇嘴,“反正 IMB 那么有钱,养你们俩绰绰有余。何况我捡了个免费的爸爸当,明明是我赚了才对!”

对于墨忘的言论,夏图简直哭笑不得,她说:“你以为这是在闹着玩吗?到时候大家都认为我肚子里的孩子是你的,我怎么办?你是 IMB 未来的继承人,我可惹不起!”

“有什么惹不起的啊?我又不会吃了你!”墨忘叹息,“你这人真是不知好歹,我帮了你,你一句‘谢谢’都没有,还这样说我。况且,我自己都不怕,你怕什么?你们不是老叫我小王子么?有什么事,我当然都要站在你们前面挡着,王子前面可是有一排禁卫军呢!死不了!"

夏图还想说什么,初末便站出来安慰,道:"图图,你就别想那么多,墨忘这次做得也没错,这样的话,可以给你省去很多麻烦,也让你爸爸放心。你现在唯一要做的事情就是好好将宝宝生下来,以后的事情以后再说。"

"就是啊……"墨忘说,"我堂堂一男子汉还保护不了你个女人跟个尚未出生的小孩么?以后的事情交给我,妥妥的!"

被初末和墨忘这样一说,夏图也没办法,只能对墨忘说:"墨忘,我替我孩子谢谢你了。等他出生了之后,就让他认你做干爸爸吧。等你老了,让他伺候着你……"

"哈哈哈!"墨忘笑得嘴巴都咧到耳朵根了,"不知不觉我就多了个干儿子,真好!以后又多了个小东西陪我玩,听我说话了!"

一时间,气氛好像又快乐了起来。

初末看着墨忘笑得像个孩子一样灿烂,才发现这个玩世不恭的小王子原来一直都有成熟的一面,并且他总是在假装不经意地帮人,不想要你很认真地感谢,只要你开心,他便有了一份满足。

Part 3

后来,墨忘提议说,夏图的父亲腿脚不方便,让他一个人去买菜不好意思,不如三人一起去,也可以帮忙提点东西。

初末自然是没意见的,夏图在夏国成在自己母亲坟前说了那一段话之后,对他的态度也转好了些。也没有开口拒绝。

于是三人便来到了街尾的菜市场,远远地便看见夏图的父亲站在卖肉的摊位上跟老板说话。

那老板大概是跟他很熟,熟练地问:"是不是还跟往常一样?"

"等等!"夏国成忙阻止,"今天给我挑好的肉,最贵的!"

那老板感到奇怪:"今天捡钱了?怎么这么大方了?平时要的可都是别人挑剩了的便宜肉!"

"平时是平时,今天我女儿回来了,我要做外公了,当然要吃好一些。贵一些的有营养知道吗?别废话了,快给我切!"

“好嘞!”那老板一边切一边打地说,“这么多年,我老跟你说买点好肉,结果你还嫌浪费,说哪里的肉都是肉,没什么区别,现在又说贵一些的肉好吃,你说你这个人好不好笑?”

好笑吗? 一点都不好笑。

夏图站在那里,眼睛红红的,她当然知道以前的夏国成有多小气,每次买的肉都是最差的,甚至买回来还会不舍得吃,一直放着,放到臭得不能再臭了才吃。每次她难得回两趟家,就能闻见臭肉的味道,可是当真摆在桌子上的却是新鲜的肉。

那时候她还怀疑是不是夏国成用了什么方法让臭肉炒着不发出臭味,后来才知道每次她回来,夏国成都会去买新鲜的肉来做给她吃。

这些,都是后来夏图从卖肉的老板那知道的。

那一晚上,夏图难得跟父亲安安静静地吃了一顿饭,饭桌上,有墨忘这个小魔王活跃气氛,整个空间都不会显得那么沉闷。

许是在菜市场看见的那一幕让夏图心里难受,她一直沉默地吃饭,也忘了夹菜。

这时,一筷子夹了许多肉放在她的碗里,夏国成用低沉地声音说:“别只顾着吃白饭,多吃点肉,都瘦成什么样子了!”

夏图抬头看着他,看着这个平日里她总是不正眼看,背地里也跟着别人叫他夏瘸子的男人,忽然想起小时候,每次她生病的时候,他没日没夜地照顾着她,炖肉汤给她吃,然后在他以为她不知道的夜晚里,在母亲的坟前忏悔。

她一直以为父亲是恨她的,恨她的出世夺走了他最爱的女人的生命。

可此刻,她才发现,原来父亲是爱她的。

夏图吸了吸鼻子,努力将自己的眼泪和脆弱隐藏回去。

她也夹了一块肉放在他的碗上,叫了声:“爸,你也多吃点。”

不懂事时,总觉得父母对自己不够好,每次被父母责怪时,我们总是不服气地顶撞,叛逆甚至离家出走。长大后,我们才发现世上对自己最无二心的就是父母。当我们在感情里受伤,在事业上遇挫的时候,他们永远都站在背后给我们加油打气。

当我们累了、倦了、乏了,他们总在家里留一盏灯,他们会做一大桌子的菜来讨好我们,会为我们铺好温暖的床被。可是你要知道,他们并不欠我们什么,所以,别在他们两鬓白发、牙齿掉光、走不动的时候,才后悔没有早点尽到自己的孝,才后悔没有早些对他们好。

晚上,跟夏氏父女告别了之后,初末坐着墨忘的车子回家。

在车上的时候,她对墨忘说:"墨忘谢谢你。"

墨忘奇怪地瞅了她一眼:"谢我什么?"

"谢谢你对夏图那么好,让她不至于背负单身母亲的名义被人嘲笑。"

墨忘呵呵两声,说:"这有什么好谢的?你们今天都是怎么了?干吗都那么严肃的样子,不就是一件很简单的事情么?大家都是朋友,能不能别这么见外啊!何况,我还免费收了个干儿子,我是为了我自己好吗!"

"嗯?"初末不明白。

墨忘说:"笨!你看吧,我自己都不知道自己能活多久,现在有了干儿子,也不怕以后等我走了没人给我送终给我戴孝啦!"

这句话他说得轻松,初末却皱了眉头,责怪:"呸呸呸!你说什么话呢!没见过像你这样总是诅咒自己的!你还这么年轻,以后还要自己娶妻生子,怎么不往好的方面想,尽想这些有的没的!"说完,她又不放心地说,"快,跟我念一遍,墨忘长命百岁!墨忘的病一定会好起来的!"

墨忘看着她那么认真的样子,扑哧一下笑出了声:"真不知道流年那么成熟的人怎么会喜欢你这么个傻瓜,要是这样念一遍就有用的话,世界上就不会有那些被病魔缠身的人了!"

初末很凶狠地瞪着他:"你还说!"

墨忘举手投降:"好好,我不说了,大小姐,系好安全带,我可是答应了流年要把你早点送回家,现在都快十点了!"

"那你答应我,以后不能总诅咒自己!"

"……"

"快答应我啊!"

"……好。"

Part 4

墨忘把初末送到公寓楼下的时候,流年已经站在那里等了。

若说在路上的时候，初末还有闲情跟墨忘斗斗嘴，此刻一看见流年，她就迫不及待地从车上飞奔下去，扑进流年怀里来了一个大大的拥抱，并且很深情地说了一句："我好想你。"

慕先生失笑，才一天没见，怎么就好想了？

但慕先生是好人，没有嘲笑，并且很配合地说了一句："我也很想你。"

从车上下来的墨忘鸡皮疙瘩掉了一地，他说："好歹这里也有个活人，你们别无视我的存在好么？"

初末朝流年笑了笑，对墨忘说："少儿不宜啊，忘记了还有个小孩子在这里，是我错了！"

墨忘横眉："谁是小孩子！"

"当然是你呀！大人的世界你不懂！等有一天你有心爱的人了，就能体会什么叫作一日不见如隔三秋了！"

"好好！我不懂，我要回家了，你们慢慢浓情蜜意吧！"

说完转身气呼呼地开车走了。

初末觉得好笑地看着流年，说："如果不是知道墨忘的年龄比我大，我一定会以为他还是个在上学的小男孩，有时候真是……浑身充满了稚嫩的气息啊。"

"所以你的意思是，杨小姐现在很成熟？"

被流年如此反问，初末愣了一下，尚未想到如何回答，就听流年说："是应该成熟了，该熟的地方，不该熟的地方都熟了。"

初末瞪着月光下如此英俊正经，出口的话却那么令人遐思的男人："慕大神，你学坏了啊！太坏了！"

流年轻笑，抓着她乱挥舞的小手，道："好了，我们上去吧。"

"嗯……"初末被乖乖地牵着，然后问，"今天你都干什么了呀？"

"……"

随着渐远的声音，在路上开着的宝马忽然停了下来，里面传来咳嗽的声音，很剧烈。墨忘飞快地从盒子中抽出了几张纸巾，捂着嘴拼命地咳嗽着，那么用力，仿佛要将心脏都咳出来的样子。

几分钟后，几张带了血渍的纸巾被丢进了垃圾箱里。

墨忘看着后视镜中的自己，惨白的脸，猩红的唇，失笑："明明不是我诅咒自己，才变成现在这样子的啊……"

第十七章　腹黑的慕先生

她对流年的爱从来都不输给任何一个人,包括墨以然。

Part 1

大学毕业的第一天,一大早有心爱的男人为自己准备早餐,这样的感觉真好。

初末边吃边看着流年,只觉世界上怎么会有这么帅的人啊！今天的他穿着一件深蓝的衬衫,配牛仔裤,只是坐在那儿吃饭的样子,初末都觉得好看得不得了,她觉得自己这样下去会不会得病啊,一种叫作独爱流年的病。

谁说的,女人喜欢一个男人会越来越喜欢,会觉得他是世界上最好的?

可本身流年就那么好了,要是再好的话,她怎么办啊?

就在她发呆的时候,流年问她:"今天打算做什么?"

初末回神,想了一会儿,道:"我上网看看最近有没有什么公司需要招人。"

以前还没毕业的时候,她特别没有安全感,到处做兼职,好像只有赚很多的钱才能维持自己的生命。可现在真的毕业了,她反倒是懒惰了下来,别人在毕业之前就已经找到了一份安稳的工作,她却还寻思着上网看看有没有招聘。

想到这里。她巴巴地解释:"我卡里还存了一些钱,可以维持一段时间,所以觉得找工作暂时不急。"

"是不急。"流年接下她的话,"所以可以跟我一起去公司。"

"啊?"

“十月份墨忘要举办一场钢琴音乐会,这两个月你当放暑假来公司帮忙。”

为什么流年说得那么理所当然的样子,但初末觉得是她自己给自己挖了个陷阱往里面跳呢?

其实她不太想去流年的公司上班,一是因为他们现在的关系,都说公司内部谈恋爱不好嘛!二是,两年前她为了流年,曾在公司兼职过一段时间。大部分人都知道他们以前的事情,她再出现的话是不是会不太好?感觉怪怪的。三是,她觉得她能靠自己找到一份工作,毕竟在离开流年的这些年里,她渐渐学会了独立。只有这样,才不会像以前那样给流年制造麻烦。

但这样的话,她自然是不会告诉流年的。因为即使告诉了他,得到的也只有一个答案,那就是流年根本就不在乎她所谓的三点。

为了跟流年去公司有个体面的状态,吃完早餐之后,初末就去卧室挑衣服。她平常正装穿得不大多,在柜子里搜了一遍,最后挑了一件白色的衬衫和牛仔裤,白衬衫比较正经,牛仔裤不会显得太隆重,搭配在一起刚好互补,她是这样想的。

但穿在身上了之后才觉得有些眼熟,蓦然想起,这不就是流年今天的搭配么?只不过他身上的衬衫是深蓝色的。

两人穿得一样得那么明显,会不会让人觉得很刻意啊?初末有些担忧,想着要换个装束,外面便传来流年的询问:“好了么?”

初末看了一眼时间,已经快到九点上班时间了,也来不及想太多,简单收拾了一下就开了房门。

流年正倚在玄关处,双腿舒展,在见到她的时候明显怔了一下,那黑眸中貌似闪过一道不明的亮光。

初末忽然就觉得,偶尔刻意一点也挺好的!

一路坐车到公司,也许是两人的搭配真的太情侣了,一路上都是注目礼,每个跟流年打招呼的职员都会顺便瞥一眼初末。

初末来的时候已经做好了这样的准备,所以没觉得太别扭,只是这一次,她发现公司里很多脸都变得陌生,上次来的时候没注意,这次格外明显。

看样子,这两年,流年的公司也经历了员工的变迁。

这样对于她来说也算是一件好事,毕竟大家都是生面孔。八卦往事的也就少了许多。

但是她不知道的是,越是生面孔多,八卦的事情才越多。

很快地,“从未带过女人来公司的慕总居然带了一个女人回来,并且两人穿了情侣装”

这样的八卦以迅雷不及掩耳之势在公司里传开,甚至波及周边,比如,那个对面水果店的一直对流年很中意想把自己女儿介绍给他的老板娘,比如隔壁公司经常会借搞好公司邻里关系来看慕总的职员,比如周边公司对慕总虎视眈眈的单身女强人等等。

大家一致想要看看那个未来的老板娘究竟长什么样!

Part 2

当外面一阵八卦闹翻天之时,安静的办公室里只有初末一人。

初末本来以为流年带她来公司,肯定是有事安排给她做的。

却不想他只是让她在他办公室玩,一上午他都在开会。

初末那个郁闷啊,最关键是她本来还做好了要忙一个上午的准备,谁知道一切跟她的初衷背道而驰,所以显得特别的无聊。

她在办公室的书架上随便扫了一眼,本想找本书看的,但上面都是一些她看不懂的太深奥的书,便作罢。

开了流年的电脑,想浏览下网页,这时,外面传来了敲门声,她抬头,就见一个小女生探头探脑地走了进来,问:“呃,我是、我是来问问,您需要喝点什么么?”

心里感叹了一句“大神公司的人真有礼貌”,初末微笑地说:“不用,谢谢。”

然后小女生依依不舍地关门出去了……

为什么会用“依依不舍”这个词?初末也感到莫名其妙,觉得自己想得太多了……

目光回到桌面上,电脑启动正常,初末看了眼流年的屏幕,上面除了电脑本身带的最基本的图标,其他什么都没有。真是慕大神一贯的风格,简单明了。

鼠标箭头放在网页图标上,刚点开,外面又响起了敲门声,初末抬头,但见门外这一次出现的是个男职员,他看着初末脸红了红,支吾地说:“呃……他们问你,真的不需要什么喝的吗?”

“……谢谢,真的不需要……”

“好、好的!”于是男职员关门出去了。

“……”

初末更加感到莫名其妙,但并未深究。本以为可以就此完结了,却没想到隔五分钟就有人敲门,一会儿问要不要喝的,一会儿问要不要吃的,合着流年的公司什么时候从传媒公司变成了超市吗?

就在办公室的门被第六次打开时,初末无奈地说了一声:“我要一杯奶茶好了吗?谢谢!”

“……”

半晌,没有回音。

抬头,门外出现的还是刚才那群轮流来敲门的男职员,只是背后……还站着一个慕大神。

那男职员似乎也感到了不对劲,转过身时被吓了一跳,丢下一句“我去帮老板娘买奶茶”便匆匆地跑了。

经过了六次的敲门,初末也明白这些职员并没有其他意思,只是想看看未来老板娘长什么样的。

只是,她想起自己前几周好像也来过一次公司,那次也没有如今这么受待见啊。今天是怎么回事,一个个都把她当国宝一样观摩?

正疑惑间,看见往她这边走来的流年,才发现异样缘于她跟流年穿得太情侣,明显得让人误会了他们之间的关系。

不一会儿,男职员就屁颠屁颠地买了一杯奶茶回来,然后,一进办公室,看见站在初末身边的流年,他脸色一白,烈士一般地将奶茶双手递给初末。

原本他们一群人也是趁慕总去开会的时候,来凑凑热闹,大家都想见见这位未来的老板娘的庐山真面目,所以一个接一个地来敲门,没想到他最倒霉,被慕总抓了个现行。

被抓了个现行还不算什么,要是慕总误会他对未来的老板娘有意思,那可就冤枉大了!

想到这里,他递完奶茶后便深呼吸一口气,对着流年特别诚恳地说:“慕总,买奶茶只是工作,我对未来的老板娘绝对没有其他意思!”

慕总沉默了一下,随后淡淡地问:“奶茶多少钱?”

“八、八块钱。”

“去找财务报销吧。”

“慕总,八块钱……不用了吧?”

慕总反问:“不是说算工作?”

“……是、是的！慕总,遵命!”

捂着小心脏飞快地跑出去,男职员在心里发誓自己以后再也不要对老板娘好奇,再也不要当炮灰。

此时,围在办公室外面的一群人立刻凑上前来,关切地问:“慕总没把你怎么样吧?”

“没有……”

“那你怎么还一张哭丧的脸?”

男职员心里很难受,哽咽地说:“慕总让我去财务报销。”

“啊？报销什么?”

“报销一杯奶茶的钱。”

“……”

半个小时后,大家都听见财务室传来财务女非常暴躁的骂声:“我说你这人怎么这么抠门呢？连八块钱也要来报销？你知不知道我每天有多忙？八块钱这种小事你也来找我？你说你这人怎么这么烦这么抠呢?”

男职员恨不得把脸埋在一堆财务报表里,他比六月飞雪的窦娥还冤啊！——“真不是我要来报销的啊……我是被逼的……”

Part 3

中午,流年问初末想吃什么,初末想了一下说:“可以出去吃吗?”

流年自是没有意见。

出门的时候,初末专门挑了大家都去吃饭的时间,拉着流年飞快地逃离办公室,想着下午可不要再来了。

谁知道走进电梯,便见流年按了三楼,三楼全部都是美食,那种开了很多家店的美食楼层。

初末奇怪地问:“我们不是去外面吃吗?”

“现在外面堵车,不好开。”流年说,“出了公司不算外面?”

他明明知道她说的“外面”不是这个“外面”好么?

初末忧愁:“我是想出去吃饭的话,下午我就不回来了。”

“怎么?”

“我觉得我待在那里好奇怪啊,又没事做,每个人看我都像在看个很奇怪的东西一样。”

明明说得如此明显了，流年却似乎不懂的样子，将她扳过来面对着自己，看着她说：“哪里奇怪了？”

“唔……他们看我的眼神……”说到这里，初末干脆豁出去了，她说，“都是你太优秀了！所以只要是你带来的人，别人都好好奇，都想看看究竟是谁有那么大的能耐可以站在你身边。而且我今天还跟你穿得这么相似，真是太嚣张啦！”

“嚣张有什么不好？”慕先生挑眉，“我就是喜欢你这么嚣张的样子。”

“……可是嚣张也要有嚣张的资本啊！我又不是那么——”

她的话未说完，就被吻住，想要将她的怯懦都吻尽一般，用了些许力道。

初末没防备地后退了一步，正巧靠在了背后的墙壁上，慕先生一步跨过去，一手揽住她的腰，一手捧着她的后脑勺，吻更加深沉了起来。

初末不知道流年为何忽然这样，这里可还是公司啊，万一被别人看见了怎么办？

她伸手想要推开他一点，反而引来他不满的压制。

在那样密集的吻的攻势下，初末只觉得电梯里的空气越来越稀薄，有一种快要窒息的感觉。

可这样的感觉摆明了只是错觉，无数次她感觉下一秒就要不能呼吸了，可她还是好好地存在着。

那么认真的吻，将她的力气都吻光了，将她的空气都吻稀薄了。却依旧维持着她一颗杂乱跳动的心。

不知道过了多久，只听耳边叮的一声，下一秒就传来外面尖叫的声音：“慕、总总总……”

“……”

流年总算放开了她，可此刻的初末已经没脸见人了，完全将脑袋埋在他的怀里。

耳边依旧是那个结巴的声音，道：“慕、慕总、总、总，我、我、什么、什么也没看、看见！”

说完逃得比兔子还快。

初末抱着流年的腰，脸死死地埋着。大有不露脸的架势。

头顶传来他轻笑的声音:“还不放开？不吃饭了?”

“……不吃了!”她嘟囔,怎么第一次发现大神的脸皮原来这么厚,做了这样的事情被别人发现后还笑得出来。

“好吧。”大神慢悠悠地说,“那我们回办公室吃,到时候你可别说我没带你出来。”

“……”

最后,流年跟初末都是在办公室吃饭的,吃的从原本的美食变成了……快餐。

Part 4

下午初末本以为自己依旧要在办公室里面无聊到底,却不想两点多的时候,流年对她说:“收拾一下。”

初末两眼放光:“我可以走了?”

流年看着她,纠正:“是我们可以走了。”

“啊?”

直到初末被慕领导当着全公司职员的面拉了出去,初末才反应过来,慕领导居然如此光明正大地翘班!

坐在流年车内的时候,初末问他:“我们现在去哪里?”

流年说:“我帮你报了驾校,带你去看看,从明天开始每天上午我送你过来学开车。”

“啊?”初末没做好心理准备,她说,“为什么要我学开车呀?”

“没什么特别的原因。”流年说。

好吧,初末就这样又是被安排好了工作,又是被安排好了学车,毕业后的一整个月档期很满。

但这都是大神的计划,初末除了最开始惊讶之外,欣然接受了。

于是初末毕业后的生活过得非常丰富,每天上午慕先生都会做好早餐。喂完她之后,送她去驾校,然后再开车回公司。

因为离驾校还有两百米的地方在修路,路非常不好走,所以每次初末都让流年在外面停下,自己走进去就行。

原本学车的时间初末都是很快乐的,跟一起来学车的陌生人也变成了朋友。只是没想到过了几天,驾校又来了两个新学员,一女一男,女的特别招摇……

该怎么说呢？比如大家因为要学车，都会穿得非常像一个学车的应有的样子。至少会换一双休闲鞋吧？而这女人则是每天穿着深v的吊带，齐臀的小短裙，脚踩十厘米的高跟鞋来学车。

由于在驾校学车的多，车子少，大家都是轮流开的，这位女学员一来便是一人独占一辆车，专门分派一个教练教她，简直招摇过市。

那个男人是陪着招摇女来学车，偶尔自己也学学。每次男人学车的时候，那女人便会在一旁很兴奋地欢呼——

“哇！升哥哥好棒哦！”

“升哥哥真厉害！”

“升哥哥太帅啦！”

于是在驾校的另一边，他们成了一道独特的风景。

根据其他学员的爆料，那一男一女，女的是G市某大领导的千金，大家都帮她取了个外号，叫“孔雀女”，男的是她的未婚夫，也有个外号，“凤凰男”。

当今社会，凤凰男和孔雀女是绝配。

每天学车完了之后，都会有一辆奥迪在外面等着，孔雀女就是这样在大家迥异的目光下挽着帅气的凤凰男上车的，虽然大家跟孔雀女接触得不太多，但大家都知道这人为人高调到不行，巴不得全世界都知道她是某领导的女儿，座驾是牛逼的奥迪最新款，未婚夫也是个极品大帅哥。

其实这些都跟初末没有关系，她依旧每天快乐地被流年送来学车，学完后快乐地等流年接她去吃午饭，然后跟他一起回公司上班。

然而，偏巧那天，初末走出去后，就看见流年卡宴在那里等着了，孔雀女的奥迪也正巧开了过来，路过初末的时候还停下，摇下车窗，孔雀女看了看初末，再看了看那卡宴，轻笑了一下：“哟，还真看不出，我们驾校还藏着一个有钱人呢！怎么，买得起卡宴不舍得开进来呀？”

说完这句话，她就摇上车窗，傲娇地离去。

若不是人家是特意停下车对着自己说的这番话，初末会以为自己碰到了自言自语的神经病。

后来，初末才分析出孔雀女那句话里的意思是流年买得起卡宴，却不舍得让卡宴在坑洼的公路上跑……

可是明明是她不让流年开过去的啊……里面路不好开不说，掉头还特别麻烦，怎么就变成孔雀女口中的舍不得在坑洼的公路上跑呢？

不过初末也没把这事放在心上，上了流年的车后，她依旧很快乐地跟着他去公司食堂吃饭。然后一起工作。

Part 5

之前流年说墨忘要举办一次音乐会让初末去帮忙，因为从未涉及过办音乐会的事，所以连半桶水都没有的初末只能从最基本的做起。

碍于她第一天来公司，就被套上了老大女朋友的身份，她所在部门的同事都对她很客气，这种客气演变到最后，是喜欢，因为即便是老大女朋友，她也没有一点架子，让人觉得很可贵，为她未来老板娘的身份加了不少分。

两年前初慕传媒只有两个部门，到现在已经发展到五个部门了，除了必备的行政部和财务部，现在还有产品开发部、设计运营部和市场部。

而初末则暂时被分在市场部做个小小的打杂的，但即便是这样，她每天做得还是很快乐。

有次市场部举办另一场活动的时候，钢琴音色居然出了问题，调音的师傅又被堵在了路上，一时半会儿找不到人，可把工作人员给急坏了。

那时候，初末就想着自己试试看能不能调音，因为之前跟流年在一起的时候，见他调过很多次，她都在一旁默默地看着。

其实初末当时也是抱着试试的心态，没想到最后帮了市场部一个大忙，从此市场部要做什么活动，都带着初末一起。

当然，像初末这样突然出现的正牌女朋友，也不是没人反对的。

就比如说一直支持“慕墨”在一起的女职员们，在看见初末的第一感觉就是：这个女人除了一张脸配得上慕总之外，还有什么能让她比墨大小姐更适合慕总？

这样不满的情绪，在初末在公司的表现越来越好，并且深受男同事欢迎的时候到了顶点。

那天初末也不知道吃坏了什么东西，一个下午跑了厕所三四趟。

当她第五次蹲厕所的时候，外面传来两个女人的声音——

一个说："都说男人跟女人的审美观有差别，但这差别也太大了吧？你说杨初末就脸蛋长得好看一点，要胸没胸，要屁股没屁股，虽说是名牌大学的，但大学里还重读了一年……我见过高三重读一年的，真没见过大学还重读的，偏偏这样的人在公司里还这么受欢迎！"

另一个安慰："可能男人都喜欢清纯的吧。她的样子挺漂亮的，我要是男人也喜欢。清纯再加上柔柔弱弱谁不喜欢呀？可你也别太羡慕她了，据说慕总不是跟她分过一次手么？那时候她还怀着孩子呢！慕总都把她给踹了！看起来慕总对她也不如传说中那么好！"

"哎，你说我们慕总那么优秀的一个人，怎么眼睛就走神了呢？人家墨大小姐多好呀！当初我们公司快不行了的时候，还不是人家墨大小姐出面？人家墨小姐有什么比不过杨初末的？反正我是决定了，如果慕总最后要是跟姓杨的在一起，我就辞职不干了！"

"才多大一点事啊？这样就辞职不干了，你确定下一个公司听见你的这个理由还会要你么？"

忽然从另一扇厕所门传来的一抹声音，将两人吓了一跳，待到看见是初末的时候，本就吓了一跳，瞳孔又紧缩了一下。

但两人很快就维持着表面的平静，毕竟在职场上待了这么多年，什么世面没见过？面上的一套还是做得相当好。

她们没想到的是初末居然会在听见别人说她坏话的时候，如此光明正大地闯了出来，丝毫都不给人面子。

Part 6

初末无比淡定地走过去洗手，用纸巾将洗完的手擦干净，离开的时候，不忘记提醒她们："不过如果你们真的想换工作的话，我不妨跟你们的慕总说说，让你们早点走，这样的话，你们就可以尽快跳槽到IMB，每天待在墨大小姐的身边，更能显示出你们对她的崇拜与忠心耿耿不是吗？"

初末说完，便打开门要走，后面传来愤怒的声音："杨初末，你别得意得太早，谁是未来的老板娘还是个未知数呢！你以为你跟慕总说，他就会把我们辞退了吗？别忘了，我们可在初慕工作了两年，就凭你一句话，慕总就会开除我们？你未免想得太天真了！"

“哦。”初末淡淡地解释，“不好意思，我没说过要让慕总把你们开除，我的意思是如果你们想要辞职，我会提醒慕总让你们赶紧走的。还有……”她顿了顿，转头看着那两个女人问，“你们觉得我配不上你们的慕总是吗？”

那两女人一怔，随即露出“你就是配不上”的鄙视眼神。

初末勾勾唇，傲视着她们，问：“可我就是喜欢你们的慕总，我就是要跟他在一起，你们奈我何？”

“……”

那两女人根本没想到初末会如此说，一时间瞠目结舌，竟不知怎么回话。

而初末并不需要她们的回话，她将自己的意思表达完，便不再留恋，昂首离开。

回到工作位置上，初末撑着下巴发呆，虽然刚才她表现得很不在乎的样子。但她们的对话还是刺中了她的心。她们说的并没错，她除了一张脸之外，在任何方面都比不过 IMB 的大小姐。

可是那又怎样呢？她对流年的爱从来都不输给任何一个人，包括墨以然。

第十八章　慕先生的深情

末末就算没修养，我也喜欢，她不是个好女人，我也喜欢。

Part 1

关于洗手间发生的事情，初末并没有跟流年提起，最近流年也非常的忙，为了做一个称职的女朋友，初末所有的心思都在每天早起，让流年多睡一会儿，自己帮他做早餐上，没其他多余的时间想一些有的没的。

吃完早餐，照例初末去学开车，值得一提的是最近孔雀女好像对她十分有兴趣，每次坐着她的路虎极光到练车场的时候，都会主动跟她打招呼。

噢，对，那天之后，孔雀女又换了一辆新座驾，路虎极光。

第一次孔雀女与初末打招呼的时候，着实让初末有种受宠若惊的感觉，当身边的学员问她什么时候跟孔雀女关系如此好的时候，初末的回答是一片茫然。

这天，中场休息的时候，孔雀女忽然走到初末身边来找她聊天，出口就问："你男朋友在哪里工作呀?"

初末愣了愣，不明白为什么孔雀女如此一问，但还是含糊地说"在一家传媒公司。"

"做什么的呀? 不过在传媒公司如果只是个小职员的话应该买不起那种级别的卡宴哦!"

"……"

初末尚未回话，就听她继续说："不过虽然卡宴挺贵的，但比起我的极光还是差了一点点呢!”

“……”

初末算是明白了,原来人家压根就不是关心她男朋友在哪里工作,而是想炫耀她换了的座驾叫作路虎极光,世界顶级至尊的SUV。

好吧,初末算是比较善良的那类人,既然别人想要炫耀,她就配合一下好了,她微笑地说:“是啊,我们家那位的车自然是不能跟大小姐你的比的,毕竟那是他自己挣钱买的呢!跟家里人帮买的自然是要区别大得多,你说对吧?”

然后……孔雀女有三天没有找过初末说话。

初末后来回去好好地反省了一下,觉得自己都是受慕总的影响,在善良中自然而然地腹黑了……

后来,驾校里就一直流传着这样一个传说:每天开着卡宴来接初末的男人其实是个打脸充胖子的屌丝,好不容易攒钱买了一辆卡宴,十分小心保护着,连一点烂路都不舍得开过来,每天要女朋友多走两百米。

这个传说让初末很无语,但她也没想要去解释什么,有人来问,她只是一笑而过。

反正在驾校的时间就一个月,一个月之后大家重新过回自己的生活,谁跟谁也没有多少交集,谁是谁非,也没必要解释得很清楚。

驾照考试的前一晚上,初末洗完澡出来后,看见倚靠在床上的流年,他穿着灰色的睡袍,腰间松松地系了带子,露出了一大片白皙的胸膛,那线条分明的锁骨引人遐思,性感得让人想要扑过去啃。

被人意淫的慕美男从笔记本屏幕上抬头,朝站在浴室门外傻傻呆呆的初末招招手,初末便像被人招了魂一般地游移了过去。

将丢了魂的末某人揽在怀里,流年指着电脑屏幕问她:“挑一个你喜欢的。”

“呃……”初末朝屏幕看去,才发现上面都是车的图片。她懵懂地抬头问他:“怎么,你要买车吗?”

“嗯。”流年说,“挑一个外形好看的。”

然后初末就认真地挑了起来,她并不是很懂车,有些车型看上去很大的她不喜欢,小的又太普通,最后她指尖点到了一辆黑色的造型看起来跟别的车不一样的车上。

果真得到了大神的赞赏:“眼光不错。”

“唔……”看着大神将电脑关了,初末问,“真的就买这辆吗? 怎么忽然想要换车啊?”

“想换就换,为什么一定要有原因?”

好吧……大神做事一向很霸气,买车也很霸气,只要她轻轻一指,他不用考虑就买下。

在初末发呆的时候,只觉耳边有些痒,回过神,流年从后头抱着她,唇瓣贴在她的耳畔亲吻。

“嗯……痒……”初末笑嘻嘻地逃避,他的手臂却抓得更紧。

“别这样啊……唔……流年,我还有事跟你说。”

“嗯……”薄唇离开了稍许,低沉的嗓音性感无比,“说。”

“嗯,就是我明天要考试了,是下午,所以不能去公司了。”

“好。”轻轻地一翻身,初末就被修长的身体压在下面,鼻息间都是淡淡的柠檬香气,让人着迷眩晕,流年说:“考完我去接你。”

“其实……”

初末想说其实不用的,因为驾校安排了校车。

可是她只来得及说出两个字,后面的话就被流年吞没。

那可以弹出优美旋律的指尖在她的身上兴风作浪,很快地,初末的意识就流散开……整个卧室里只剩下她小猫咪一般地呢喃。

Part 2

第二天驾校考试,考试非常顺利,每个人都通过。

回去的时候,初末跟教练说自己有人来接,让大部队先走。

教练因为学员全体通过而开心,心情特别好地答应了。

这时,孔雀女却站出来说:“是男朋友来接吗? 正巧晚上我要去看一场音乐会,据说 Leonardo Mu 会以嘉宾的身份出现,反正时间还早,我陪你等等吧!”

初末想说:“我真的不需要你陪……”但脱口而出的话却是:“你喜欢 Leonardo Mu?”

孔雀女特别骄傲地点头:“那当然,Leonardo Mu 一直都是我最喜欢的钢琴家,我会买今天的音乐会的票纯粹是因为他是嘉宾。Leonardo Mu 刚出道的时候我就十分看好他,觉得他一定会火! 你瞧瞧,现在 Leonardo Mu 是不是也一点都不辜负我的期望,越来越受欢迎?”

那语气仿佛 Leonardo Mu 有今天的成就都是拜她所赐似的。

只是,不知道,当孔雀女知道她那天说开卡宴的 Leonardo Mu 是个打脸充胖子的屌丝的时候,会是怎样一个表情。

这时,人群里忽然响起惊呼的声音,有人在喊:“快看那辆车！是兰博基尼 Auentador LP700—4!”

初末随着众人的视线看过去……傻愣了……

那辆车……不就是昨天出现在流年电脑屏幕上……她说好看的那辆车吗?

待到车停稳之后,从车上走下来的人,更让她呆住了……

他穿着一件纯手工的定制西装,廓形笔挺,袖口上的金色纽扣熠熠生辉。

长裤裹合着那双修长的腿,一跨一步都透露着高贵优雅,他眉目清明,容颜俊美,仿若一个从天而降的王者,自他一出现,现场自发一片寂静,在众人凉艳的目光下,他以沉稳的步调一一地走过他们,驻足在她面前。

虽然一开始初末就隐隐地猜到是大神,但他用这样的方式出现……也太闪亮,太给她面子了吧!

初末毕竟是女人,这自家男人给的一种炫耀,出了她近日被孔雀女欺压的一口气,如若不是现场有那么多人,她真想冲过去对着流年的脸颊就是一香喷喷的吻！然后对着他竖起大拇指:“流年哥哥,你真棒!”

待到流年站在初末面前,孔雀女才捂着嘴,感到不可思议地惊叫出声:“你、你是 Leonardo Mu？你真的是 Leonardo Mu?”

流年淡淡的一个眼神都没给她,从始至终都是看着初末,问:“考完了?”

“嗯。”初末点头。

“走吧。”修长的手伸到她面前,初末欣喜地搭上去,跟着流年离开的时候,后面传来了孔雀女叫喊的声音:“喂!”

初末心底刚浮现一抹不好之感,就见孔雀女踩着恨天高跑到他们面前,两手一伸,挡住了他们的路。她一双眼睛瞥了一眼初末,哼了一声,对着流年说:“Leonardo Mu 你怎么会跟杨初末在一起？难道你不知道每天下班都有一个卡宴男来接她么?”说完又对初末说:“你说我说的对不对？你告诉过 Leonardo Mu 你已经有了卡宴男了么?”

“……”

初末对于这样的人真是超级无语,如果说之前在驾校里传的那些流言蜚语她还能忍的话,此刻当着流年的面说出这样的话,初末真的是怒了,她说:“我有没有卡宴男跟你有什么关系?你管得会不会太多?”

孔雀女冷哼一声,鼻子都长到眼睛上了,她说:“别以为我不知道,现在有些女人就是喜欢一体睡多床,凭着一张好看的脸尽做些见不得人的事情。”

初末火气更甚,但她生气不会像平常人一样泼妇骂街,而是修养很好,甚至微笑地说:“谢谢你赞美我长得比你好看,但不是每个人都跟像你想法那么龌龊。”

“你!”孔雀女气愤地指着她,“你居然敢说我龌龊!”说完她对着流年告状,“Leonardo Mu,你看看她,这么没修养,我第一次见她就知道她不是个好女人,你怎么能跟这种女人在一起?”

初末刚想说话,就听见流年清淡的声音,他说:“末末没修养,我喜欢,她不是个好女人,我也喜欢。”

“……”初末诧异地看着他。

孔雀女也没想到流年会这样回答,一时间愣了,她结结巴巴地说:“可是、可是她不止一个男人,她、她水性杨花,男人多得不得了!”

初末手痒,真想打人,她发现自己怎么考个驾照都能遇上极品呢?她们才认识几天?她就知道她杨初末男人多得不得了?

“卡宴男么?”流年嘴角微勾,“难道初末没有告诉你,我就是那个开卡宴的男人?”

孔雀女嘴巴呈能塞茶叶蛋的。形……

“不过……”流年忽而转头看向初末,特别深情地说,“如果初末身边真的出现其他开卡宴的男人,我就开最好的SUV,末末不喜欢SUV喜欢跑车,所以我就换Auentador LP700-4。既然末末是贪慕虚荣的女人,我就把比别人更好的摆在她面前,她自然就不会离开我了。”说完,他问孔雀女,“还有什么问题吗?”

Part 3

最后,流年带着初末在孔雀女嗅目结舌的情况下开车离开。

坐上车的时候,初末看着豪华的跑车。问流年:“这真的是刚买的吗?”

“不是。”流年的话让初末放心了一点,虽然刚才那一幕的确满足了作为一个女人的虚荣心,但如果只是为了这样一件事而花这么大的价钱买一辆车的话,会让她很过意不去的。

可就在这时,流年又说:“这是提前一周就定好的,碰巧今天拿而已。”

“那你昨天让我挑照片……”初末忽然像想到了什么似的,道,“难道你早就知道我在驾校的事情,所以……一开始就打算买这辆车来……替我炫耀的?”说到这,她又摇摇头,“不对啊,如果你一早就预定了这车,怎么昨晚还让我挑呢……还是……你早就猜到我会选这一辆?”

对于初末的碎碎念,流年表示了默认。

后来初末特意去网上查了那辆跑车的价格……不查不知道,一查吓一跳。

晚上睡觉的时候,初末先对刚洗完澡的流年半裸的上半身花痴了一会儿,然后爬爬爬,爬到床边,拿起早已经准备好的吹风机,狗腿子般地说:“我帮你吹头发呀!”

对于某人的主动讨好,慕先生向来都不会拒绝。颀长的身子坐下,任由她接过毛巾帮他擦头发,然后帮他吹完。

因为她开的是小风,所以两人还是能聊天的。

初末想了一会儿,找了个比较好的话题开口问:“大神……怎么自从上次之后。都没见你开那辆 Auentador LPT00 - 4 了呀?”

“太张扬了,不怎么开。”

“呃……”初末放下吹风机,有些闷闷地问,“那你买这个车真的就是为了帮我出一口气的吗?这样多浪费啊,以后不要这样了好不好?”

流年转过头,看着她扁着一张嘴一脸内疚的样子,轻笑道:“怎么,还没过门,就知道替我省钱了?”

初末脸红了红,抱怨道:“我还不是为了你好……你竟然还笑我。”

“没有笑你,只是觉得这样的你很可爱。”

“啊?”突然被人表扬,初末有些惊讶跟不习惯,她轻咳了一声故作正经道，“我跟你认真地说事呢！你别说有的没的！”

流年握住她的小手，道：“所以说，碰见喜欢的人，就算再有理智的人也会有失控的一天。”

所以，他这句话是间接地承认了她猜测的那些都是对的吗？

初末心里一顿，有些激动，小手都忍不住颤抖了。

她看着流年，半天说不出话。

“你别抖……”流年有些无奈地安抚她的情绪，“从认识你开始，我为你做的，何止这些？”

可还有哪些是她不知道的？

初末晚上实行了逼问，但大神的嘴巴很紧，他想说自然会说，他若不想说，就算你拿刀架在他脖子上，他也不会说半个字。

Part 4

墨忘听说初末学会了开车，在初末拿到驾照的那天就来找她，说要她开车带他去兜风……

初末无语：“你自己不是会开车么？干吗让一个新手带你兜风？”

墨忘啃着苹果，喜滋滋地说：“就是用新手，才有新鲜感呀！”

按照初末的个性，自然不会乖乖地给墨忘当司机带他去兜风，结果墨小王子发飙：“你这人怎么这样啊？我天天给夏图家送孕妇营养品开车开腻了，让你带我兜一下风都不行，你怎么这么小心眼啊！”

说得反倒是初末不对了，初末说：“我不是怕出车祸，殃及你吗？”

“有你陪葬，我不怕。”

“……”

最后初末还是被墨忘抓去开车兜风了，临走的时候，墨忘还没忘记洗两个苹果揣在身上。

坐在墨忘那辆风骚的粉红色的BMW的驾驶座位上的初末系好安全带之后，问：“想去哪里？”

“随便。”

于是初末就听他的话，“随便”地开了起来。

其实在驾校的时候虽然在公路上练过车，但毕竟机会不多，所以此时的初末还是比较紧张的。紧张的后果就是，她全神贯注地盯着前方，小心翼翼地开车，不发一语。

坐在副驾驶位置上沉默地啃了一个苹果后的墨忘开始忍不住了，他说："你给点热情啊！"

"啥热情？"

"开车不说话，多闷啊！"

"我这不是刚学会开车么？说话会分散注意力。"

墨忘闷了一下，没说话。当初末往前面开的时候，墨忘忽然特激动地说："左拐！左拐！"

于是车子便左拐了，这条马路是出了名地堵车……没开五分钟，他们就被堵在路中央了。

"都是你选的好路！"初末抱怨。

墨忘悠闲地啃第二个苹果，特别骄傲地说："这样你就可以陪我说话了，没借口可找了吧？"

初末郁闷："你不是让我带你来兜风的么？怎么又要聊天了？"

"在我的意识里只要坐在车上就算是在兜风了，我话那么多，一个月都没说了，憋得慌。"

"……"

这时墨忘把车里的音乐打开—"浪奔浪流，万里滔滔江水永不休……"激昂的曲调把初末吓了一跳，她瞅着墨忘问："什么时候喜欢听这种老歌了？"

"有品位吧？"墨忘说，"最近在看老片子，刚看完《赌神》，觉得歌好听，就下下来了。"

初末说："这歌是《上海滩》吧？"

"《上海滩》不就是讲玩扑克的故事吗？"

"……没文化真可怕。"

"你才没文化！"

"你有文化的话，把《汤普森浅易钢琴教程》的第十页第三段背出来给我听听？"

"……"

墨忘翻了个白眼："不跟你扯了，我来找你是想让你陪我一起参加钢琴比赛的。"

"为什么我要去？"

"就当练手啊。两年前你参加肖邦国际钢琴比赛不是失手了么？我估计你是第一次参加比赛，就直接参加最高级的，小心脏承受不了。所以还是跟我这样，每年都参加多点比赛，可以吸取很多经验。”

墨忘这么一说，勾起了初末一直隐藏在心底的小小自尊。两年前她参加了国际最具知名度的钢琴比赛，只是半个奖都没拿到。

那个时候，她在心里偷偷地决定，回去之后一定好好地练钢琴，多参加比赛，不说总有一天能达到流年的高度，但也不能离他太远。

只可惜，后面发生了那一连串的事让初末心里的小九九完全破灭……

此刻墨忘的话，将初末隐藏在心里的念想又给挖掘了出来。但是都错过了两年，还能重新开始吗？初末没有那样的野心，现在的她只想陪在流年身边，过最普通最寻常的日子，所以——“我不去。”

“杨杨？”

摇头。

“初末……”

“不行。”

“末宝……”

“真的不可以。”

“宝贝……”

“……”

“算了！”墨忘忽然脾气很差地开了车门，“我要下去透透气，你一个人开车先走吧！”

对于墨忘突然下车，初末一点防备都没有，忙喊：“墨忘，你干吗呢？这大马路上你去哪呢？”

然而墨忘已经任性地离开，头也不回。

此时，前面的马路通了，后面的车鸣喇叭不断，初末没办法，只能往前开了。

好不容易找到一个能停车的地方，再下车时，车水马龙的街头，哪里还有墨忘的影子……

初末心急得不行，也不知道自己怎么得罪了这位大少爷，掏出手机打电话给他，竟然关机。

初末没办法，只能先将车子开到流年公司再说，却不想车子掉头，就撞人了……

Part 5

流年接到电话的时候正在开会，初末的声音在电话那头委委屈屈传来："流年，你现在有空吗？我撞人了。"

于是在会议厅里的全体人员都听见慕总对着电话那头问："你撞人了？有没有受伤？"

"……"

不知道电话那头说了句什么，幕总皱眉："我问的是你有没有受伤！"

不知道那边又说了什么，慕总直接从椅子上站起来出去了……

众人的眼睛慢慢转移到余副总身上，他挥了挥手，表示先散会，然后跟在慕总身后出去了。

初末刚挂了电话，坐在地上的大婶就朝她吼："怎么样？到底赔不赔钱？"

初末第一次碰到这样的事，自然是六神无主的。

她刚刚只是小小地一拐弯，谁知道就撞到了人，那女人跌坐在地上一个劲地喊疼，说撞伤了她的腿，不赔钱就不让走。

初末也知道是自己车技不好，现在又弄伤了人，别人这么吼她无话反驳，便轻言细语地安慰："抱歉啊，你再等等，我朋友很快就来了……要不，我先扶你到车上坐坐？"

"不要！我就要坐在地上！"

"……"

很快流年就到了，是余生开的车。下车后，流年仔细地检查了初末，确定她没事之后便拍拍她的脑袋："去车上等我。"

"可是……"初末怎么能放心上车呢？毕竟是自己把事情搞砸了。

可是当流年说"乖，你先上去，这里交给我"的时候，她顿时什么想法都没有，就觉得只要有流年在，没有解决不了的事情。

初末虽然上了车，但一直都在车上观察那边的动静。

一开始那个女人一直坐在地上，说什么都不起来。

也不知道流年说了什么，她噌地就从地上站了起来，然后在周围人的注视下飞快地……跑了……

初末看着流年跟余生上了车，赶忙问："怎么样了？她怎么一个人跑了？不是说腿受伤了么？"

流年尚未开口，余生就特鄙视地说："是个骗子，碰瓷儿呢！见你一个小姑娘开宝马就想讹你呢！就你傻傻的还真想给钱赔给人家！"

初末听见是骗子，一颗悬着的心也就放下了。随后她又苦恼了起来："我就知道自己不适合开车，早知道就不学了。"

流年轻笑，摸了摸她的小脑袋，说："就因为这一点小事就不开车？那以后要是喝水呛着了，从此以后都不喝水了么？"

"可是开车撞人是大事，喝水呛着是小事啊……"

"谁说是小事啊！"余生插嘴，"喝水呛着也会有呛死人的时候好么！"

流年安慰着小末宝。道："刚学车的人一开始出点事情是很正常的，这条街本来就堵，是个事故多发地。以后要是想开车，旁边一定要带着一个人看着，就不容易出事了，知道吗？"

初末点点头，又摇摇头，她说："我本来没想这么快就一个人开出来的，都是墨忘。今天也不知道发什么神经，非要我开车带他来兜风，结果把我一个人扔在这里，他什么也不管地走了。"

听着这话。流年皱眉，问："怎么回事？"

于是初末便把方才发生的事情重新叙述了一遍，她纳闷地说："我不过就是说我不去参加钢琴比赛，也不知道哪里触怒了他，居然朝我发那么大的火。我知道墨忘这人平时有些小孩子脾气，但这次好像是真生气了。"

余生说："这小家伙最近火气很大，不止是对你，对谁都是。上次我去医院里看他，当时他正在看周润发的电影，非要说《上海滩》讲的就是上海赌场的故事，不然周润发为什么叫赌神？我说哥，《上海滩》是《上海滩》，《赌神》是《赌神》，是不同的概念。他那个固执啊，一个劲儿跟我争。后来争得眼红了，脾气一上来，把医院的床从二楼给丢了下去。我说你生气就生气嘛，人家床怎么得罪你了？你丢了晚上睡哪里啊？"

流年听过后，神色变得很严肃。

第十九章　他之所以优秀

他需要的不是女神，他要的她，只需要躲在他的羽翼之下。

Part 1

晚上，初末躺在床上做美梦的时候，流年起身，在她额角印上一个吻，便穿衣出门了。

将车开到了一栋别墅楼下，流年径自走进去，拿出钥匙开了门，里面空旷的气息扑面而来，剧烈的咳嗽声从开了灯的浴室传来。流年将手里的东西放下，将大厅的灯打开。

别墅内部装修得十分奢华，只是缺少了一种人气。

许是听见声响，原本趴在地上的金毛飞快地跑向他，仰起头哈哈地讨好吐气。

浴室里的咳嗽声停止了，拉开门出来看见站在大厅里的流年，墨忘有片刻的愣怔。他抿着唇，走到流年和金毛身边坐下，看着流年带来的那些药，还有一个包装精致的生日礼物，拆开里面是墨忘最喜欢的苹果，两个，水晶的。

墨忘握着晶光灿烂的水晶苹果，声音里带了些许的哭腔："流年，你说我是不是真的会死？

"我以前一点也不怕死，因为我觉得这世界上没什么值得我留恋的。直到我碰见了你、初末还有夏图。虽然你这人表面上冷冰冰的，但是墨以然把我交给了你之后。我知道你是真的对我好，就跟亲哥哥一样，比墨以然那个名义上的姐姐要好多了。你教我弹琴，对我那么严厉，我都知道，你是想帮我完成我的梦想，当一个世界有名的钢琴师。是我自己不争气。

“……还有杨初末，虽然智商有些低，但她是唯一一个能容忍我脾气的人，每次我去烦她，她都不会不耐烦，你也知道我性格，没人喜欢跟我玩，只有她不嫌弃我，从来都没有一个人像她对我那样有耐心。

“还有跟她一样智商不高的夏图，虽然嘴巴很刻薄，但人很好，就是有些傻，怀了别人的孩子还不敢告诉那个男人，以为这样很伟大！就是你们的出现，才让我觉得自己像个人，有血有肉的人……”说到这里，墨忘更加难受了，他哽咽地说，“所以……我真的不想一个人躺在冰冷的棺材里，我怕。”

清晨，初末还在睡觉，就被手机铃声吵醒，她迷糊地接起，墨忘在电话那头的声音特别的青春充满活力：“大咩，快点起床，本少爷就快到公寓楼下了！”

初末睡眼蒙胧地说：“你在楼下做什么？”

“你快下来就是了！你不下来的话，等会儿我到了就站在楼下大吼大叫，让邻居都知道你的名字！”

初末当真是拿这个任性的小祖宗没办法，她只能起床。

去浴室刷完牙洗完脸之后，初末才发现公寓里早没了流年的影子，找了一圈也没找到，桌上也没有例行的早餐。

虽有些奇隆，但她也没想那么多，猜流年肯定去公司处理公务了吧。

换好衣服之后，初末下楼，远远地就看见墨忘的法拉利上挂着两个红色的气球，分别在反光镜的两边，小王子则趴在方向盘上发呆。

初末走过去，弯腰喊了一声他的名字，他下意识地转过头，眼神还是茫然的……

初末忽然就觉得这家伙茫然的样子怎么这么萌，好像……好像流年养的那只大狗啊！只不过那只大狗，自从初末来公寓住之后，就被流年送给墨忘养了。

坐上车之后，初末问：“你要带我去哪里啊？怎么车上还挂了两个红色的气球？”

墨忘将手上的早餐递给她：“这是流年叮嘱我买给你的。”然后才回答她的问题，“挂红色的气球庆祝呀！”

初末看着他这一身的奢华打扮，问：“这次你真的是要去结婚啊?”

“……”

“你穿得这么正式,又在车上挂了两个红气球,不是去结婚是去做什么?”

墨忘说:“你看你一点都不关心我,今天我生日你都不知道!”

“你生日?”初末说,“你怎么不早说呢?我什么礼物都没准备……”

“不用准备了,人到了就行,何况你的礼物,流年早替你送我了。”

Part 2

如果初末知道墨忘的生日庆祝是连续三天的话,她一定不会过来的。

时间倒不是问题,问题是除了墨忘之外,她一个人都不认识,墨忘又是生日的主角,自然不能什么都照顾到她。所以待在一个陌生的,又是有钱人的环境里,初末是极其不适应的。

来这的时候,她也问过流年为什么不一起来,墨忘说流年这段时间特别忙,所以就没勉强他过来了。夏图怀着宝宝,自然是不好参加这样的活动。

最让初末郁闷的是这三天她的手机被没收了……墨忘那家伙莫名其妙地规定,大家三天不能用手机,不管发生什么重要的事情都没他的生日会重要。

没有手机,不能跟流年打电话,初末一开始还能发发呆,到了后来就直接是每天看着周围来参加生日宴会的嘉宾不断变装了。

以前初末觉得墨忘每天打扮得太过于精致,接触了这些人后她才知道什么叫作真正的精致。

来这里的人基本上都是“富二代”,名媛什么的,穿着打扮上午一套下午一套。晚上又是一套,跟他们比起来,初末觉得自己格格不入极了,只希望三天赶紧过去,她要回家……

最后一个晚上,是例行 KTV。一进包厢,初末就觉得自己走错了。这里是维也纳金色大堂吧?怎么有这么大的包厢!并且满眼辉煌的金色为主调,简直就是传说中的高端大气上档次!但她没把自己的惊叹表现在脸上,心想这一趟过来就当给自己长见识了吧。

一整晚，初末耳边都是："我昨天买了个香奈儿，前天买了个LV，前前天没了个迪奥。""你那个是××最新款限量版的××包包吗?""我男友昨天送了我一艘游艇。"……当她在这样的吹牛催眠曲中快要睡着的时候，墨忘噌地一下坐在了她身边，笑嘻嘻地说："你怎么不跟他们一起去唱歌呢?"

初末想着小王子的生日还没过完呢，所以很给面子地说："我不喜欢唱歌啊，你这个主角怎么跑到我这里来了？快去应付你的客人们去。"

墨忘说："累了。"说完，他就疲倦地将脑袋靠在初末的肩膀上，"我每年的生日都是这样过的，是不是很无聊?"

"也不会啊。这么多人陪你，每个人都把你捧在手心里，怎么会无聊?"初末嘴巴上是这样说的，心里却说了一万遍反正下次打死她都不会来了。

"哼，你是在讽刺我吧？我看你这三天都挺无聊的。"

初末找理由："因为我不是主角啊。"

墨忘呵呵一笑："别哄我了，我每次过这样的生日，就觉得特别无聊。IMB老头帮我搞得这么大，其实还不是为了他的生意！把他生意上那些伙伴的儿子女儿叫来给我庆生，其实是拉拢关系。他不知道，越是人多，我越觉得孤独，你看，我连过个生日，都是建立在商业关系上的。"

初末第一次发现墨小王子多愁善感的一面，方才的不满马上就遁了下去，她安慰道："你别难过，也许你爸爸只是想你跟他们多交流呢？你看这排场多大啊！有多少人过生日会连续三天的？还有这个KTV，整得跟歌剧院似的，这么大牌！这么多人替你庆祝，每个人都送你一份巨大的礼物，一份礼物够我们这种普通老百姓一个月工资了吧，这是很多人都羡慕不来的。"

"我刚才看你挺不适应的，你肯定觉得你跟这些人不是一类人吧?"墨忘忽然抬头问她，"如果流年过的也是这样的生活，你会去努力配合他，还是让他为了你从这样的圈子里退出来?"

初末被他这一问，真愣住了。

她从来都没有想过这样的问题，因为她跟流年从小时候就认识，她便觉得他们就是一类人，如果有一天流年过生日也整成这样……初末勉强地笑了笑，对墨忘说："你这是什么比喻？我从来都没想过，总觉得这种豪门圈子离我很远。”

那天初末记得墨忘最后跟自己说的话就是:“不远,很多事情早就已经变了,就像我,当初一个在国外流浪的小流氓,到现在你们口中的豪门小王子……只是有人一直在保护着你,所以你觉得什么都没有变。但是初末,你知道在过去的那两年,流年的变化么?”

Part 3

昨天一整晚,墨忘的话都在初末脑子里打转,虽然她只是模糊地知道流年这两年过得并不好,但流年不提,她也没有刻意去问过。总觉得两人好不容易重新在一起了。对过去耿耿于怀做什么?从现在开始,她好好地爱他,这样不够吗?

虽然是这样想的,但第二天墨忘送她回来的时候,她还是第一时间去了公司。不知道为什么,自从墨忘跟她说了这话之后,她一颗心总是不宁静,总觉得会有什么事情发生。

尽管墨忘早上安慰她,这些都是他随口说说的。

初末来到公司的时候太早,员工都没上班,就一个前台开了门在那里泡奶粉,看见她这么早过来,有些诧异:“初末姐,你怎么这么早就来公司了呀?”问完,脸色一变,小声说,“难道、难道是来找慕总算账的?”

“什么算账?”初末疑惑地问过去。那前台立马摇摇头:“没、没什么!”然后继续低头泡她的奶粉。

原本就头脑有些糊涂的初末在前台说了这样的话之后更糊涂了,她打算去流年办公室等他回来。

结果这一等就等得睡着了,醒来的时候才发现都十点了,办公室没有任何人进来过的迹象。

她打开门出去的时候,发现公司里的人都聚集到一台电脑前,也不知道在看什么。乐趣横生的模样。

初末也凑过去看,本来只是随意看看,却不想屏幕上的图片把她刺激得血噌噌往脑门蹿。

那是几张赛车的图片,估计是记者偷拍的,其中有一张是一个男人英俊的侧脸,然后身边坐着一个穿着性感的某女神。

虽然只拍到了他们的侧颜,但周围的人一看便知道男人是慕流年,女神则是墨以然。

坐在电脑前的那个女职员说:“昨天你们没在现场,可不知道当时有多热闹,都是‘富二代’、名模什么的,赛车嘛,图的就是个尽兴。那天就慕总没带女伴去,照例说赛车的时候,副驾驶位上都要坐个伴的,本来我们的余生副总是来帮忙解围的,结果那群人怎么都不让男人坐上去……那些个‘富二代’也是有眼力见的,知道墨大小姐喜欢慕总,就尽力地撮合他们……”

那女人还在那吧啦吧啦地说,人群中不知道说惊呼了一声:“初末姐!”

然后大家的目光齐刷刷地射在初末身上。

初末只觉浑身冰凉,在这样的目光下更显得自己难堪,但她还是假装镇定,对着众人微笑:“你们慢慢看!”

然后转身离开。

出了公司之后,初末觉得自己脑子乱糟糟的,她好像一开始就掉进了一个陷阱里,墨忘的生日来得那么凑巧,流年从来都没跟她提过的赛车……还有图片中的那辆跑车,不就是流年前些日子买的兰博基尼 Auentador LP700 –4 么?

兰博基尼 Auentador LP700 – ……那时候……她真的以为他买这辆车是为了帮她出口气的,没想到……是为了这场赛车。

初末离开公司之后,并没有回公寓,此刻的她根本就不知道该如何面对流年。

她直接打车去了夏图家,从出租车上她就开始哭,眼泪噼里啪啦地往下流,觉得自己被欺骗了,还是被她最爱的最信任的流年骗了。还有她一直都把他当成弟弟看待的墨忘……居然也跟流年联起手来骗她,让她伤心透了。

出租车上,司机不断安慰初末,到了巷子口的时候居然连她的钱也不收就掉头走了。

初末走进夏图家那个风尘味非常重的巷子的时候,站在两边的浓妆女人一个个看着她哭得掏心掏肺的样子都傻了,以为哪个神经病从医院里被放出来了。

夏图听见敲门声,打开门一看眼前人泪流满面的样子,受到了惊吓,她说:“末末你这是怎么了?怎么哭成这样啊?你知道你现在的样子有多吓人么?我孩子都差点被你吓掉了!”

初末看了一眼她的大肚子,还是哭啊,心里真的很伤心很难过,她什么都不想说,就想哭。

Part 4

后来初末平静了之后,夏图让她把事情的经过都说了一遍,夏图翻了个白眼说:“我还以为发生了什么大事,你那哭的劲,真是恨不得把地球哭成方的,吓得我胎都差点掉了。”

自从怀孕以来,夏图的口头禅统统变成“吓得我孩子都掉了”“笑得我孩子都跑出来了”等等一系列的。作为一个未婚妈妈有这么乐观的状态,也实属难得。

夏图继续安慰说:“难道你在跟流年和好之前,不知道他以前的那些八卦消息么?Leonardo Mu 在这两年内经常换女朋友是各大报纸杂志都刊登过的。其实男人都是这样的,谁能甘心在这个花花世界里只抱着一个女人?你以为每个人都是苏邺吗?”

这话初末不赞同了,她说:“不是的,流年不是那样的人!”

夏图呵呵了两声:“既然你相信 Leonardo Mu 不是那样的人,那你刚才为什么又哭得那么撕心裂肺的?其实在你心里,你自己也没太多把握不是么?你们分开过两年。两个月就足够一个人变化了,何况还是两年?再说 Leonardo Mu 也是人,面对那么多诱惑,你又抛弃了他,他为什么还要为你守身如玉?”

初末闷闷地说:“我也没有要他为我守身如玉,只是现在他既然跟我在一起了,为什么还要跟墨以然纠缠不清?”

夏图分析说:“你自己刚才也说了,Leonardo Mu 去赛车是没带女伴的,也就是说他并没有跟墨以然一起去。在那么多人都认识墨以然的情况下,又知道他们两的过去,起哄什么的是很正常的对不对?我虽然没看过赛车现场是怎样的,但以前也听说过。那些‘富二代’玩跑车,副驾驶座上是要带女朋友的,不是女朋友的话就现场抓个女伴什么的。我觉得 Leonardo Mu 也可能就是逢场作戏罢了,毕竟他开一家那么大的公司。平时跟这些人玩在一起是很正常的——”

夏图的话还没说完,初末忽然干呕了几声,很难过的样子。

夏图又受到了惊吓,她迟疑地说:“末末……你不会是有了吧?”

初末无语了一下,说:“对啊,现在我看起来要失恋了,要是我真的有了,我该怎么办啊?你会当作不认识我吗?"

"废话!当然不会!有了就一起生下来呗!有什么了不起的?又不是没男人就不能活了!以后我们两个携手把孩子养大,等我们老了,有两个孩子孝顺呢!多完美的一件事情啊!不管 Leonardo Mu 和墨忘那小子是不是联合起来的,我都始终站在你背后,做你最坚强的后盾!有我一口吃的就不会少了你的!"

初末本来心情恢复了一些,被她这样一说,泪点又被戳到了,然后眼泪就又流了下来。

夏图说:"你这又是怎么了?你别哭啊,哎!你也别乱猜乱想的,Leonardo Mu 不是没有找你么?你现在最关键的就是跟他好好谈谈,也许事情并不是你想象的那么糟糕。以前我认识的杨初末那么坚强,好像什么事情都能自己解决,怎么一碰上 Leonardo Mu 就完全变了个样呢?"

初末抿着唇,不说话,难受得像个考试不及格回家被家长训话的孩子。

这时,手机振动了,初末一看,是流年打过来的。

夏图显然也看见了,她拍拍初末的肩膀,语重心长地说:"好好跟他说说,别自己瞎猜,还跟人家吵架!"

然后便走开,把空间留给她。

初末接起电话,叫了声:"流年……"

"嗯。"那边似乎很安静。"在哪?"

"呃……我在夏图这里。"

"我过去接你。"

"不用!"初末忙说,"待会儿我自己回去就可以。"

"嗯,那你现在回来。"

说完,那边便挂了电话。

端了一杯水出来给初末喝的夏图,看见她挂了电话,诧异:"怎么就一杯水的工夫就挂了电话啊?你们吵架了吗?"

"没有。"初末说,"图图,我要回去了。"

夏图将水放在一边:"回去也好,当面好好谈,千万别吵架!"

看见夏图仿佛对自己女儿般紧张兮兮的模样,初末笑着说:"放心吧,流年不会跟我吵架的,他生气只会不理人。"

听到她这么说,夏图也放心下来,送她到了门口,初末便让她进去,说过段时间再来看她。

目送初末离开之后,夏图正要关门,却不想门忽然被一只手给抵住,眼前出现的人,是她以为这辈子都不会再见到的人……

Part 5

初末没想到一出巷子口,就接到大学同学的电话,说是班长过生日,让还在B市的同学有空的话来吃个饭。

以往初末都会找借口的,但这时候她心情烦躁,不想见流年……也想让他着急着急,所以就答应了过去。

转过身,就见流年的车子停在不远处,也不知道他来了多久。

初末愣了一下,自觉地走了过去,车窗摇下之后,她说:"今天有同学过生日,要我过去吃饭。"

说这句话的时候,她冷着一张脸,心情很不好的样子。

初末从来没如此在流年面前生气,所以心里还是有些紧张的。

却不想流年脾气很好地答应了,然后嘱咐她注意安全,别喝酒。

如此温柔,初末倒是觉得自己有些任性了,但话都说出了口,她便"嗯嗯"了两声,转身就要走。

流年叫住她:"我送你?"

"不用了!"初末飞快地招来一辆出租车,"我自己打车过去就行了。"

后来在生日会上吃饭的时候,初末一直心不安,想着她现在算是跟流年吵架了吧。

可说来也不算,流年根本就没对她的任性发脾气,从始至终都只是她一个人在生闷气而已。吃完饭后,还有唱K的活动,初末故意跟流年发了个短信,想看看他有什么反应。却不料,他只回过来简单的一个字——"好。"

初末心里气哄哄的,想着今天我就玩到三更半夜才回去,看你能不能这么淡定!明明就是他做错了事好不好,还一副什么事情都没发生过的样子。

这般想着,初末就狠狠地吃了起来,把怨气都化作食欲,奋力进军。

吃完饭后,一大群人出来,初末本来无精打采的,却不想一出门就看见对面马路上那熟悉的白色卡宴，流年一个人靠在车边抽烟，远远看着她。

这里比较偏僻，人少，初末就那样远远地与他对视，不知道他什么时候来的，是不是在她上出租车之后一直跟着她，然后等着她出来。

心里忽然很酸，她跟同学说自己有事，便飞快地跑到他身边。

那群同学火眼金睛，自然是看见这边的流年了，有人想要上前打招呼，但因为离流年较远，加上流年气场强大，他们还是却步了。

初末走过去，仰头问他："你怎么来了？一直跟着我吗？"

流年"嗯"了一声，他说："你跟同学继续玩，这边比较偏，不好打车，我在外面等你，你玩累了，就带你回家。"

初末鼻子酸酸的，说不感动是假的，她摇摇头说："不了，我们回家吧。"

说完就绕到车的另一头，上车。

她上了车，流年也上车，车子发动直接开走了。

一路上两人都没有说话，流年直接把车开回了公寓。

回到公寓，初末还是没忍住主动开口，问："你就没有什么要跟我解释的吗？"

流年在他身边坐下，道："好，你有什么就问。"

他这样泰然自若的样子反而让初末有些不自在了，她调整好心态，问他："你刚才为什么要在外面等我那么久？是因为愧疚吗？"

流年说："我知道你上午来过公司找我，也知道你看过新闻了，你心里不舒服，有气，是我不好。如果你想发脾气就对我发，但别自己憋在心里，让自己更难过。"

他这样，让初末又是感动，又是难受，连生气都变得不那么理直气壮了。

她委委屈屈地说："那你告诉我那新闻是怎么回事。这三天你都去玩跑车了吗？"

"其中一天。"

"所以你是让墨忘故意把我支走的？"

"算是，也不是，墨忘的生日恰巧在那一天。"

"你就那么不想带我去见你的'富二代'朋友们么？"

流年叹息一声，轻轻擦掉她没忍住掉下的眼泪，道："我只是不想你涉及这个圈子,你去墨忘的生日宴会上也看见了,你觉得如果我整天带你去那样的圈子,你能适应吗?"

初末明知道自己肯定不能适应,但嘴巴上还是倔强地说:"你都没让我试试怎么知道我不行?"想了一下,又很气愤,"那你也不应该让墨以然坐你旁边啊!"

其实让她最难受的还是这一点吧,流年解释道:"这次确实是个意外,一个是被记者偷拍,再然后……那天我本来是想带余生的,结果那群人起哄,非得带个女的,恰巧墨以然在旁边,所以……其实像这样的赛车只是生意上的来往,平时有空的时候大家都会在一起以玩的名义维护生意关系,都是过场面的。至于为什么不跟你说。是怕你会瞎想……"流年有些头疼地说,"没想到,到最后你还是瞎想了。"

"什么我瞎想啊!"初末不服气地说,"明明就是事实啊,你看,不止是我,大家都知道墨以然喜欢你,都想要撮合你们……万一你们就被他们这样那样撮合好了呢……"

"怎么可能……"

"怎么不可能啊! 就像他们说的,墨以然是千金小姐,人有气质,家里有钱,比我受欢迎,什么都比我好,简直就是男人心目中的女神……"

流年失笑:"那只是他们以为的,何况就算她是真的女神,又关我什么事?"

"你根本就不知道,有个这样的情敌很害怕,每天都生怕她会把你抢走,你们都那么优秀……你们才是天造地设的一对……"

初末的话还未说完,便被流年封了唇。

深情的吻,似乎想要将她受的委屈都吻尽。

她被吻得委屈,敲打着他的胸膛反抗,他退出,严肃地警告她:"就算再生气,都别把我跟别的女人凑对。"他说,"全世界的人都知道我要的女人只有杨初末,你还吃什么醋,乱想什么?"

初末因为他的这句话呆傻地望着他,因为流年很少会对她说这样的话……这样的……比甜言蜜语还要好听的话……

那样呆傻的样子,简直让流年无可奈何,他重新吻着她的唇,试图安抚她所有的不安。

有时候,连慕大神都会拿眼前的小女人没有办法,从一开始,他就尽力想将她保护好，不让她涉及太复杂的东西，想让她当永远无忧无虑的杨初末。她一直都不知道，他需要的不是女神，他要的她，不需要太强大，只需要躲在他的羽翼之下。

她从不曾知道，他之所以要将自己变得更优秀，只是为了更好地保护她。

所以，她优不优秀，强不强大，都无所谓。

Part 6

就在初末沉沦在流年的吻中时，手机声打断他们的情深，初末有些尴尬地拿起，居然是夏图打过来的，疑惑地接起，那边传来一抹沙哑的男声……

夏图的孩子流掉了，是一场意外。

初末赶到医院的时候，夏图正从手术室被护士推出来，苏邺正要跟去病房，医生阻止道："刚才病人因为你情绪太激动，你还是别过去，她刚动完手术，容易情绪失控，你待在病房，会让她更难受。"

苏邺的脚步硬生生地停在了病房外。

初末走进病房，看着躺在床上、面色苍白的夏图，一抹心痛涌上心头。

明明前一秒钟还是好好的，为什么忽然就发生了这样的事情……

初末坐在沙发上，等着夏图清醒。

刚才的电话，是苏邺打给她的，而事情的经过，她也从苏邺口中得知。

上午，她刚从夏图家离开，苏邺便去找夏图。

他是从墨忘那里得知夏图怀了他的孩子，至于墨忘为什么要说……不难理解。

作为朋友，墨忘一向很仗义，大抵是不想看夏图自己傻乎乎地背负单亲母亲的身份，一辈子受委屈，所以才告诉苏邺的。

却不想墨忘在跟苏邺说这事的时候，恰巧被一直喜欢苏邺并且缠着他不放的B大女生偷偷听见。

苏邺来找夏图其实是想确定她是不是真的怀孕了，却不想话还没开口说，那个女生就出现在夏图家门口，张口就骂夏图不要脸，抢了她的男人!

夏图本身就是个火暴脾气,两人就吵上了。

苏邺拉着那个跟踪他过来的女生想把她拖出去,却不料,女生忽然抱住苏邺哭着说离不开他,在苏邺毫无防备的时候,竟然狠狠将苏邺往夏图那方向推开,苏邺撞上了夏图,夏图没站稳,踩到了大院旁边的青苔,就这样滑倒了……

一切看起来那么的富有戏剧性,又那么的……仿佛是冥冥中早已注定。

夏图醒过来的时候,手下意识地摸向肚子,感觉那里平整得好像什么都没有过……她的眼神有些空洞,身体的某个部分好像已经死去。

初末看见她那个样子,心里很担心却又不知道该说什么,只能讷讷地喊了声:“图图……”

“孩子没掉了是吗?”即使心里已经有数,夏图开口的第一句话还是问出了这样的问题。

初末说:“你还年轻,孩子没掉以后还会有的……”

夏图摇了摇头,她的声音沙哑,笑容凄然,她说:“末末,你知道吗,从有了这个孩子初始,我就有一种预感,好像留不住他……我每天都过得十分小心翼翼,一日三餐都搭配得很好……就连墨忘都每天会让人送来滋补的东西……可是他还是走掉了……他还那么小。怎么舍得就这么走了?难道他不知道他的妈妈会很难过吗?还是说……从一开始,我就不可以奢望,不可以奢望能跟他在一起,更不可以奢望有了他的孩子……”

“图图……你别这样想……”初末想安慰,但此刻的夏图最不需要的就是安慰,从来安慰这东西,就没什么作用。

她转头看着初末说:“苏邺在外面是吗?”

初末点点头。

夏图笑了笑:“我早猜到墨忘会跑去告诉他。墨忘表面上玩世不恭,小孩子一样,内心却很细腻,看不得朋友受半点委屈,他是怕我以后就算把孩子生下来了,一个人带孩子也很辛苦。只是他没想到……苏邺不爱我,奉子成婚的感情,不是我想要的……末末,你让他走吧,你告诉他,从此以后,我跟他恩断义绝,再无瓜葛。”

从此以后,她再也不会默默地站在他身后,等着他回头。

第二十章　君之吾所系，卿之吾所忆

墨忘看着，轻轻地对她说："傻瓜，你一定要幸福。"

Part 1

初末晚上做了一个梦，梦回她上大学的时候，那一年，她刚遇见夏图、木槿还有王纯。

当时她们都是单纯美好的样子。

有一次天气预报说晚上有流星雨，四个人集体跑到寝室的楼台，凌晨两点等流星雨。

结果流星雨没等到，四个人互相巴巴地问各自的理想。

木槿说："我要考研，读博，成为我们家里唯一的博士！"

王纯说："我希望我爸爸能继续发大财，我要有好多好多钱，然后过上流社会的生活！"

初末说："我希望变成一个优秀的人。"

夏图说："我希望有一个温暖的家，和爱我的男人。"

那时候，她们三个人就笑夏图说："怎么年纪轻轻就想着家啊男人啊，没想到夏图是我们之中最早熟的一个！这么着急嫁人！"

那时候她们并不知道，夏图从小就没有一个完整的家，所以她希望自己深爱的男人能给予她。

夏图出院后，是初末和墨忘去接她的。到了家之后，夏图趁墨忘在外面整理东西的时候对初末道："末末，我想出去一段时间。"

初末问："不想在家里住吗？"

"不是……"她顿了顿说，"我想去旅行，边工作边旅行。"

"呃……"初末想了想说，"你是想避开苏邺吗？其实 B 市这么大,也不一定会遇上……我就是担心你这样子出去,会不会有什么事。”

“能有什么事?”夏图笑道,“到现在,该死心的都死心了,我不是想逃避,我只是想放松一下自己的心情。B市让我太压抑了,我要过一段放纵自己的日子,再回来。”

初末有些忧伤地说:“会不会放纵着放纵着就不回来了啊?”

夏图严肃地想了一会儿,道:“可能哦,说不定在旅途中发展了艳遇什么的……”瞥了一眼初末惆怅的脸,她笑出声,“傻瓜,我只是去散心的!就算真的在外面遇见一个适合的人,也得回来见家长啊!”

不知道为什么,夏图明明是笑着说这句话的,初末却特别难受,她张开手就抱上去,好像夏图这一走,就再也见不到面了似的。

这一抱,她不经意地看见门口一抹身影闪过……是墨忘。

回去的时候,坐在墨忘的车里,初末幽幽地说:“刚才我跟夏图说话,我看见你在偷听。”

墨忘吓得忽然一个紧急刹车,见鬼一样看着初末,初末没防备,差点撞上前面的挡风镜,她抱怨道:“你干吗啊?那么紧张做什么?”

墨忘深呼吸了一口气:“我才没紧张!”说完便又重新发动车子。

初末看着没紧张的某人诡异地红着一张脸,她打趣道:“既然没紧张,你脸红什么?”

“我皮肤每天都这么红润有光泽!”

“拉倒吧!就你那点小心思我还不知道!”初末不再拐弯抹角,直接拆穿他,“我知道你在责怪自己,如果不是你把夏图怀孕的事情告诉苏邺,也许就不会发生接下来一连串的事情,但是你知道么,我跟夏图都很感谢你,苏邺是孩子的父亲,本来就有知道实情的权利,只是之后发生的事情,都在状况之外,你不必放在心上的。”

“……”

见墨忘不说话,初末自顾自地说:“其实你这小孩平常看起来非常幼稚又无理取闹,但是对朋友怎么就这么好呢?我被墨以然陷害的时候,你穿着病服就从美国跑回来了,我跟图图毕业的时候,你特意过来帮我们庆祝,还戴了巨大的一顶皇冠。我和流年被困泥石流的时候,你带着那一大帮人来,自己一点都不顾危险……还有夏图刚怀孕的时候,夏爸爸把你错认是罪魁祸首,你也不吭一声……还有在我不知道的无数次,你默默地给夏图送孕妇营养品……墨忘,说真的,有时候我真的觉得你不是人哎……怎么能对每个人都那么好?”

墨忘扭头骂她:“你才不是人!你们全家都不是人!”

初末知道这家伙是害羞了,她也不再拆穿他了,只叮嘱道:“好好开车啊,我还想平平安安在流年身边过一辈子呢!”

Part 2

夏图离开的那天,机场内,初末多想留夏图在B市啊,可是又觉得自己那样太自私。当夏图转身要走的时候,初末还是忍不住哭了起来,抱着夏图跟生离死别似的,眼泪不停地流。

夏图说:“你别这样啊,让我走得都不安心呢!”

初末才擦擦眼泪,哽咽地说:“你千万要自己保重啊,玩累了,就回来,我在B市等你!”

夏图点点头,说:“我真的走了啊,你跟慕师兄要好好的!”

然后夏图就转身走了。

初末一直觉得夏图比自己坚强,在喜欢苏邺的时候,在怀了孩子的时候,她总是那么淡定,仿佛天塌了下来都是一件很平常的事。只是,她看不见的是,当夏图转身后,她眼角落下眼泪,她不是天生就一副铜皮铁骨,她只是难过的时候从来不喜欢被别人看见。她喜欢自己给别人带去的只有快乐和笑容,就像永远朝着阳光积极向上的向日葵。

等到夏图走进了安检口,流年才走上前,将哭得脸上都是眼泪的小末宝转过身。帮她擦眼泪。

初末吸吸鼻子,说:“我这样是不是超级丢人啊……”

“一点吧……”

然后初末就缠着流年,抱着他说:“没关系,我知道你不嫌弃我的。”

他笑笑,任由她抱着,英俊的脸上宠溺满满。

在候车厅的不远处,苏邺站在那里,他确定夏图转身的时候,是看见他的,但她只是瞥了一眼,便将他当作了陌生人。

是的,他给了她太多伤害,他连做她身边的陌生人都没资格了。

为了让初末心情好一点,流年那天特意没回公司,陪她去玩。

一时间两人也想不到去哪里玩,开车的流年忽然说:“等把墨忘的音乐会做完了之后,我有半个月的假期,到时候你想去哪里?”

初末的心情顿时就好了起来,期待地望着他说:“真的吗?”

“嗯。”

然后初末就开始在计划这半个月要去哪里。

流年见她那着急的样子,笑道:“还有很多天让你想。不用急于一时。”

初末却摇摇头,她说:“你不知道,之前我出去玩过一次,见过很多漂亮的风景,可是再漂亮,我都开心不起来,我总是在想,如果那时候你在我身边就好了。那个时候我才知道,原来只要有你陪在我身边,哪里都是美景。”

Part 3

墨忘的音乐会很快便到来了。

作为举办方员工的初末一大早就忙里忙外的,倒是墨小王子一派轻松,从早上到下午已经啃了五个苹果了。

初末好不容易抽出了个休息的空当,就被指派去 VIP 休息室看看墨忘准备得怎么样了。

走到休息室,刚敲门,就听见里面传来剧烈的咳嗽声,她试图开门,才发现门从里面反锁了。

“墨忘?”她敲了敲门,有些担心墨忘在里面会不会发生什么事情。

却不料,门很快就被打开,初末被眼前的人差点闪瞎了眼:“……就算是要开音乐会……你也不用穿得这么闪吧?都能把你挂在天上当星星了……”

墨忘哼哼两声:“我就是要当今晚最闪耀的星星!”

说完后,他又特别臭美地说:“怎么样,有没有比你们家流年更帅?”

“是是是,你最帅,全世界哪有人比你更帅!”

墨忘翻了翻白眼:“虚伪!”

初末笑着说:“你把门反锁着干吗呢?不知道的人还以为你在里面藏了谁呢!刚才我听见你咳嗽的声音,没事吧?”

墨忘说:“能有什么事?对了,你不是一直都想知道流年在离开你的这两年间发生过什么事吗?”

初末奇怪怎么此时此刻他忽然提起这个,尚未将疑问问出口,墨忘就说:“本少爷今天心情好,所以告诉你,错过了今天,以后找我,我可懒得讲。”

“那你快讲!”既然是关于流年的事,就算现在有天大的事情,初末也觉得要先听流年的再说。

于是墨忘便提议去会议室里说,初末纳闷:“为什么不能去休息室?”

墨小王子的理由是:“一整天都待在休息室里,憋坏了,出去呼吸新鲜空气!”

可是会议室的空气就比休息室的新鲜么?

带着郁闷,初末跟着墨小王子走。

她看不见的是,休息室门的背后纸筒里,满满都是墨忘咳嗽时咳出血来擦血的纸巾……

坐进会议室,墨忘一本正经地说:“首先,我要申明,我是怕你这个白痴以后听别人胡说八道流年什么绯闻,才决定告诉你的。还有就是上次带你去我的生日会,给你一个解释,让你别误会了流年。”

初末哼哼了两声说:“知道了,你快把你知道的都说了。”

墨忘盯着她的眼睛,还是很严肃的表情:“我只说一次,你要记得,以后我就不说给你听了。”

“知道啦!”初末说,“怎么搞得好像说遗言一样……我们能放松一些么?”

墨忘想了想,然后开始道:“就是……上次我把你带去我的生日会,我承认是有意的。那天流年要参加一场俱乐部的比赛。像这类玩乐是那些商业人士必要的社交方式,你以前应该看过电视里那些动不动就玩 Party 啊高尔夫啊等等上流社会的人,实际上都是在玩的时候让以后的生意更好谈。”

“嗯。”初末点点头,“这些流年跟我解释过,我也能理解。”

“你能理解就好,那么我接下去说的,也希望你能理解。”墨忘顿了顿,说,“在离开你之后,流年一度很颓废,家也不要了,公司也不管了,喝酒换女人……这些我之前都没跟你说过,是怕你接受不了。流年也一直没跟你提,在我们的印象里,你太单纯了,跟你说这些,怕你会接受不了,再加上都是一些过去的事情。虽然流年那时候的确放纵过自己,但现在他还是好好地站在你面前不是?”

初末“嗯”了一声,其实墨忘不说,她也能猜到一点,在国外那么开放的国家,既然流年曾经放纵过自己,肯定就不止喝酒抽烟那么简单,她不会接受不了,只是很心疼……那时候的流年,被她伤害得那样深。

“在流年这样的情况下,他的父母自然不会不管。其实说实话,那个时候除了流年的父母之外,真的要谢谢墨以然,她一直陪在流年身边,在流年的公司快撑不下去时想尽办法,才把初慕保住。当然,让流年彻底清醒的是有一次在国外,流年的钱包不小心落在酒吧里,被人看见里面的一张照片,我想不用我说,你也应该知道照片上的人是你吧……

“那时候墨以然对流年非常好,好到让周围的朋友都看不过去。不明白他是怎么想的,明明身边有这么好的女人,流年却忘不掉把他抛弃的你,所以那个人试图把你的照片给撕了……只是,她刚动作,就被流年狠狠地揍了一拳。流年抢过照片后就走了。那天晚上,他发生了车祸,差一点……手就再也不能弹钢琴了…—

“就是这场车祸让他彻底清醒了吧,从那次以后,他便不再颓废,每天都认真地工作。公司在那样的情况下,也确实紧张,也是在那么长的一段时间里,流年开始跟很多人打交道。其实刚跟你在一起的时候,流年并不打算把公司发展得很壮大,他一直觉得顺其自然就好,只要够养你就行了。但是流年在国外颓废的那段时间让他的父母非常不满意,你也知道,从小他就是父母眼中最优秀的孩子,可是却为了你变成那样。”墨忘说,“那时候流年的父母非常喜欢墨以然,几乎是逼着流年跟墨以然结婚,但流年不同意,所以双方弄得很僵。流年的母亲放话,如果他还要再等你的话,就要跟他断绝母子关系。”

说完,墨忘看着初末一脸难受的样子,他说:“其实慕伯母只是希望自己的儿子不要再受伤害而已,作为一个母亲,她的心情是能够理解的。但流年不喜欢墨以然,对于每一个认为她是他女朋友的人,他都是逢场作戏而已。虽然他没有跟父母明说什么,但谁都知道,他一直都在等你,他连你什么时候会回来,会不会回来,都不知道,只是毫无目的地等待。

“从流年身上,我知道,不想起一个人的方法,除了让自己堕落之外……还有一个就是把精力全部放在工作上,流年离开了浑浑噩噩的日子后,每天开始认真上班工作。也是从那时候开始,他有了烟瘾,在每个工作完的深夜里他都会不停抽烟,第二天助理收拾桌子的时候,都会发现满满的烟蒂。除了这个,他还酗酒,不按时吃饭,把自己的胃搞垮,住进了医院。那时候的他,一点都不像个医生,像个丢了魂的工作狂。这样的情况一直持续到他回国,重新遇见了你。

"我曾经问过流年,为什么世界上那么多女人,他一定非你不可。他告诉我说,小时候,有一次看见你很危险地站在树上绑东西,当他爬上去的时候,才发现你是想把一个写着两人名字的锦囊,用红线拴在树枝上。你告诉他这是你的目标,然后他就看见锦囊里的小纸条上写着:因为你,我要变成优秀的人。流年说,从那一刻起,他便认定你是他一辈子想要爱的人。"

回忆凶猛,初末怎么会不记得,那个锦囊,还是流年亲手帮他绑在树枝上的。

Part 4

后来,初末不知道自己是怎么走出会议室的,只记得墨忘最后对她说:"我一直以为流年是世界上最傻的,不知道喜欢的人是否会回来,就那样一直等着。直到你出现,我才发现你才是那个最傻的,明明那么爱他,却要因为一些莫名其妙的原因离开,伤害了别人,也伤害了自己。"

初末离开之后,墨忘站在窗外看着她的背影发呆,忽然一阵咳嗽来得非常迅猛,他拿出纸巾捂着嘴咳,可那么剧烈的咳嗽仿佛怎么也不能停止。

他拿起杯子试图喝水止咳,却不想一口鲜血喷出,透明的杯子立刻被染得猩红。

对于这样的情况,墨忘已经习以为常了,他没有多悲伤,只是用纸巾不停地擦着嘴巴上的血渍,好不容易止住了咳,看着杯子里的血,他自嘲道:"是不是连你也知道我想要做的事情都做完了,所以想带我走?可是我最后还想弹一首曲子给她听……即使她已经认不出我。我想让她知道,我也可以努力,变得跟流年一样优秀。"

窗外,是初末越来越远的背影。

墨忘看着,轻轻地对她说:"傻瓜,你一定要幸福。"

墨忘的音乐会即将开始的时候,流年正在幕后跟工作人员说话。一切准备就绪后,流年转身,就看见不远处呆呆地站在那里的初末,傻愣愣地看着他。

流年感到有些奇怪,他走近她,看着她的眼睛一眨不眨地盯着自己,感到有些好笑地问:"你怎么——"

话还没说完,就被她猛然抱住。

流年被她的动作吓了一大跳,想要掰开她的手,看她究竟怎么了。

却不想初末抱得更加紧了。

"初末……"低沉的嗓音里带了些无奈和担心……

"唔……"初末说,"我没事,我就是看见你站在那里特别帅,就想抱抱你。"她仰起头,对他微笑,"就是突然觉得这么帅的流年哥哥是我的,我觉得好幸福。"

"……猪。"见她没事,流年终于放下心来,对杨小猪的举动无奈却宠溺地放任之。

周围的工作人员看见大 boss 跟女友如此亲昵地抱在一起,只觉羡慕不已,很识相地离得远远的,将空间留给甜蜜的二人。

耳边忽而传来一阵热烈的掌声,然后就是优美的钢琴曲响起。

初末知道是墨忘的音乐会开始了。

她抱着流年静静地听了一会儿,然后松开流年,道:"我们现在可以走了吗?"

流年摸摸她被风吹起的刘海,问:"不看完音乐会再走?"

初末摇摇头:"不用看我也知道墨忘会是今晚最闪耀的明星……但是这些跟我都没有关系,因为对我来说最闪耀的星星就在我面前,我只要有你就够了。"

流年失笑:"刚吃蜜了,嘴巴这么甜?"

"你喜欢吗?"初末眼睛闪亮亮,"你喜欢的话,我每天都说给你听!"

"……"

"好啦! 我开玩笑的!"她挽着流年的手,道,"所以慕先生不要跟我计较,我们一起旷工吧!"

说完,她拉着流年便往外走。

音乐会的前台,白色的钢琴,穿着闪耀礼服的墨忘坐在那里,台下虚无坐席,大家都沉浸在悠扬的曲调中……

指尖在黑白琴键上跳跃,墨忘眼前似乎浮现两抹越来越远的身影,他们手牵着手,仿佛会一辈子不离不弃的样子……

嘴角勾起一抹欣慰的微笑——

初末,你一定不知道,并不是因为那场车祸,流年才彻底清醒的。

车祸只是一个引子,让流年在日后的岁月里发现,他不能再如此堕落下去,只有他一直强大,才能更好地爱你、保护你。

所以,你要自信,你要好好的。

Part 5

出了剧院的大门,外面幕色沉静如水。

流年低头问身边的人:“想去哪里?”

初末想了想说:“本来想在离开这个城市之前去看看我们的老家……只是听说那里好像两年前就拆迁了,做成了一栋栋的新楼,再也没有小时候的样子了。”

“想去看吗?”

初末点点头:“不过……好像距离有点远,而且,要是真的拆掉了……不是白去了吗?”

“既然想看,就去。”流年简单地应了一声,然后牵着她往车边走去。

坐进车里,流年又说:“距离有些远,如果累了,闭着眼睛休息一下,到了我叫你。”

“嗯。”初末应了一声,今天忙了一天,的确有些累了。她靠在一边休息的时候,偷偷地瞅着认真开车的流年,其实不管去哪里,旅行或者是度假,她都没有关系,只要有流年在身边,在哪里,她都觉得是快乐的。

此刻的她又开始想起墨忘跟她说的话,流年曾经出过一次车祸,差一点就不能弹钢琴了。

这件事,流年从未向她提起。

如果真的一辈子都不能弹钢琴了……初末摇摇头,简直不敢想象,她在心里不断地告诉自己,这一次,无论发生什么事,她都不会再离开他,再也不会幼稚任性。经历了那么多,她才发现,两个人之间最重要的就是信任,有什么话都摊开说明,不要总以为自己的选择就是对大家都好的,那样往往会适得其反。

也许是因为脑海里想着这些,所以初末原本偷偷的打量变成了赤裸裸的注视,最终,流年忍不住道:“就这么好看?”

“唔……”初末愣了一下,道,“好看!真的特帅啊!尤其是今天衣领有点低……这是什么牌子的衣服啊?以后你多穿点这样的衣服呀!”

“……”

杨小姐,你可以不要流氓耍得这么光明正大吗?

也许是流年的沉默让初末觉得不好意思,她忙闭上眼睛说:“我睡觉不看就是了,到了你记得喊我噢!”

说完就闭着眼睛,假装睡了过去。

流年看着小孩子般淘气的她,无奈地勾勾唇。

初末本来只是想闭一会儿眼的,没想到竟真的那样睡了过去。

醒来的时候还在车内,只是身边已没了流年的影子。

初末一时间心慌了起来,在车内寻了一圈,再看看窗外,黑漆漆一片,半个人影都没有!

一种仿佛流年已经离开,她再也找不到他的感觉在心间泛起,初末连忙打开车门下车,想要去找他,一抬眼,却发现自己待的地方居然是他们的老家,而她就站在曾经的大院门口!

这一带的确有很多新楼房建起,可唯独这幢大院,还是早些时候的样子,跟记忆中的那个熟悉的大院相比,一点变化都没有。

初末站在那里,看着当年杨家与慕家的两座老房子紧靠在一起,楼前大院,还有院子里的大榕树,就连榕树木屋子上随风飞舞的红色锦囊都还挂着。

初末一步一步地往里面走,她走到榕树下面,看着上面挂着的红色锦囊,那是她很早之前挂上去的,经过了风吹雨打,色调已经退了,但其中有一个,色调非常鲜艳,跟新的一样。

她忍不住伸手将它取了下来,打开,里面一行是她写的话,然后旁边写了一模一样的刚劲有力的字:君之吾所系,卿之吾所忆。

初末看着,眼眶不禁酸涩起来,原来那次在图书馆看见的人……果然是他,那辆银白色的卡宴,在她身边飞驰而过。

那时候他一定是看见她跟罗子嘉在一起,所以生气地不想出面跟她打招呼的吧?

Part 6

这时,后面传来一个迟疑的声音:"……你是初末?"

初末忙擦了擦眼睛,不让别人看见她难受的样子。

转身一看,居然是小时候的玩伴朱晓鹏,外号翅膀。对方确定是她,脱口第一句话竟然是:"你可总算回来了,要是你再不回来,我们以前的那些老邻居可都要联名全国通缉你了!"

初末本以为是以前的老邻居有什么事情急着找她,却不想朱晓鹏说:"你离开流年这么久了,都不知道回来,真是个没心没肺的家伙。这些年我们这些老邻居可是看着流年在这里守着你的。"他指了指大院附近的新建筑,道,"你看看我们附近的楼都变成新的了,只有这里,被流年全部买下了,也不知道他用了什么方法,这里一直都没动过。虽然他没说,但我们大家都知道,他做这一切都是为了等你回来。"

那天,朱晓鹏还跟她说了许多,初末不知道自己是怎样跟他告别的,只知道他说:"初末,我不知道你跟流年之间发生过什么,但你们从小就彼此喜欢,你忘记了小时候你那么喜欢他,我就是说了他一句不好,你都像疯了一样跟我打架,打不赢就咬我。你不爱学习,但只要他一句话,你就每天看书到半夜,因为他,你考上跟他一样的名牌大学。你付出了那么多努力,只为了能更优秀地跟他在一起,为什么到后来要那么轻易地放弃?说一句良心话,如今,真的没有一个男人会像流年这样,强大到能买下所有的回忆,只为等你。"

那一刻,初末才知道,原来她离开的这两年,流年从未放弃过她,他一直守着这个城市,守着他们共同的回忆,只为等她归来。

朱晓鹏走了之后,初末蹲在榕树底下发呆,她似乎想了很多,又似乎什么也没想。直到一抹身影遮盖头顶,她抬头,就见逆着月光,流年温润的脸。

一下子,心就暖了起来,将难过掩盖起来,她朝他微微一笑,撒娇道:"流年,我脚蹲酸了,起不来了……"

然后就见他伸出手,初末亦伸手握了上去,然后身体一歪,将他抱了个结实。

杨小姐，耍完流氓，现在是准备吃豆腐吗？

初末紧紧抱着慕先生细瘦的腰，自我解释："谁让你不见了，我就蹲在这里等你，蹲久了脚麻了，借你的怀靠一下！"

说得这么理直气壮，还是他的错了。

慕先生回手抱着怀里的小佳人，倒是没有跟她争辩。

静了静，怀里的杨小姐传来自言的声音："流年，我现在才知道，从我回来开始，你就一直在守护我。刚回国，你答应王纯的那顿饭是为了遇见我，你让我得到翻译名额是为了让我能在你身边。在我被王纯木槿欺负的时候，你站出来帮我，还有我被墨以然冤枉的时候，你帮我把唯一的证人墨忘给找回来。你没有第一时间说相信我。是因为我曾经因为墨以然而不信任你，所以你想让我也尝尝被不信任的滋味……还有……你做医生，是想把我以前的病治好；你把公司经营好，是为了有足够的资金把这里买下来，我不知道你是怎样将这里保护得这么好，但我知道你一定付出了许多……

"对不起，我太迟钝，你为我做的一切，我到现在才知道……有时候我真的觉得自己太糟糕，可是有时候我又庆幸自己这么糟糕，所以你才不放心我，才能一直都在背后沉默地保护我……这样的感觉真的很幸福。"说完，她抬头，看着流年沉默的棱角，她说："慕先生，虽然我心里充满了无限愧疚，但是请你一直这么强大下去，因为我终于知道我做的最好的事情，就是得到你的珍惜。"

对于初末如此认真深情的表述，慕先生给她的反应是，皱了皱眉，然后嫌弃地说："话好多……"

"喂！"杨小姐很生气地鼓起了腮帮子，瞪着眼前的男人。

慕先生伸手捏扁她鼓起的腮帮子……

初末："……"

"好了。"偶尔也会幼稚一下的慕先生捏够了之后，牵着她的手说，"回家吧。"

"回家"，是个多么温暖的词语。

初末任由流年牵着，她看着不远处的屋子里，昏黄的灯光，仿佛它已经亮了许久，只为等她来。

后来，初末很认真地问流年："我自私地离开之后，你真的没有恨过我吗？"

"没有。"他说，"你走了之后，我唯一想做的就是等你回来。"

番外　莫忘,墨忘

(一)

初未尚未走到琴房门口,就听见里面传来很小声的说话声:“听说这家人也是中国人,非常的有钱。不过这栋别墅很久都没人住了,钢琴放在这里也是浪费,你要喜欢的话可以每天早上偷偷爬进来弹琴,反正搁着也是搁着。”

听见里面传来悠扬的钢琴声,初未站在门口静静地听着,只觉得那轻快的音乐非常的好听,是她从未听过的曲子。

初末没有进去打扰,这里是罗子嘉在国外的房子,平时没有人住,这次是他带她来这里专门安胎的,平时没事的时候,她就会来琴房练练琴。倒是没想到会有人潜入这里,只为了弹琴。

一曲弹完了之后,里面又传来说话声:“怎么样,心情好点没?心情好了的话晚上一块去吃饭?”

有个高贵冷艳的少年男声回:“你请客还是 AA?AA 就算了,最近国际金融危机很严重……”

“人家金融危机关你什么事?你直接说没钱不就得了?!”

“哼!”

“你说你就不能省着点花么?每次都要搞得自己没饭吃才满意!”

“哼!”

“好了,大少爷,是我请客,求你去吃饭行了吧?你屈尊跟我走吧!”

“哼!”

“……”

随后,初未听见翻窗的声音,琴房里渐渐恢复了平静。

(二)

初末并没有将这件事情放在心上,她还是一个人待在这巨大的别墅里,偶尔罗子嘉会飞过来看她。别墅里除了她之外,还有一个照顾她的佣人和看门的老大爷。

那天,她在琴房里弹了一上午的钢琴,有些疲倦了,便趴在钢琴上假寐。怀孕以来,她嗜睡的时间越来越长,也越来越容易疲惫。

不一会儿,听见窗户那边传来很小的声音,她睁开眼,就见张大脸凑到了面前。因为初末的眼睛看得不清楚,所以只能看见一个大概的轮廓,是个男生,染着红发,不开心地呢喃道:“我被骗了么?颜峰那家伙不是说这里没人住么?”

说完,眼神很不善地打量初末说:“不管了,虽然你是住在这里的,但你也不用一天到晚弹钢琴吧?”

“我……”

“我们商量一下时间,你弹上午,我弹下午,怎么样?”

“那……”

“你住在这里应该很有钱,应该不会这么小气吧?”

“你听我……”

“好了,我知道你不会这么小气的!”

“……”

这真的是商量的语气么?

初末张嘴欲说什么,就见面前的影子已经离开了视线,窗边传来声响,扑通一声之后,琴房里又恢复了平静。

(三)

每天吃完晚饭之后,初末都会在小区的那条街道散步。

虽然她的眼睛看不清楚,但并不代表会对她的生活造成影响,她还是能跟正常人一样自由地行走,做她想做的事情。

只是今天,这一带好像出了一些问题,前方人影幢幢,各种骂骂咧咧和打架的声音,初末仔细地听着他们口中的英文,好像有好几个人在围着一个人揍……

然后在听见这边的声响时,骂骂咧咧一哄而散。

朦胧中,初末看见不远处躺着一抹黑色的身影,她走过去,在他的面前蹲下,伸手摸到他的衣袖,轻轻地摇了摇问:"你没事吧?"

那男孩低咒了一句,正要起来,看见初末,诧异道:"有钱人家的大小姐。怎么是你?"

初末一愣,想起这个说话声,是那个偷跑进琴房弹琴的男孩:"你怎么跟别人打架?"

男孩见她目光涣散,伸手在她眼前挥了挥,自言了一句:"原来你看不见……"然后又看着她微微凸起的肚子问:"你怀宝宝了吗?"

初末摸着微微凸起的肚子,微笑地"嗯"了一声。

忽然,男孩难受地闷哼了一声,初末忙问他怎么了,但此刻男孩却一句话都说不出很难受的样子。

初末看不清楚,伸手去扶他,但见他手臂上都是冷汗,吓得她着急地"喂喂"了两声。没有得到回应,她只觉自己手臂忽然一重,不想他竟这样昏迷了过去……

(四)

墨忘醒来的时候是在医院,满目的白色,是他最讨厌来的地方。

他迫切地想要从床上下来离开这里,却不想扯动了伤口,疼得龇牙咧嘴的,俊脸扭成团。

正郁闷间,一只削好皮的苹果出现在眼前,他抬头一看,就见初末对他微微一笑:"吃个苹果吧,你现在还不能下床。"

墨忘沉默地接过苹果,看着初末重新坐回一旁的沙发上,问:"是你把我送进医院的?"

"对啊。"初末边回答,边将削水果的刀搁在一边。墨忘继续问:"你在这里一直陪到我醒来?"

"嗯。"

沉默了一会儿。墨忘忽然想起什么了一般,横眉竖目地质问:"你为什么对我这么好? 是不是喜欢上我了?"

初末哭笑不得,她说:"你想多了,我有喜欢的人了。"

“哼!”冷艳高贵的声音很不屑,“每次你们接近我都会以我有喜欢的人为借口。到了最后直接跟我说你们喜欢的人就是我!”

初末说:“我真的有喜欢的人,是我肚子里宝宝的父亲,所以你放心,我不会占你便宜的。”

对方沉默了一会儿,似乎是在研究她话的真实性。

然而初末已经站起来,她说:“既然你没事的话,我就先走了。你自己好好的,以后别再跟别人打架了。”

墨忘张了张嘴。最终没将她给留住。

(五)

墨忘打了个电话,很快颜峥赶到了医院,看见躺在床上的墨忘手臂上缠着绷带,他皱眉:“张其天那帮人又找你麻烦了?怎么把你揍成这样?”

墨忘冷哼一声:“姓张的也没好到哪里去!”

颜峥顿了一下,将手上的资料递给他:“找你母亲找了这么多年,现在可以肯定是找到了,只是……”他没再说下去,因为墨忘已经看见资料里的照片,上面有一个老妇人被一个男孩给搀扶着。

墨忘的手不受控制地颤抖,他盯着照片上的妇人良久,然后在看清身边那男孩的脸时,顿生疑惑:“这个男的是……”

“是张其天。”颜峥解释说,“张其天是你母亲捡的孩子,从小把他带到大,感情深厚。”

墨忘:“……”

虽然他一直都知道天意弄人,却不想竟然天意如此可笑。

墨忘从来都没想过,来这里找寻自己的母亲,竟然会是这样一个结局,母亲收养的孩子居然会是他的死对头!可为什么当年她宁愿收养别人的孩子。也不要他这个亲生儿子?

颜峥看出了他的失落,便说:“我看你也别执着于找母亲了。知道她现在过得好就够了。墨忘,大家这么多年的老同学,听我一句劝,回去当你小 M 的大少爷。别跟家里赌气了。你说你现在要是在家里,什么钢琴没有?大家都把你放在手心里宠着爱着,谁敢动你一根头发?”

墨忘沉默。

一年前他跟家里闹翻了,独自来到这里,想要找到生母。

据说父亲跟母亲是在烟花之地相识的,一夜之后,母亲便怀了他。对于出生豪门的父亲来讲,是不可能接受母亲这种身份的。因此,母亲怀孕十月生下他之后,便离开了。没人知道是什么原因,因此,从小就知道自己是个妈妈不要的小孩。

但墨忘始终都相信,母亲是有自己的原因的。可如……待他找来时,竟是这样一个结局。

墨忘说:“不管怎么说,我想去看看她。”

(六)

三天后。

墨忘和颜峥站在那幢破旧的小房子前时,两人都沉默了许久,没有人先去敲门。仿佛敲开了之后,彼此都不知道该怎么面对。

颜峥看着墨忘,不知道他心里在想些什么。

直到里面的人开门,妇人走出来,见面前站了两人,吓了一跳,问:“你们找谁?”墨忘依旧是沉默,他漆黑的眼睛看着眼前陌生的女人,难以想象她竟会是自己的生母。

许是妇人的声音将房间里的张其天给引了出来,他脸上也包扎了伤口,比墨忘不会好到哪里去。

见到墨忘两人,他面色一变,斥道:“你这小子居然找到这里来了!你想怎样?还嫌没被打够是吧?”说完就要动手,颜峥刚想解释,就见妇人猛地抡起一旁的扫帚冲了过来:“原来是你这个没爹娘养的打我家其天!你看你把我儿子打成什么样了?你还敢来这里!快给我滚!快滚!”

这一下打过来太快。颜峥根本没法阻止,他生怕脾气暴躁的墨忘会还手,却不想,他竟然怔怔地站在那里,任由妇人打了过来。

妇人自然没想到他会连躲都不躲,一棍子就敲中了他的额头……猩红的血便缓缓地流了下来。

一时间,气氛僵硬了下来。

颜峥和张其天也没想到墨忘居然连躲都不会躲,吓得瞪大眼睛看着他缓缓流下的血……

妇人受到了惊吓,以为自己要打死人了,连忙将扫帚丢掉,拉着张其天就进了屋，将张其天藏进里面，她走出来驱赶人："我告、告诉你们，是你们自己找上门，讨、讨打！可不关我什么事！你们赶紧走！我这里不欢迎你们！快走快走！"

说完，就报狠地将墨忘推了一下，自己立马进屋，将门锁得紧紧的，生怕墨忘他们会砸门进来报仇般。

颜峥虽然不能彻底地感受到墨忘的难过，但是被自己的生母驱赶，还是在维护养子把亲儿子赶出去的情况下，颜峥知道此刻墨忘心里肯定很难受。

他心里也堵，但是没办法，这样的事情不是三言两语能解释清楚的。何况妇人见他们就跟见到仇人一样，连说话的机会都不给。

眼看墨忘眼里深深的失落，他上前拍了拍墨忘的肩膀，道："我们还是先走吧。"

墨忘在原地停了一分钟，摇摇头，淡道："你先走吧，我想一个人静下。"

说完，往另一个方向走去。

从开始到现在，墨忘一直都是面无表情，但有些时候，面无表情其实是难过到极限时唯一能表达的情绪。

（七）

墨忘和之前一样，想从窗外翻进琴房的时候，才发现里面有人。

正欲转身走人，便听见一抹女声："是你吗？想弹琴了？"

他从窗口看去，见初未坐在钢琴旁，眼睛看着这边。

墨忘重新翻了进去，走到她身边，用手在她眼前挥了挥，便被她精准地打了下去，他诧异："你看得见了？"

初末摇摇头："我不是告诉过你。我只能看清一个轮廓？"

墨忘便不再说话，他在初末旁边坐下，手放在琴键上，弹了一首低落的钢琴曲……

有时，一首曲子也能让人听出弹者的心思，那一键落下去，整个琴房都压抑起来，曲子非常的忧伤，让人几欲流泪，初末甚至在其中听见了点点的怨恨与压抑。

一曲过后，初末问他："心情不好吗？"

墨忘没回答，而是看着她的肚子，喃喃地问："你为什么要这个孩子?”

初末一愣,笑着回答:“孩子是我身上的一块肉,我怎么会不要?”

“是吗?”墨忘自言,“可是还是会有人不要的吧?如果亲生母子许久未见,真的就认不出来了么?不是说血缘是种很奇妙的东西?怎么会一点都不认识了呢?”

初末静静地听着他说,她不知道在他身上发生了什么事,只知道他的情绪不是很好。

两人沉默的时候,初末也弹了一首曲子,淡的琴声,温凅地流淌,似乎想要安慰处于伤感中的人。

一曲之后,墨忘说:“是 Leonardo Mu 的《流年》?”

初末点点头,她说:“虽然我不知道是什么事情让你不开心,但我想肯定跟你问我的问题有关系。你知道吗,我怀孕之初,宝宝的父亲也不想要他的,因为我脑袋里长了一颗瘤,医生说瘤还在,我生孩子的风险非常大。宝宝的父亲不忍心我冒这样的风险,他宁愿选择不要孩子。其实有哪个做父亲的会不要自己的孩子?他们一定有难以言明的原因的。”

墨忘问:“那现在,为什么宝宝父亲又让你生下来?”

“没有……”初末摇头,“所以我自己偷跑出来,来到这个陌生的国外,想自己偷偷地将宝宝生下来后再回去向他道歉,因为我真的不舍得。这个可怜的小生命,否则,我一辈子都不会安心的。”说完,初末又问他,“你是跟妈妈闹矛盾了吗?”

墨忘沉默。

初末说:“你要相信,不管你跟母亲之前发生了什么事,做母亲的都是爱你的。不然她也不会怀胎十月,将你生下来。十个月的痛苦,没有怀孕过的人是不能理解的,母亲都是伟大的。”

初末话音刚落,就听见外面传来了敲门声:“初末,你在里面么?”

初末起身,刚要开口,就见墨忘迅速地从椅子上站起来,翻窗出去了,初末连说话的机会都没有。

(八)

第二天,初末去超市里买东西的时候,眼前一抹红色的身影出现,将她装苹果的袋子拿了过去:“我帮你提!”

初末笑:“怎么是你?”

“怎么不能是我?”墨忘哼哼两声,“昨天你朋友来敲门,我就翻窗在外面等你了,谁知道你居然没回来,我就又翻到琴房在里面睡了一晚上。

初末说:“你怎么不回家啊?”

“我是没妈要的孩子,没有家!”墨忘随口说完,就从袋子里拿出一个苹果。在袖子上随便擦了擦,张口就要吃。

“等一下!”初末伸手,示意他将苹果给自己。

墨忘嘟囔了一声:“就是吃个苹果,不至于这么小气吧!”抱怨归抱怨。但他还是将苹果还给了初末。

然后就见初末用袋子里的矿泉水,扭开帮他洗干净,才递给他:“苹果要洗干净吃才安全。”

墨忘接过,薄唇微咬,莫名心动。

这时,路边的广播里传来娱乐最新动态:“钢琴天王 Leonardo Mu 最新绯闻女友竟是 IMB 千金,看来这一次 Leonardo Mu 是来真的了,据说二人是在国外留学的时候认识的,男神配女神自古都是被人羡慕和祝愿的,这一次看来 Leonardo Mu 是认真的了,不知道二人什么时候会决定婚期。墨大千金手上的那枚大钻戒是不是 Leonardo Mu 送给她的……”

听到这里,墨忘看向初末,但见她面色惨白,仿佛随时都会倒下去。

墨忘有些担心,想问她有没有事,这时,一群骑着单车的孩子忽然飞驰而来。仿佛一群乱头苍蝇一般,眼看就要撞上初末,墨忘急忙将初末扯了过来,谁知道墨忘身后的自行车不知道刹车失灵了还是怎样就要撞过来,墨忘腰一歪,两人往地上倒去。

为了让初末不被撞到,墨忘是让她压在自己身上的,可即便是这样,对于一个已怀了宝宝的人也是很恐怖的。

耳边听见惊叫的声音,墨忘浮现一抹不祥的预感,他试着起身,躺在他怀里的初末面色如灰。她抓着墨忘的衣襟,艰难地说:“送我去医院……送我去医院……”

一旁肇事的小孩无措地站在一旁。

墨忘也管不了那么多,连忙将初末从地上抱起,拦了一辆车,送往医院。

一路上，初末腿上的血越来越多，她的面色越来越差，墨忘着急得不知道怎么办，只能让司机快点开车，边安慰初末："你一定要挺住，会没事的！一定会没事的！"

初末死死地抓着他，她竟是那样的绝望："我就知道我保护不了他，从开始，离开流年开始，我就知道……因为我的任性我定会受到报复的，现……在我的报复终于来了！"

墨忘说："你别说胡话，你定会没事的！宝宝知道你对他那么好，你那么希望他能来到这个世界上，他一定不舍得离开你的！"

耳边是汽车飞驰在公路上，风呼呼地吹过的声音，明明这么快的速度，明明医院那么近了，可是为什么给人的感觉总是那样的绝望？

（九）

罗子嘉赶到医院的时候，走廊上空荡荡的，手术室的灯暗了下来，医生走了出来，罗子嘉忙上前问情况，医生轻摇了摇头，表示自己已尽力了，大人保住，孩子没了……

一时间，安静的走廊上，连一点点回音都没有。仿佛都在为那个丢失的小生命默哀。

走廊的拐角处，靠在墙上的墨忘听着医生的话，墨色的眼中一片灰暗，他想起来时初末说的话——"我就知道我保护不了他从开始，离开流年开始，我就知道……因为我的任性我一定会受到报复的，现……在我的报复终于来了"

他不能明白，为什么有些母亲那么喜欢自己的小孩，偏偏遇上这样的事，而他的母亲当年顺理产下他，却将他给抛弃……

墨忘转身。一步一步走出医院。

初末情绪非常不好，自从孩子没了之后，她每天都躺在床上发呆，任何人跟她说话，她都听不进去。

直到有一天，罗子嘉拿出手机放在她面前威胁她，如果再这样下去，他就打电话给手机上的那个名字。

在看见屏幕上"慕流年"三个字时，初末身体微颤，连忙将他的手机夺了过来，藏在了身后。

看着她如此孩子气的动作，罗子嘉又是心疼又是无奈，他在她的身边坐下，大哥哥股地摸摸她的头顶，道："初末，别自暴自弃，孩子没了不是你的错。你的人生还很长,以后你还会有的。”

初末呆呆地望着他,眼泪落下了一颗、两颗,然后不受控制地往下掉,她哭着说:“子嘉,我是不是很没用,连自己的孩子都保不住?我真的很想把他生下来。真的好想……”

罗子嘉心疼地将她轻轻揽过,拍着她的后背轻声安慰:“我知道,我都知道。

“为了孩子,每天你走路都小心翼翼的,生怕摔跤;本来不爱吃东西的你。每天三餐都搭配得非常有营养;你不爱喝牛奶,但每天晚上都坚持一杯;你那么的想他,想到把眼睛哭成这样,但医生说这样对胎儿不好,你就坚强地不再流眼……这些我都知道。

“所以,难受的话就哭出来吧,但是哭完之后,希望你还是那个坚强的杨初末。”

(十)

初末很久都没有睡过这样的觉了,她梦见了流年,这一次,不是离开,在梦中。他们似乎又回到了过去,很快乐的样子……

睁开眼,眼前一抹修长的身影,她心一动,红唇微启:“……流年?”但见那抹身影微弯,一张清隽的脸的轮廓出现在眼前:“你醒啦!”

初末愣,是那个男孩。

墨忘将她给扶起,靠在床上,上下打量了她一下,啧啧道:“怎么几天不见就瘦成这样啦?有钱人家的大小姐不舍得吃饭吗?”

说完,就环视了一圈,在水果篮里掏了一个火红的苹果削了起来。

削完之后递给初末,初末摇摇头表示自己不想吃。

墨忘眉毛马上就横了起来:“不行!我特意帮你削的苹果你怎么能不吃?你瞧瞧你现在都瘦成什么样了!这么瘦还想做妈妈呀?你这样是不行的!再说了,你就算不想吃看在我今天过生日的分上,你也要给我一个面子吧?”

然后初末不得不接过苹果慢慢地吃了起来……

墨忘见初末将整个苹果都吃完了之后,才转身,翻窗离开。

第二天初末醒来的时候,就看见墨忘已经坐在床边削苹果……

第三天,第四天,第五天都是如此……

第四天,如果初末不吃的话,他就会以“我过生日,我是寿星”为借口让初末吃下去……

后来初末忍不住问:“你怎么天天过生日啊?”

他给了一个让人吐血的答案:“我喜欢呀!”

直到有一天清晨,初末对着正在一边哼歌一边熟练地削苹果的墨忘说:“我要离开了。”

正在削苹果的墨忘头也没抬,说:“好呀,你想去哪里?我陪你去!”

初末摇摇头:“我是说,我要回国了。”

墨忘削苹果的手一顿,但听初末道:“我要去找我喜欢的他了。”

墨忘翻窗出去之后,他拿出手机,手机一直都在振动,上面已经有十多个未接电话。

这一次,他终于接起,那边传来一抹女声:“墨墨,生日快乐。”

“墨以然。”墨忘对着那边的人道,“想要我回墨家的话,答应我个要求。”

“……你说。”

“我要成为钢琴家,请 Leomrdo Mu 做我的钢琴老师。”

(十一)

两年后。

青年钢琴家墨忘的个人钢琴演奏会在田市最大的音乐剧院举行。

本次演奏会吸引了众多观众来观看,全场座无虚席。

一首首悠扬的曲调在墨忘高超的技艺下,流淌出华美的旋律。

只是,到了后面,曲调开始有些奇怪,断断续续,并不连贯,甚至还伴着剧烈咳嗽的声音。

接着,整个大厅的人都看见坐在舞台上的男子倏地吐出一口鲜红的血,血迅速染红了白色的钢琴……

滴答……浓稠而猩红的液体沿着白色钢琴的边缘滴落在地上,发出滴答滴答的声音……

整个大厅死一般地寂静,液体滴落在地上的声音显得那么的巨大而诡异。

墨忘趴在钢琴上，思绪飘摇。

初末，你一定是忘记了两年前的我，你的宝宝在那个时候没了，那是一段你不想开启的回忆。哦。可是我记得，那时候你还大着肚子，你说你刚做完眼角膜手术，眼睛恢复得不是很好，所以看东西看不清楚。我想，应该是这个原因，你才不记得我长什么样。

但是我一直记得你第一次救我的时候，温暖的微笑，还有……没了孩子之后，伤心的样子，我不知道该怎么安慰你，可我想你快点恢复起来，变成我以前遇见的那个温暖的杨初末。原谅我的笨拙，只知道每天用苹果来讨好你。

你记得吗，我第一次在医院里醒来的时候，你就削了苹果给我呀！所以我觉得你一定也喜欢吃吧。那个苹果真的很甜！

后来，再次相遇，我每天都穿得那么花枝招展，我希望你能记住我的模样，在我离开之后，你也不会忘记我。

你一定不记得我曾经跟你说过，反正我也活不了太久，当然每天都要把自己打扮得漂漂亮亮，这样你们才能记得我。因为我觉得，只要能被你记住，就是一件很幸福的事呢……

如果可以的话，下辈子，就让我做你的宝宝吧……被你疼爱，一定是全世界最幸福的事。

似乎是想起了什么，墨忘猩红的嘴角勾起一抹温柔的笑，似小孩子一样，就如平常的他一般……只是……光明在眼前渐渐地消失，黑暗来袭。

虽然最后还是没有将曲子弹完，但是没关系，至少他知道她会紧紧地抓着自己的幸福再也不放手，那样就够了……他撑得好累，好想睡会儿……就一会儿……

耳边是凉叫声，跑步声，呼救声，乱糟糟的……然而他再也听不见什么，仿佛就真的那样睡了过去，像一个听话的婴儿。

初末，你知道吗，知道你喜欢的人是流年后，我便跟他一样学弹钢琴，每天跟他待在一块，我也不知道自己这是在做什么，大抵是觉得，如果只有优秀的人才会被你记住，我就努力地让自己变得优秀，让你记住。

如果真的有投胎这回事，我愿意投胎，做你的孩子，这样就可以弥补你对之前孩子的愧疚，我也能完成自己一直以来的心愿。

我希望我也能有一个，像你那么爱护小孩的母亲。

夏图番外　一见苏邺误终生

(一)

在没有遇见心爱的人之前,夏图很叛逆,剪短短的发,成天跟男生玩在一起。学他们抽烟喝酒,一心想当个不良少女。

第一次见苏教授是在老师办公室。

那次,她又逃课去赚钱,被班主任叫去谈话,请来了家长,父亲是个家暴狂,抡起椅子就要砸她,夏图本能地用手护着头,却没等来该有的疼痛。

她一抬头,就看见了他。

他穿着格子衬衫,嘴角一抹浅笑,举止敬而无失,与人恭而有礼,他对着夏图的父亲说:"不管孩子做错了什么,都不应该用暴力。"

然后墨色的眸子看着夏图,说:"跟我来。"

出了办公室的门,苏邺问她:"你吃饭了没?"

夏图摇摇头。

他问:"想吃什么?"

夏图想了一下,毫不客气地说:"我想吃比萨!"

苏邺微微一笑,道:"小孩子都喜欢吃这种大饼。"

夏图愣了一下,第一次听人形容比萨是大饼,后来想想,比萨那么圆圆一大块,可不就是块大饼么?

那天,苏邺带着夏图去吃了传说中的大饼,从始至终,他的话都不多,但脾气很好,即使夏图连姓带名地叫他苏邺,他也不生气,只是淡淡地提醒她:"夏图,在学校你得喊我老师,这样才会让人觉得你是懂事有礼貌的孩子。"

夏图却哼一声:“我从来都不在意别人是怎么看我的！我懂不懂事跟他们有半毛钱关系?”

听到这话,苏邺又是一笑,就是那个笑容,让夏图看愣了。她从来都不知道一个男人能笑得那么好看,那么温柔。好像就在那一瞬间,她就喜欢上了他,定格在她心目中,温涸如玉的男子。

苏邺,他是B大学生最欢迎的外语系教授,混血男子。三十多岁,一直单身,他单身的原因,夏图知道。

他曾有一个深爱的女人,名叫罗希,曾是他的学生,比他小十余岁。他们互相喜欢,但苏邺因为年龄的关系一直退缩,直到罗希病逝后,才追悔莫及。

夏图知道,他们虽没有在一起,但苏邺在罗希去世了之后,便决定后半辈子独身。

歌词里说:雁过无痕风有惰,生死两忘江湖里。

这样的男人,上辈子该是遇过怎样的情劫,这辈子才会如此痴情?

(二)

夏图在晚上的时候接到了电话,朋友的酒吧想找一个临时领舞的,问夏图晚上十点有没有空,一个小时五百。

夏图的母亲去世得早,父亲夏国成堕落成性,夏图大学学费和生活费都是靠自己四处打工赚来的,有这么好的机会,她是自然不会错过的,二话没说就应了下来。

夜晚的酒吧,向来都是风情万种。

后台,夏图换好了衣服,镜子里的她金色假长发,烟熏妆,黑色性感的紧身裙,俨然是一个乱世妖姬,这才是她想要的不良样子……她时常想,要是自己生活在古代,一定要去做祸害商纣王的妲己。

她想起苏邺口中的“懂事礼貌的孩子”,想起他教授的身份……作为一名正职的人民教授,可不都喜欢乖巧听话的好学生么?

她晃晃脑袋,觉得自己真是疯了,怎么最近老是让苏邺在自己的脑子里转悠？一点都不像她夏图的作风。

转身,正要上台,却不想忽然窜来一抹人影,在她尚未反应过来之际,冲了过来,与她撞了个满怀。夏图身体不稳,往后倒去,那人也

顺势而下……夏图的背烙在地上的时候，只觉得胸口也被一个巨大的东西给压着透不过气，最关键的是一

她跟压在他身上的人居然是嘴对嘴的姿势！

“流氓！”夏图一把将身上的人推开，咒骂了一句，正要给他一拳，在看见他的面孔时，顿住了，“是你……”

但见苏邺倒在另一边，俊颜上眉头微蹙，他身上满是酒味，也不知道喝了多少酒。

这时，身后跟来的两个女人，妖精一样娇嗲地叫了一声：“苏先生，你跑什么呢……我们又不会吃了你……”

这些都是酒吧的小妖精，说着不会吃人的话，却恨不得将苏邺那张俊脸啃得连骨头都不剩。

夏图走上前将两个女人挥开，自己搀扶着苏邺，说：“苏教授，我送你回去！”

夏图是酒吧老板的朋友，那两个女人虽然不甘心就这样放走了一个大帅哥，但碍于老板的面子，还是无可奈何。

夏图直接将苏邺给带出了酒吧，远远还听见人喊：“图图，该你上场了，你咋走了啊，回来啊！”

一直将苏邺给扶进了出租车里，夏图看着他一脸君子样，又想起了他所谓的“懂事礼貌的孩子”，笑了笑说：“苏教授，你可是害我损失了五百块，找机会，一定要你赔给我！还有……”夏图摸了摸自己的嘴角，“还有我的初吻呢！”

醉了的苏邺自然不会回答，也听不见，可是并不妨碍夏图拥有好心情。谁也不能明白，明明是丢了五百跟初吻，为什么她心情却无与伦比地好？

（三）

夏图很佩服苏邺一点，就是不管他醉得怎么厉害，都能记得自己住的地方在哪。

下了车之后，夏图将苏邺扶进了家里，一打开门，一股酒气扑面而来，客厅里到处都是瓶瓶罐罐，一开始夏图没注意，踢到了好几个。罐子相互撞击的声音在漆黑的夜里显得特别的刺耳，好不容易将苏邺扶到卧室的床上躺下，夏图已经累得气喘吁吁。

她看着躺在床上的苏邺，已经沉沉地睡了过去，只是睡梦中的他并不安稳，浓眉蹙着，仿佛在做着什么不好的梦。

夏图俯下身，对着他那张俊颜看了许久，忍不住伸出手指轻轻地碰了一下，感叹道："真的不像是一个三十多岁的男人该有的皮肤啊……怎么会这么好，每天都打玻尿酸吗……而且还长得这么人神共愤……还深情……"

就在她喃喃自语的时候，苏邺忽然握住她的手，用力地将她往床上一带，在夏图尚未来得及反应的情况下，唇就印了上去。

浓烈的酒精混合着陌生的唇的触感在夏图嘴间蔓延，她受惊的心仿佛都停止了跳动，完全呆愣地看着面前与她零距离的男人。

不良少女被吓坏了，虽然她励志想要不良，但骨子里还是乖乖女孩，从来没碰见过这样的境遇。一瞬间让她束手无策。

可当苏邺吻着她，呢喃地喊着"小希"两个字的时候，夏图浑身像被泼了一道冷水一样，冰寒无比。她猛地用力将身上的男人推开，紧了紧衣服，头也不回地跑出了房间。

跑到客厅里，夏图还喘着气，摸着心口，跳动得失了平衡，身上还萦绕着苏邺的气息，她闭上眼睛，想着方才发生的一切，苏邺口中的那两个字让她觉得自己好廉价。

深呼吸一口气，将方才的混乱忘掉，她偷偷回头看了卧室一眼，苏邺并没有醒过来，看来，刚才只不过是他醉酒后下意识的举动。

夏图的心里竞掠过一丝莫名的失望，她轻轻将卧室的门给关上，转身看着苏邺的一室凌乱：地上的啤酒罐，熄灭了的烟头，换下来没洗的衣服……

唯独与后院连接的门边柜子干净无比，上面只摆着一束盛开的向日葵。

夏图走过去，推开门，走了出去，夜色下，映入眼帘的是一片如海的向日葵和花海中的一块墓碑，上面刻着：挚爱罗希之墓。

（四）

醒来，预想中的头痛欲裂。

苏邺早已习以为常。

如往常一般伸手拿杯子想去倒水，奇异的是搁在床边的杯子竟有重量,里面不知道什么时候倒了水,喝进嘴里,竟是温的,仿佛还加了蜂蜜。

苏邺揉了揉剧痛的额头,起身下床,开了卧室的门走到客厅的时候,又退了回去,看了自己卧室一眼,确认这是自己的家,才重新开了门出去。

客厅早已经焕然一新,甚至连餐桌上都有热气腾腾的早餐,厨房里好像有人影的样子,苏邺正欲走过去,就见那人已经端了碗走了出来,看见苏邺,露出一抹微笑:"苏邺,你醒啦! 我做了早餐,你快来吃!"

"是你?"苏邺问了一句,眼前的夏图穿着他宽大的衬衫,露着两条修长的腿,脸上没有化妆,素颜、短发的样子,有些像未成年的初中生,他皱眉,问:"你怎么会在这里?"

夏图歪歪脑袋,皱了皱鼻子,小孩子气地说:"哎哟,苏邺叔叔,你可真健忘,昨天可是你自己往人家身上扑,还问我为什么会在这里?"她将颈项的衣领弄下了一点点,说,"看见没,这可是你亲……口……印上去的!"

苏邺顺手就将沙发上的外套拿过来丢在夏图头上,说:"披起来。"

夏图哼了一声,倒是乖乖地套上。

苏邺径自转身去了浴室。

苏邺从浴室洗完澡出来的时候,夏图正在喝粥,看见穿着浴袍的他,欢快地朝他招手:"快来吃早餐呀! 我特意为你做的。"

苏邺像是没听见她的呼唤一样,径自往卧室走去,冷淡地甩下一句话:"吃完就走。"

夏图郁闷地看着苏邺冷漠的背影,想着这个人是不是苏邺的双胞胎弟弟啊,为什么跟之前那个带她去吃比萨的苏邺一点都不一样?

她放下手中的碗筷,跑到卧室门口,推开门,随后,夏图目瞪口呆地看着眼前刚洗完澡的男人,浑身上下一丝未挂。

夏图不禁咽了下口水,半晌不知道该做何反应。

最后还是在换衣服的苏邺淡漠地出声:"出去。"

虽然淡漠,但却让人感受到一股莫名的威严。

夏图怔了一下,连忙退了出去,将门砰的一声关了起来。

然后……

她的后知后觉的脸就跟煮熟的大闸蟹一样,爆红了……

(五)

苏邺换好衣服出门的时候,并没有看见夏图,便以为她回去了。

他走到餐桌前,看着餐桌上的早餐,半分钟后,他端起盘子,将桌上所有的吃的都倒进了垃圾桶里。

当忘记跟苏邺说冰箱里有她熬好的汤,中午可以热一下喝的夏图返回来想提醒他的时候,推开门,话尚未出口,就看见苏邺的举动。

一时间,想说的话噎在喉咙口,怎么都发不出声。

是因为……她做的东西太难吃了,所以他才要全部倒掉吗?

她站在门口怔怔地无法动作。

眼见她回来。苏邺问:"还有什么事?"

"没有……"夏图开口,才发现自己的声音有些哽咽,她说,"我就是想告诉你,冰箱里面有我熬的汤……"

她的话刚说完,苏邺就转身走到冰箱边,打开门,将里面的汤拿出来,二话不说一同倒进了垃圾袋里。

"不要!"夏图想要抢救,但为时已晚,她辛辛苦苦熬了两个小时的汤变成了垃圾。她恼怒地瞪着苏邺,问:"为什么要这样?你尝都没尝为什么就把它们都倒掉?"

苏邺看着她,眼神波澜不惊,他说:"夏图,你现在做的,已经超出了一个学生的范围。"

苏邺是何等聪明的人,夏图的那点小心思,他怎么会看不透?

可这辈子,除了罗希,他不可能会爱上任何女人,何况眼前这个又是个乳臭未干的小丫头。

苏邺的直接让夏图有些承受不住,几乎是一瞬间心跳就失了序,自以为隐藏好了的秘密,原来早就被人看透,一瞬间,她有些手足无措。

苏邺说:"好了,你回去吧,昨天就当作什么都没发生过。"

说完,他就拎着垃圾袋要出去。

刚走出一步,就被夏图从后面给抱住,她说:"不,我不能当作什么都没发生过,苏邺你昨天亲了我你知道吗?你以为我夏图是那种随随便便让你亲了就完事的女人吗?我告诉你,苏邺,我喜欢上你了,你要对我负责!”

(六)

虽然那天夏图放了狠话,但苏郙的话更狠,他拉下她的手,转身面对着她。面无表情地说:“夏图,就算今天我睡了你,你也别想我会负责!”

当时,夏图的心的确被苏郙这句话狠狠地伤了一下,可痛过了之后,她告诉自己,苏郙现在不喜欢她,是因为他心里有一个人,如果她能做得更好,他说不定就会喜欢上自己呢!

年轻最大的特点就是不怕输,总是有一颗勇敢向前冲的心,知道自己想要的是什么,努力去争取,不管最后是输是赢,至少不曾辜负过自己。

从那天开始,夏图开始关注苏郙,关心他的生活以及工作,也是因为关心了之后,才知道苏郙的生活有多糟糕。他经常不按时吃饭,又抽烟喝酒,把好好的胃都弄坏了,好几次都胃出血,差点丢了命。可是他一点都不在乎,好像随时都做好准备随他爱的人一起去。夏图看着只觉得心疼极了。

于是她便学着熬汤。

从一开始把汤熬干,端汤的时候烫伤了手指,到后来煲了一手不止自己寝室,连其他寝室的同学都赞不绝口的汤。可即便是这样,不管夏图多用心煲的汤,苏郙也不喝一口。

夏图每次抱着汤去他家门口,他都不会开门,无论她在门外等多久,即使从白天等到晚上,他都不会开门。

有一次,他生病住院,夏图去照顾他,他当着医生的面让她滚。

夏图不滚,他就厉声对她吼:“夏图,你真是我见过的最不要脸的女人……”

可是每天夏图还是缠着他,守在他身边。

其实她要求的不多,只希望他能让她陪在他身边,照顾他就可以。

她甚至不需要他爱上她。

可即便是这样。他都不许。

有时候。夏图真怀疑他是不是没有心,为什么可以对一个死去的人那么好，对她却那么狠心？

(七)

即便是这样，苏邺对她这样坏，夏图也没有想过要放弃，真正让她彻底心寒的，是有一天，当她推开苏邺的家门时，看见他与别的女人缠绵，他看着她的眼睛，说："夏图，我真的不爱你，你看，我宁愿跟0的女人上床，都不愿意碰你。"

最后夏图摔门而出。

摔门之前那句"苏邺，我恨你"震撼人心。

苏邺停止了与女人缠绵的动作，女人优雅地顺了顺长发，说："苏邺，其实她就是个孩子，你何必对她这么残忍？"

苏邺说："我不可能爱上她，与其拖着不如狠心。"

女人却笑："苏邺，你在自己骗自己，如果你真的不在乎的话，就不会找我来陪你演这场戏。逝去的早已经离去，不如珍惜眼前人，别到最后让自己后悔。"

苏邺走下床，披上衣服，冷道："你可以走了。"

女人撇了撇嘴："真是狠心的男人，利用完就赶人走。"

看着女人离开之后，苏邺打开后院的门，走到向日葵围绕的墓碑面前。

他蹲下，修长的手指轻轻地抚着墓碑上女孩的笑颜，眉宇间是别人从未见过的深情柔和。

对于苏邺来说，罗希是他唯一守护的，不管今天喜欢他的人是夏图还是别人，他都一律绝情冷漠，说好的，这辈子的温柔，只给罗希。

(八)

有三天的时间。苏邺没有看见每天都等在自家门前的夏图。

他的生活好像在一夜之间又恢复了正常，这样才是他想要的。

但是第四天晚上，他回来的时候，意外地看见门口的一抹小身影，她蹲坐在房门口，也不知道在那里坐了多久，看见苏邺回来，她迅速站起身，脚已经麻木而站不稳，啪的一声摔在了地上。

其实苏邺可以扶她的，但他没有，只是冷冷地站在那里，居高临下地看着她狼狈地趴在地上。问:“你怎么又来了?”

夏图自己从地上站了起来,她笑了笑说:“苏教授,我是来送烫给你喝的……我为你做了这么久的汤,你一口都没喝过……你不是不喜欢我吗?只要你喝一口我为你熬的汤,我就永远不再出现在你面前。”

于是他答应了。

夏图又是开心又是难受,开心的是苏邺终于肯喝她的汤了,难受的是,他真的那么讨厌自己……其实在来的时候,夏图还在心底期望,苏邺并不是真的那么讨厌她。只是觉得这辈子只能喜欢罗希一个女人,不能接受她而已。

事实证明,她错了。

跟着苏邺走进客厅后,夏图佯装很开心地说:“我现在都被寝室的人叫作煲汤大师了,我煲的汤他们可是赞不绝口,苏教授,你快尝尝!”

说着就盛了一碗递了过去。

苏邺接过,二话没说将碗里的汤喝了个干净。

夏图见他喝得这么爽快,眼睛都笑眯在一起,她说:“好喝吧!我再帮你盛一碗……”

“不用了。”他打断她的热情,冷声道,“你不是说只要我喝一口你的汤,你就永远不再出现在我面前?”

夏图手一僵,她勉强地笑了笑,说:“苏邺,我发现你的心真是比石头还硬,可是你知道吗,我今天是不会走的,因为,我在汤里加了点东西。苏邺,你不是那么孤傲冷漠,眼里只有罗希一个人吗?我现在就要告诉你,今晚,你没有我不行!”

那晚,当夏图躺在苏邺的身下,看着他迷乱地把自己当成罗希的时候,夏图的心就像被人疯狂地撕扯了一般,在那一刻,她觉得自己前所未有地下贱。

可苏邺,你知道吗,我喜欢的你,不应该是这样子的。

我还记得第一次跟你见面,你从我父亲手上救了我,你带我去吃大饼,以及,你温柔地笑。

好像在那一瞬间,我喜欢上了你,我心目中温润如玉的男子。

只是,我从来没想过,原来你可以对陌生的学生那么温柔,对真正想要接近你的人那么残忍。

不过已经没关系了，过了今晚之后，我再也不会出现在你面前，这是我的汤换来的承诺。

也许，从与你相遇的那一刻，就注定，我只是你掌心分叉的感情线上迷失的路人。

（九）

我们在某个阶段或许都奋不顾身地爱过人，那时候天不怕地不怕，以为只要自己愿意，谁也不能阻挡我们的爱情。可后来我们才发现，最害怕的竟是发现自己深爱的那个人爱的并不是你。即使你努力过了还讨不到他的心。

从那时起，夏图信守承诺，没有再去打扰过苏邺。

因为夏图选择离开了这个城市，这个城市让她死过心，伤过情，太过于压抑，她不是想逃避，只是想放松一下自己的心情，过一段放纵自己的日子，重新找回自己。

离开的那一天，送她的人有她的同学、她的朋友，就是没有苏邺。

夏图的朋友们一直觉得夏图是个超级坚强的女生，在喜欢苏邺的时候，在怀了孩子的时候，她总是那么淡定，仿佛天塌了下来都是一件很平常的事。

只是，她们看不见的是，当夏图转身后，她眼角落下的眼泪，她不是天生就一副铜皮铁骨，她只是难过的时候从来不喜欢被别人看见。她喜欢自己能给别人带去的只有快乐和笑容，就像永远朝着阳光积极向上的向日葵。

候车厅不远处，苏邺站在那里，他确定夏图转身的时候，是看见他的，但她只是瞥了一眼，便将他当作了陌生人。

是的，因为给她的伤害，他连做她身边的陌生人都没资格。

（十）

一年后的某天清晨，夏图已经回到了 B 市，她正在收拾行李奉领导周白的命，去邻市出差，这时她收到了一条短信：苏邺要结婚了，地点在……

脑海如同被炸开，那个说要一辈子守着罗希的男人，怎么可能跟另外一个女人结婚?

她不信,所以当即,她定了飞往 H 市的机票。

当周白打电话过来时,夏图的手机已经被她遗忘在家里的餐桌上,不停闪烁着红灯,直到黑屏。